회색
문헌

강영숙 소설집
회색문헌

초판 1쇄 발행 2016년 8월 24일
초판 2쇄 발행 2018년 6월 26일

지은이 강영숙
펴낸이 이광호
펴낸곳 ㈜문학과지성사
등록번호 제1993-000098호
주소 04034 서울 마포구 잔다리로7길 18 (서교동 377-20)
전화 02)338-7224
팩스 02)323-4180 (편집) 02)338-7221 (영업)
전자우편 moonji@moonji.com
홈페이지 www.moonji.com

ⓒ 강영숙, 2016. Printed in Seoul, Korea

ISBN 978-89-320-2890-3 03810

이 도서의 국립중앙도서관 출판예정도서목록(CIP)은 서지정보유통지원시스템 홈페이지
(http://seoji.nl.go.kr)와 국가자료공동목록시스템(http://www.nl.go.kr/kolisnet)에서
이용하실 수 있습니다. (CIP제어번호: CIP2016019059)

Grey Literature

회색
문헌

강영숙 소설집

문학과지성사

차례

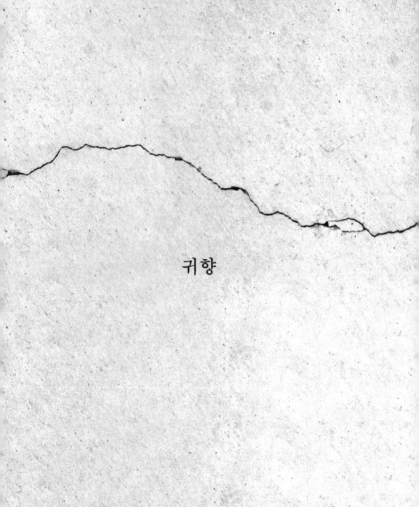

귀향

1980년대 후반에 지은 아파트는 단지 중심에 있는 3층짜리 낡은 상가를 성전처럼 감싼 채 모여 있었다. 아파트 1층과 상가 저층은 여름철에 몇 시간만 비가 계속 내려도 바로 침수되었다. 계절이 바뀌면 송판과 플라스틱 등으로 얼키설키 가려놓은 상가 1층 하단과 지하층 접합면의 상수관이 지나가는 틈새에서 길고양이 새끼들이 끊임없이 태어났다. 고양이들을 먹이는 일은 주로 상가 1층의 배달 치킨집 종업원들이 했다. 이 상가 앞을 오가는 아이들은 심심하면 쭈그리고 앉아 고양이들이 나오길 기다렸다. 고양이들은 태어난 지 얼마 지나지 않아 금세 몸이 부쩍 커버렸다. 그는 지나다가 상가 앞에 세워놓은 자전거를 한쪽으로 밀고 어지러운 전선줄을 살짝 쳐든 뒤 고양이

들을 살피곤 했다. 그녀는 남자가 길고양이들 목을 몇 번 쓰다
듬어주고는 집으로 들어올 게 틀림없다고 생각하면서도 열어
둔 창으로 밀려드는 냉기에 이끌려 어깨에 스웨터를 걸치고 집
밖으로 나갔다. 미니스커트를 입은 여자가 멀쩡히 길을 가며
통화를 하다가 갑자기 꺅, 소리를 지르며 한쪽에 멈춰 섰다. 전
기밥솥처럼 생긴 배달통을 뒤에 단 스쿠터는 작은 아파트 단지
안을 종횡무진 오갔다. 대도시와 지방 도시는 전력양에서 차이
가 났다. 불 꺼진 상가 간판들은 밤하늘에 지워져 아무것도 보
이지 않았다. 그녀는 길고양이들의 가느다란 울음소리를 들으
며 상가 앞에 쭈그리고 앉아 있는 남자에게 다가갔다. 남자는
그제야 굼뜨게 일어나 상가 계단에 걸터앉아 담배를 피웠다.
고양이들이 그녀에게 다가왔다 멀어지곤 했지만 그녀는 고양
이를 그다지 좋아하지 않아 손을 내밀거나 배를 만지지는 않았
다. 담배를 다 피운 남자가 다가와 어깨 위에 팔을 두르고 들어
가자고 말할 때, 그녀는 몸도 마음도 완전히 편안해졌다. 뒤를
돌아보면 남자가 앉아 있던 자리에 치킨집 종업원들이 나란히
나와 앉아 소시지를 내밀며 길고양이들을 불러내려고 안간힘
을 쓰는 모습이 보였다.

　남자를 만나고 나면 입안 가득 수포가 생겼다. 그녀는 혓바
닥에 수포를 달고 도시로 돌아오는 자기 자신이 좋았다. 수포
때문에 말도 못하고, 더운 물도 차가운 물도 마시지 못했지만
그랬다. 수포가 가라앉으려면 최소한 일주일은 걸렸다. 이비

인후과에 가 혀끝에 검붉은 잉크 빛깔의 약을 바르고 처방해준 항생제를 먹었다. 부어 있는 건 입속 수포만이 아니었다. 그와 시간을 보내고 나면 온몸이 부풀어 올랐다. 이틀 정도는 연속해서 사우나에 가 몸의 부기를 내리지 않으면 안 되었다. 온몸이 정상으로 돌아오면 다시는 남자를 만나지 말아야겠다고 결심했다. 그러나 얼마 지나지 않아 또다시 지방 도시로 가기 위해 책상 위의 일들을 초고속으로 처리하고 있었다. 안국역 근처 작은 세무사 사무실과 집을 오가는 게 일상의 전부인 그녀에게, 그가 사는 지방 도시의 낡은 아파트와 그 주변의 무심한 듯 맥 빠진 풍경은 다른 우주 같았다. 그녀는 남자가 몇 살인지도, 고향이 어디인지도 잘 몰랐다. 주민등록증을 본 적도, 신용카드 청구서나 거래하는 은행 통장을 본 적도 없었다. 그녀 또한 남자에게 자기의 나이라든가 주소 따위를 전혀 말하지 않았다. 어느 순간, 오래전 죽은 아버지에 관한 얘기라든가 어릴 때 얘기를 뭔가 조금은 하고 싶다는 생각을 하기는 했지만 쉽사리 입을 열게 되지는 않았다. 둘 다 만나면 말도 별로 없고 구사하는 단어 수도 몇 개 되지 않아서 기본적인 동사만으로 소통을 했다. 그런데도 아무런, 어떤 지장도 없었다. 그녀는 지금까지 만났던 사람들과 왜 그토록 소통의 중요성을 강조하다가 헤어졌는지 이해가 되지 않았다. 대화 따위는 필요가 없었다. 대화를 해서 달라지는 건 아무것도 없다고 믿는 사람들처럼 그냥 늘 고요했다.

군인 애들이 다 총 놓고 집에 가면 되는데. 남북의 긴장 상황에 관한 뉴스를 보다가 그가 한 말이었다. 좀 황당한 얘기였지만 남과 북의 군인들이 모두 총을 놓고 집으로 돌아간다고 상상하니 괜히 즐거워졌다. 그렇다고 갈등이 전혀 없던 건 아니었다. 그녀가 남자의 등산복 점퍼 주머니에 돈이 든 봉투를 몰래 넣어두었을 때였다. 남자는 봉투를 열어 연두색 지폐를 홀홀 세어보고는 그녀가 서 있는 현관으로 걸어왔다. 기차역으로 가기 위해 옷을 다 입은 상태였는데 남자가 그녀의 목을 뒤에서 한 팔로 안으며 말했다. 한 번만 더 이런 짓 하면 죽여버린다! 그 말을 듣는 순간 왠지 대단히 짜릿한 기분이 되어 어깨를 떨었다. 두 사람은 그 지방 도시의 번화가에 있는 식당으로 가 돼지갈비 상추쌈을 배가 터지게 먹고 공짜 커피를 마셨다. 운전기사도 손님도 아무런 미안함 없이 팔을 내밀고 담배를 피워대는 택시 뒷자리에 타고 남자의 집으로 돌아갔다. 그리고 사랑에 빠진 애니메이션 영화의 주인공들처럼 어둠 속에서 밤새 싸웠고 다음 날 오후까지 시체처럼 잤다. 남자에게로 갈 때는 분노로 가득 찼던 그녀의 몸은 집으로 돌아갈 때는 한층 누그러져서, 도시에서 가졌던 패배감이나 불안감에 대해서도 조금은 관대해졌다. 그래서 기차를 타고 돌아갈 때는 인터넷 서점에서 마일리지로 구입한, 글로벌 기업에서 성공한 여자들의 말도 안 되는 성공담을 늘어놓은 전자책을 휴대폰 화면으로 집중해 읽을 수 있을 정도가 되었다. 남자는 도시의 오염된 공기와

들뜬 열망으로 인해 땡땡 부은 그녀의 몸을 후줄근하게 만들어 다시 도시로 돌려보내는 사람이었다. 도시가 가까워지면 그녀는 머리를 쳐들고 검은 차창에 비치는 자신의 얼굴에 립스틱을 바르며 성공이니 자아실현이니 하는 터무니없는 말들을 다시 떠올려보곤 했다. 그러면서 결혼이라든가 가정을 꾸민다든가 하는 일을 상상하기도 했지만 그녀는 늘 그 순간만큼은 눈을 감아버렸고, 목이 말라 방금 무거운 밀차를 밀며 통로를 지나간 이동매점 판매원을 소리쳐 불렀다.

그를 만난 후에는 시간이 초스피드로 지나갔다. 2주일이 불과 며칠 만에 지나가버리는 느낌이었다. 2주 뒤 주말, 그녀는 다시 그를 만나러 갔다. 그는 집에 없었다. 지금까지 그녀가 도착할 시간 즈음에 그가 집에 없었던 적은 한 번도 없었다. 방에 누워 낮잠을 자고 또 자도 그는 돌아오지 않았다. 메모도 없었고 전화도 없었다. 냉장고에는 생수 말고는 아무것도 없었다. 그녀는 다시 잠을 청했다. 좀 자다 깼는데 아직도 그는 집에 돌아오지 않은 상태였다. 그녀는 부엌 쪽 창틀에 올려놓은 재떨이와 담뱃갑을 봤다. 담배 한 개비를 꺼내 성냥불을 붙이고 입 속으로 가져갔다. 이내 기침이 나와 담배를 껐다. 화가 났다. 달그락거리는 소리를 내며 물컵 몇 개를 씻고 난 뒤 식탁 의자에 가만히 앉아 있었다. 그날은 길고양이들도 전혀 밖으로 나오지 않았다. 그녀는 상가 앞을 여러 차례 왔다 갔다 했다. 불안한 상태로 자다 깨다 한 아침, 누군가가 계속해서 출입문을 잡아당겼다. 옷을 단정하게 입고 러닝화를 신은 집주인 할아버지가 문 앞에 서 있었다. 이 방 세 든 자가 방을 뺀다고, 직장 때문에 오지 못한다고, 자기 물건은 버리라고 했는데, 당신이 이 집에 있으니, 당신이 좀 치워요. 뭐 하는 사람이 자기 짐도 안 치우고 나한테 치우라고 시키다니. 그녀는 할아버지 목덜미라도 잡고 싶었다. 지금 저한테 거짓말하시는 거죠? 저한테 거짓말하시면 안 됩니다. 그녀는 할아버지를 잡고 그를 찾아내라고, 찾아달라고 부탁하고 싶었다. 그는 아무것도 가져가지 않았다. 색깔과 모양이 비슷한 반팔, 긴팔 등산복이 몇 벌 있었고, 흰 양말과 검은 양말 몇 켤레가 나왔다. 옷장 맨 안쪽에 넣어둔 가방에서 종잇장처럼 납작해진 예비군복 한 벌과 벼룩시장에서 파는 것 같은 군용 워커도 한 켤레 나왔다. 그리고 부피가 크고 무거운 검은 공구통 한 상자도. 그녀는 공구통을 열어보았다. 끝에 날카로운 못 같은 것이 달린 붉은색 총 하나와 알록달록한 색깔의 플라스틱 핀이며 용도를 알 수 없는 끈, 작은 플라스틱 못이 가득 들어 있었다. 그녀는 공구통 상자를 소리나게 닫아 방바닥 한쪽에 밀어두었다. 그러다 다시 공구통을 열었다. 길고양이의 목덜미를 쓰다듬던 그의 손이 떠올랐다. 순간 공구통 안의 알록달록한 것들이 경계를 잃고 한껏 뭉개져 보였다. 아무리 둘러봐도 공구통과 예비군복밖에는 남은 게 없었다. 공구통 뚜껑을 열었다, 닫았다, 그게 다였다.

그녀는 집으로, 도시로 돌아왔다. 예보와 달리 장마전선은 도착했는데 비는 내리지 않았다. 네 쪽으로 나눠 파는 수박을 사 들고 와 반을 먹고 나머지 반은 랩을 씌워 냉장고에 넣어두었다. 달의 모양이 변하듯 수박 모양은 점점 날카로워졌다. 그러나 그것도 결국 얼마 안 가 다 먹어버렸다. 주말이 되어도 비는 오지 않았다. 시간이 갈수록 몸이 돌처럼 굳어갔다. 날씨 탓이었다. 한의원에 가 부항을 떠도 그때뿐이었고 사우나에 가도 몸에서 부기가 빠지지 않았다. 그녀는 남자를 걱정하기보다 점점 부어오르는 자신의 몸을 더 걱정했다. 늘 좋다고 그녀를 졸졸 따라다니던 사무실 남자 후배에게 전화를 걸었다. 주말에 만나고 싶다고, 니가 그토록 원하던 데이트를 해주겠다고 말했다. 근데 차장님, 지금 어디예요? 소리가 왜 이렇게 울려요? 주말에 장마 시작이래요. 비가 많이 오지 않았으면 좋겠네요. 주말에 뵈어요. 정말 기대되네요. 화가 치밀어 올랐다. 무슨 사내자식이 이렇게 말이 많단 말인가. 어차피 헤어질 생각이었으니까, 오래갈 수는 없는 사이라고 생각해왔으니까, 다시 돌아온다고 해도 끝났다고 말할 생각이었다. 그녀의 생각은 그랬다. 그런데 전화가 연결되지 않았다. 번호는 살아 있는데 연결이 되지 않았다. 그녀는 점심을 먹고 나서도 동료들에게서 떨어져, 골목길 안쪽의 윤보선 생가 앞을 서성이며 그의 번호를 누르고 또 눌렀다. 전화를 거는 순간이 되면 입속에 났던 수포들조차 온통 그를 인지하고 갑자기 독이 뻗쳐오르는 듯했다. 그뿐이 아니었다. 가슴 속 유선도, 심지어 실금 같은 손바닥의 손금마저도 반응을 일으키는 것 같았다. 지금이라도 그의 집으로 가면 그가 태연하게 상가 계단 옆에 앉아 길고양이를 돌보고 있을 것만 같았다.

주말에 사무실 남자 후배를 만났다. 순두부를 올려주는 소바를 먹는데 순두부가 다 깨져버려 먹기가 몹시 불편했다. 게다가 후배는 5백 시시짜리 맥주 한 잔을 마시고 횡설수설했다. 여자애들의 수다를 능가하는 말솜씨, 그녀는 말이 많은 사람은 참을 수 없었다. 게다가 세상 물정을 전혀 몰랐다. 생긴 건 멀쩡한 인간이 세상 물정을 모른다는 건 정말 치명적이었다. 모든 것이 다 귀찮아져 금세 헤어져버렸고 헤어졌는데도 아쉽기는커녕 더없이 홀가분했다.

이틀 후, 그녀는 집을 나와 지방 도시로 가는 기차를 타기 위해 역으로 갔다. 역에는 노숙자와 삐끼와 흡연자 천지였다. 역사 로비가 빙빙 돌았다. 몇 끼를 굶었는지 기억도 나지 않았다. 벽에 걸린 열차 시간표의 숫자들도, 커다란 액정도, 사람들도 눈에 보이는 것들 모두 빙빙 돌았다. 로비 한가운데, 사방으로 출입문이 열린 공간이 보였고, 그녀는 중심을 잃지 않기 위해 문이 열린 곳으로 걸어 들어갔다. 그리고 곧바로 매니큐어 진열대 앞으로 가 테스트용 매니큐어 뚜껑을 열었다. 화장품, 비타민, 대나무로 만든 물건들, 희고 검은 티셔츠 등을 파는 다용도 선물 가게였다. 스님들도, 핫팬츠를 입은 십대들도, 얼룩무늬 제복을 입은 군인도, 할아버지도 아무것도 사지 않고 이쪽

문으로 들어왔다 저쪽 문으로 다시 나갔다. 한 여자가 그녀에게 몸을 바싹 붙여오며 물었다. 이거 파는 거 아닌가? 그녀는 엄지손가락만 남겨두고 오른손 중지에 막 보라색을 칠하는 중이었다. 여자의 입에서 파뿌리 냄새가 났다. 흰 모시로 된, 개량한복 상의에 통치마를 입고, 짝퉁 샤넬 가방을 어깨에 멘 채 배를 쑥 내밀고 비뚜름한 자세로 서 있었다. 여자는 매니큐어를 바르는 그녀 옆으로 더 다가와 흰 아크릴 전시대에 배를 바싹 붙이고 섰다. 그냥 바르셔도 돼요. 이걸 바르면 기분이 나아져요. 상대가 듣거나 말거나 혼자 떠들었다. 여자는 자기 손을 내려다보고 있었다. 힘줄이 돋은 울퉁불퉁한 손이었다. 난 봉숭아물을 들여놔서. 발라도 될까 몰라. 보여달라고 하지도 않았는데, 여자는 순순히 두 손을 뻗어 그녀에게 내밀었다. 그래서 순간 그녀는 뭐라도 해야 했다. 투명 톱 코트 뚜껑을 열었다. 화공 약품 냄새가 모든 것을 진정시키는 느낌이었다. 할머니, 이걸 바르시면, 손톱이 더 반짝거려요. 부서지거나 하지도 않고. 자, 손가락 쑥 뻗으세요. 그녀는 마치 유치원 아이들을 돌보는 듯한 친절한 말투를 쓰는 자기 자신을 역겨워하며 여자의 손톱에 톱 코트를 발라주었다. 이기, 여기 이리 많이 펼쳐놓은 게 맘대로 다 발라도 되는 거란 말이지. 난 몰랐다 진짜로. 세상 참 편하고 좋아졌네. 여자는 흰 아크릴 상자 안에 차곡차곡 들어차 있는 여러 가지 색깔의 매니큐어를 후루룩, 한 손으로 쓸어보았다. 그리고 잠시 후 짝퉁 백 속에서 울리는 휴대폰을 꺼내 전화를 받았다. 그녀는 여자의 입에서 나는 파뿌리 냄새, 썩은 치즈 냄새 같은 악취를 피하기 위해 한 발짝 물러섰다. 오래전에 엄마의 입 주변에서 나던 냄새였다. 또 엄마의 언니들에게서도 같은 냄새가 났다. 그 냄새를 맡을 때마다 절망했던 기억이 떠올랐다. 그래서 할 수 없이 또 손톱 위에 톱코트를 덧발랐다. 매니큐어가 정상적으로 마르기까지 대여섯 시간이 필요하다는 걸 잘 알고 있었지만 바를 때마다 그 사실을 잊었다. 그리고 진열대 앞으로 다시 걸어오는 여자를 피해 로비의 텔레비전 화면 앞에 몰려 있는 사람들 쪽으로 걸어 나왔다.

통로 쪽 자리였다. 엘에이 다저스 모자를 눌러쓴 남자가 차표에 적힌 번호를 확인하고는 한 손으로 창가 자리를 가리켰다. 그녀는 자리에서 일어나 남자가 창가 자리에 앉도록 길을 비켜주었다. 커다란 보스턴백을 선반에 얹은 남자는 모자챙을 푹 내려쓰고 이내 등받이에 머리를 기댔다. 남자도 그녀도 거의 두 시간을 미동도 하지 않고 좌석을 지켰다. 남자는 가끔 입을 가리고 통화를 했다. 당분간은 다른 데서 일을 못해요. 지금일하고 있는 데가 있어서. 또 연락합시다. 고마워요 형님. 남자에게서 자동차 기름 냄새가 났다. 쓰레기를 태운 것 같은 냄새도 났다. 통로로 음료와 과자를 파는 매점 직원이 지나갈 때 남자가 작은 소리로 말했다. 아가씨 단팥빵 하나. 순간 그녀는 돈을 건네느라 통로 쪽으로 뻗은 남자의 팔을 보았다. 진한 갈색 빛깔의 피부였다. 남자는 물도 없이 빵을 먹었다. 물도 없이 빵을 먹다니. 그녀는 배낭에 찔러 넣은 물통을 꺼내 줄까 말까 자꾸 만지작거렸다. 단팥빵이 먹고 싶었다. 논밭과 다리와 물이 마른 강, 드넓은 쓰레기 하치장과 목재 야적장을 지나 기차는 달렸다. 목적지를 향해 가고 있는 것인지 똑같은 트랙을 반복해서 돌고 있는 것인지 알 수 없었다. 옆자리의 남자가 잠이 들어 있을 때 그녀는 가운데 팔걸이에 올린 그의 팔을 내려다봤다. 남자의 몸에서 나는 땀내를 맡았다. 잔뜩 긴장해 있던 어깨가 풀리고 잠이 왔다. 단팥빵의 앙금 맛이 떠올라 침이 꼴깍꼴깍 넘어갔다.

역 광장에서 그녀는 무심코 엘에이 다저스 청색 야구모자를 찾았다. 광장에는 야구모자도, 갈색 빛깔의 팔뚝도 아주 많았다. 주변의 물이 다 마르고 호수 한가운데만 겨우 조금 남아 있는 것처럼 그녀는 광장에 혼자 서 있었다. 몸이 아주 작아진 것 같았고 눈을 뜰 수도 없이 더웠다. 그녀는 손차양을 만들어 눈을 가리고 광장의 현실을 똑바로 보기 시작했다. 저만치 보도블록 너머 띄엄띄엄 서 있는 차들 외에 광장에서 몸을 피할 수 있는 곳은 딱 한 군데였다. 타로 점, 운명, 미래 예언. 그녀는 타로 천막을 향해 곧장 걸어갔다. 푸른 줄이 죽죽 간 천막 안에서 얼굴을 선크림으로 회칠한 여자가 그녀를 보며 들어오라고 손을 흔들었다. 목마르죠? 물 좀 마셔요. 그녀는 삼다수 한 병을 거의 다 들이켜고 눈앞에 앉은 여자를 쳐다봤다. 뭐가 문제예요? 뭐라 말을 할 수가 없었다. 그냥 누굴 좀 찾고 있어요. 돈 떼였어요? 돈 떼였구나. 어쩌다 그랬어. 그래도 극단적인 행동은 절대 하면 안 된다. 목숨은 소중한 거다. 여자가 카드를 한 장 뽑으려고 했다. 아뇨, 그런 게 아니라, 잠깐 기다려요. 천천히 뽑아요, 내 말 들어보고 뽑아요. 그녀가 타로 여자의 끈적거리는 팔뚝을 잡으려고 했다. 자, 봅시다. 내가 보면 다 알아요. 여자의 미간에 세로로 굵은 주름이 생겼다. 자, 하나 뽑아요. 그녀는 눈을 감고 카드를 뽑았다. 그녀가 뽑은 카드에는 발목까지 오는 긴 옷을 입은, 지팡이를 든 중성적인 느낌의 여자가 서 있다. 그 배후에 있는 커다란 달, 아니 태양인가. 뻥 뚫린 배후의 길들이 보였다. 이 그림은 말이죠. 아가씨의 현재. 지금의 마음 상태를 보여줍니다. 아가씨는 지금 뻥 뚫린 이 길, 이 길 보이죠? 이 길과 지금 이 여신 캐릭터가 서 있는 이 지하 길 보입니까? 이 두 길 중에 어디로 갈까 고민을 하고 있는 거란 말입니다. 환한 길, 아님 지하로 난 길, 고민하고 있죠? 그죠? 맞죠? 순간 그녀는 진짜 두 갈래 길 앞에서 고민하는 심정이 되었다. 뭐, 갈림길에서 고민하지 않는 사람은 없는 거 아닌가요. 그녀는 혼잣말하듯 대답하고는 광장 저쪽에서 걸어와 역사로 걸어 들어가는 사람들의 뒷모습을 돌아봤다. 지나치게 환하던 광장의 백색이 조금은 잦아든 것 같았다. 대화는 더 진전되지 않았다. 그녀는 타로 천막에서 나와 무작정 광장을 가로질렀다. 저만치 보스턴백을 어깨에 메고 광장을 걸어 나가는 다

저스 야구모자가 보였다. 야구모자는 횡단보도 앞에 서서 신호를 기다리고 있었다. 그녀는 야구모자를 따라 길을 건넜고 야구모자를 따라 버스에 올라탔다. 몇 개 정거장을 지나면서 정거장 간격도 길어지고 요란한 간판을 매단 식당들이 즐비한 촌스러운 풍경으로 바뀌었다. 버스는 이내 동물 축사들과 짓다 만 건물들, 그렇고 그런 모양의 논과 밭을 지나갔다. 그녀는 절대 놓치면 안 된다는 듯이 앞좌석의 손잡이를 꼭 잡고 야구모자의 뒷모습을 보고 있었다.

야구모자가 내린 곳은 다리가 있는 교차로였다. 산 아래 네모반듯한 건물들이 블록처럼 모여 있는 공장 지대가 보였다. 교차로 위쪽으로는 시 관할 화장장 간판이 보였고 그 옆 왼쪽 사잇길로 교도소를 가리키는 커다란 표지판이 붙어 있었다. 버스에서 내린 야구모자는 햇빛을 가르며 공장 쪽을 향해 뻗은 시멘트 길을 성큼성큼 걸었다. 빨리 걷고 싶었지만 야구모자를 따라가기에는 역부족이었다. 그녀는 야구모자가 외벽을 노랗게 칠한 공장 건물 입구의 게이트를 통과해 더 안쪽으로 걸어 들어가는 것을 바라보고 서 있었다. 어지러워서 어디로든 들어가고 싶었다. 화장실에 가고 싶어 들어간 식당엔 손님은 없고 커다란 업소용 선풍기만 쌩쌩 돌았다. 두루마리 휴지를 꼭 가져가라는 주인 할머니 말대로 휴지를 가지고 화장실로 갔다. 스위치를 눌러도 전기가 들어오지 않았다. 화장실 거울에 비친 얼굴은 딴 사람 같았다. 손에서는 땟국이 흐르고 종아리는 탱

탱 부어 청바지가 터질 것 같았다. 겨우 몇 시간 전에 바른 매니큐어 칠이 군데군데 금이 가고 지저분하게 번져 있었다. 그래도 볼에 힘을 주고 웃으며 거울을 봤다. 너무 피곤해서 금세 눈시울이 붉어졌다. 김치찌개 맛은 짜고 달았다. 한 남자아이가 뛰어오더니 식당 벽 쪽에 놓인 정수기 앞에 앉아 숙제를 하기 시작했다. 열심히 안 하면 그지 새끼가 된다니까! 남자아이는 거듭되는 할머니의 잔소리에도 끄떡도 않고 가만히 앉아 연산 문제를 풀었다. 이 할머니 봐라. 공부 안 해서 이렇게 개고생하잖냐. 그래도 남자아이는 들은 척도 안 했다. 도시에서 고생하는 니 엄마, 아빠 생각해서라도. 그 대목에서 남자아이는 아예 입을 커다랗게 벌리고 두 손으로 양쪽 귀를 막아버렸다. 그녀도 아이를 따라 귀를 막았다. 밥을 먹고 난 후 식당 의자에 앉아 꾸벅꾸벅 졸았다. 식당 할머니가 커피를 가져다줄 때까지 그녀는 잠깐 졸았다. 커피를 마시고 밥값을 치르고 나가 동네를 돌아다녔다. 이상하게도 커가는 아이들이 많은 동네였다. 교차로 주변에 야트막한 집들이 많았다. 화단이 있고 담벼락이 있고 발꿈치를 들어 안을 들여다보면 집 안이 환히 보이는 집들이었다. 피곤했다. 그러거나 말거나 도시를 떠나올 때와 달리 몸의 부기가 조금은 빠진 듯한 기분이 들었다.

그녀가 슈퍼마켓 앞에 놓인 파라솔 의자에 앉아 있을 때 한 여자가 다가왔다. 희끗희끗한 머리카락이 아주 짧았고 무릎까지 오는 반바지에 초록색 크록스 샌들을 신고 민소매 티셔츠를 입었다. 여자는 두 손을 가지런히 복부 중앙에 모은 채 그녀의 얼굴을 내려다봤다. 그러고 보니 어디서 본 것도 같은 얼굴이었다. 어릴 때 집 주변의 아스팔트 위를 돌아다니던 정신 나간 여자 얼굴과도 비슷했고, 또 어떻게 보면 죽기 직전의 엄마나 엄마의 자매들과도 비슷한 얼굴이었다. 커트 머리 여자가 머리를 긁적거리며 다가왔다. 여기서 뭐 해? 아까부터 봤어 내가. 난 그냥 사람을 찾고 있어요. 사람을 찾으러 왔어요. 어떻게 생겼냐 하면, 그러니까. 그녀는 말을 잇지 못하고 머리를 긁적거렸다. 따라와. 찾아줄게. 어디 있는지 내가 가르쳐줄게. 난 다 알아. 커트 머리 여자가 그녀를 부추겼다. 먼 산 위의 구름들이 아파트를 타고 내려와 도로 위의 낮은 하늘로 총집결하는 중이었다. 집과 가게, 나무는 점점 더 사선으로 기울어져 낮게 짜부라지고 하늘과 아스팔트의 간격은 점점 더 가까워지는 것 같았다. 장마전선이 몰려오고 있었다. 그녀는 문득 손목시계를 봤다. 사무실의 동료들이 퇴근을 하고 인사동 비좁은 골목 속의 삼겹살집으로 몰려갈 시간이었다. 셔츠 위에 앞치마를 두르고, 물휴지에 손을 닦고 전쟁 장비처럼 휴대폰을 하나씩 장전한 채 소주를 마시는 시간. 왜 그래, 자기 무슨 일 있어? 동료가 물었다. 에이 왜 그래, 마셔 마셔! 주문처럼 사람들은 마셔 마셔를 외쳤다. 커트 머리 여자가 그녀의 팔을 잡고 슈퍼마켓 안으로 끌고 들어갔다. 그녀의 몸은 비좁은 통로에서 잠깐 중심을 잃고 비틀거렸다. 그녀는 커트 머리 여자와 함께 파라솔 아래에 앉아 짱구를 한 봉지씩 손에 든 채 아무것도 지나가지 않는 저만치 위의 다리를 쳐다봤다. 두 사람은 봉지에 든 짱구를 와작거리며 먹었다. 한순간 여자가 고개를 돌려 그녀를 쳐다보며 웃었다. 잠깐 기다려, 여기 가만히 있어! 어디 가면 안 돼. 여자가 가게 안에 들어가 초록색 소주병을 들고 나왔다. 흥분한 여자는 소주병을 거의 수직으로 세워 콸콸 소리를 내며 마셨다. 여자의 눈가가 더 발갛게 변하고, 볼살이 탱탱해지는 듯하더니 짱구를 입에 털어 넣고는 감동스러운 얼굴로 말했다. 맛있다. 너도 먹어. 커트 머리는 크록스를 벗어 손에 들고 아스팔트로 나섰다. 그녀도 구두를 벗어 들고 물먹은 아스팔트 위로 걸어 나갔다. 하늘은 점점 더 낮게 가라앉고 먹장구름이 머리 위까지 내려와 있었다. 술을 마신 커트 머리 여자가 다가와 그녀의 손을 잡았다. 그리고 그녀의 손을 입 가까이 가져가 혀를 댔다. 미쳤어요? 그러거나 말거나 커트 머리 여자는 계속해서 그녀의 손등을 핥았다. 난 미용사가 될 거야. 미용사. 내가 머리 예쁘게 해줄게. 우리 엄마 머리도 내가 예쁘게 해줬어. 고객님, 여기 앉으세요. 머리 어떻게 해드릴까요? 여자가 자꾸만 머리를 잡아당겼다. 거센 바람 소리가 들렸다. 그 소리를 듣고 놀라 저만치 앞으로 달려 나가는 미용사 뒤로 초록색 크록스 한 짝이 떨어졌다. 그녀는 웃었다. 그녀의 어릴 적 꿈도 미용사였다. 그녀는 웃으며 정신 나간 여자의 크록스 한 짝을 주워 들고 아스팔트를 걸었다. 발바닥은 열기가 남아 있어 따끈따끈했다.

그녀는 겨우 숙소를 찾을 수 있었다. 방으로 들어가 먼저 몸을 씻고 거울을 봤다. 온몸이 아팠다. 눈 아래에는 검은깨 같은 것이 빼곡하게 들어차 있었다. 헤어드라이어로 정성스레 머리를 말렸다. 드라이어의 열기가 따뜻했다. 이불 위에 누워 눈을 감았다. 수도를 마당 한가운데 둔 숙소는 밤새 사람들이 들어왔다가 나갔다. 불빛이 조금 커졌다가 조금 작아졌다가 이내 다시 발걸음 소리가 들렸다가 다시 쥐 죽은 듯이 고요해졌다. 그녀는 이불 속으로 휴대폰을 가지고 들어갔다. 통화 신호음이 주홍색 이불 안을 가득 채웠다. 전화는 연결되지 않았다. 그녀는 '말하는 고양이 안젤라 앱'을 작동시켰다. 그리고 안젤라에게 물었다. 그는 어디 있을까? 그러자 파란 눈의 고양이 안젤라가 대답했다. 고향에 있어! 고향에.

다음 날 그녀는 지방 도시 개발을 책임지고 있는 공무원들이 일을 하고 있는 사무실로 찾아갔다. 그들은 건물 1층에 앉아 2층 계단을 오르락내리락하며 일을 하고 있었다. 마치 2층 계단을 오르락내리락하는 것이 일의 전부인 것 같았다. 그녀는 공무원들에게 서류를 내밀었다. 한자로 적혀 세로로 늘어선 조상의 생몰 기록 뒤로 그녀의 출생 기록이 보였다. 자재 창고가 들어선 곳 아닌가? 전에는 평야였다고 들었어. 부채 공장이 있던 자리 아냐? 공무원들의 얼굴이 점점 더 심각해졌다. 여기서 20킬로미터는 더 가야 할 거야. 차로 가야겠지, 걸어서 가는 건 불가능해. 최근에 멧돼지가 돌아다닌다는 얘기도 들었거든. 그녀는 막 2층에서 내려온 공무원이 건네준 지도를 받았다. 자, 제가 설명을 해드리죠. 이 지역은 얼마전까지 우리 관할이었지만 지금은 관할 지역이 아닙니다. 원래는 그냥 평야였다가 그 뒤엔 공장이 들어섰다가, 한때는 오갈 데 없는 사람들의 집단 거주지였다가 지금은 다시 평야로 변한, 늘 용도가 바뀌는 아주 골치 아픈 곳입니다. 그녀는 지도와 출생 기록을 가방에 찔러 넣고 건물 밖으로 나왔다. 그리고 천막을 쳐놓은 장터에서 일자 진열대에 걸어놓은 옷들을 구경했다. 꽃무늬 치마가 눈에 띄었다. 청바지가 몸을 조여 빨리 편안한 옷으로 갈아입고 싶었다. 그녀는 트럭 뒤에 숨어 치마로 갈아입었다. 치마는 발목까지 내려왔고 바람이 불 때마다 하체를 휘감거나 항아리처럼 퍼지며 부풀어 올랐다. 잠깐 실실거리며 웃었다. 누구나 살면서 한 번쯤은 이런 쓸데없는 짓을 해도 괜찮다고 말하고 싶었다. 아무런 기억이 없는, 태어났다고 기록된 곳에 찾아가는 일.

다음 날, 그 지역까지 가이드를 해준다는 남자를 만났다. 남자는 크고 우렁찬 목소리를 가진 거구였다. 다짜고짜 소리를 질렀다. 여기 오기 전에 뭘 했어요? 남자의 배 위에 겨우 붙어 있는 셔츠 단추가 떨어져 나갈 것 같았다. 기차를 탔죠. 기차를 타고 왔어요. 남자는 양상추 냄새를 풍기며 출렁이는 배가 가엾다는 듯이 배 위에 한 손을 얹고 말했다. 자자, 신비로운 척하지 말고, 당신 직업 말이야. 당신이 하는 일을 말하라고. 회사에 다녀요. 저는 다른 사람들의 세금을 계산해서 대신 세무서에 신고해주는 일을 해요. 세무 신고 대행사죠. 남자는 검은색 노끈으로 위를 묶은 장부를 꺼내느라 상체를 내밀었고 단추는 이제 막 떨어지기 직전까지 벌어졌으며, 남자의 흰 살은 단추가 벌어진 만큼 드러났다. 흰 연기 같은 것이 시멘트 건물 안을 가득 채우고 있는 것 같았다. 남자는 눈을 치켜뜨며 검은색 연필을 360도로 돌렸다. 난 누군가를 찾으러 왔어요. 오래 있지는 않아요. 찾기만 하면 바로 같이 떠날 거구요. 난 나쁜 사람이 아닙니다. 심지어 이곳 출신이랍니다. 그녀는 큰 소리로 말했다. 내가 왜 이러는지 알아? 그냥 돌아가. 요즘에 여자 혼자 돌아다니면 위험해. 내가 보니까, 그 사람 찾을 필요 없어. 당신 고향이니까 나무나 심고 가. 고향에 왔으면 나무라도 심고 가야지. 여기서는 그것밖에는 할 게 없어. 그게 가장 인간다운 일이야. 저기 의자에 가 앉아서 기다려요. 남자가 검은색 장부로 의자를 가리켰다. 햇살이 의자 위로 흰 약가루처럼 떨어져 내렸다. 도로 위로 유조차 행렬이 길게 이어졌다. 끝없이 기름을 실어 날랐다. 영화를 너무 많이 봐서 그런지 텍사스나 애리조나 주에서 유조차가 터지듯이, 이 지방 도시에서도 유조차가 터지는 환영이 보이는 것 같았다. 그녀는 밖으로 나와 눈을 가늘게 뜨고 앞이라고 생각하는 곳을 향해 걸었다. 비는 여전히 오지 않았다. 몸이 부서질 것처럼 아팠다. 어디에도 그는 없다는 결론을 내렸다. 체중은 한 줌도 채 안 될 것처럼 가볍게 느껴지고 머리는 반으로 딱 쪼개진 것처럼, 머리꼭지가 뱅글뱅글 돌았다. 그녀는 순간 유조차가 지나가는 도로 위로 풀썩 쓰러졌다.

아래층에서 사람들 소리가 들렸다. 그녀는 창가에 있는 흰 침대 위에서 눈을 떴다. 온몸이 땀투성이였다. 일어나 창을 열려고 했다. 창은 미동도 하지 않았고 그 대신 누군가 2층으로 올라오는 소리가 들렸다. 빨간 점퍼를 입고 검은 군화를 신은, 나이를 짐작할 수 없는 여자애였다. 아래층에서는 카드를 하는 것 같았다. 욕하는 소리와 음악 소리가 들려왔고 담배 냄새가 진동했다. 여기는 여행자 숙소예요. 언니가 길에 쓰러져 있어서 나랑 내 친구가 업고 왔어요. 하루 숙박료와 제 친구들 세 명의 수고비를 내셔야 해요. 굉장히 무거우셨거든요. 검은 군화는 창을 열고 수납장을 열어 세면도구를 꺼내 침대 위에 던져주고 빨간 점퍼 주머니 안에서 휴대폰을 꺼내 액정 화면을 들여다봤다. 일단 여기서 좀 쉬다가 갈게. 난 한번 몸살이 나면 아무것도 못 하거든. 미안해. 미안하긴요, 언니는 그냥 돈을 더 내시면 되는데. 보통은 하루에 3만 원인데, 언니는 2만 원만 내세요. 3일이니까 6만 원. 라면이나 햇반은 아래 있으니 내려와서 드세요. 그건 따로 돈을 내시면 돼요. 거기, 분홍색 돼지 저금통에 돈을 넣으세요. 검은 군화는 아래층으로 내려갔다. 그녀는 킥킥 웃었다. 언젠가 봤던 지독하게 못생긴 배우가 나오는 프랑스 영화 「로제타」의 여주인공과 똑같이 생겨서 저절로

28

웃음이 났다. 자기 일자리를 빼앗기지 않으려고 친구를 배신하고 골탕 먹이기를 멈추지 않던 소녀. 웃다가 그녀는 다시 누웠다. 그녀는 자신이 태어났다고 기록된 곳에 한번 와보고 싶었다. 엄마가 해준 말에 의하면 그곳은 옛날부터 소작농들이 많았고 야트막한 평야였으며 곡창 지대의 일부였다. 어릴 때도 식구들이 단출해서 조용한 생활을 했고 밥을 굶거나 폭력이나 학대에 시달리지도 않았다. 그런데 그녀는 유독 어릴 때 들었던 어떤 말 때문에 늘 힘들었다. 니 에미가 낳은 애가 죽어서 니가 태어난 거야. 사내애였어. 그건 그녀의 부모들이 한 말은 아니었다. 그러나 그녀는 그 말을 자주 들었다. 이상하게도 자신의 태생에 관한 이야기를 믿을 수 없는 이유는 그 말 때문이었다. 성인이 된 후에도 그녀의 머릿속에 얼굴이 없는 그 사내아이가 수시로 떠오르곤 했다. 얼굴 없는 미라의 형상에 말은 하지도 못하는 흰 몸뚱이의 사내애. 그녀는 늘 그 애에게 미안했고 그 애의 목숨을 빼앗아 태어난 것 같은 죄책감에 시달렸다. 아니 그 애를 대신해 살아가고 있었기 때문에 모든 게 다 엿같이 느껴질 때가 많았다. 늘 우울하고 말이 없는 아버지도 그 죽은 아이를 잊지 못하는 거라고 생각했었다. 널 대신해 사는 주제에 이렇게밖에 살지 못해 정말 미안하다. 그녀는 심한 몸살을 앓았다. 다시 눈을 떴을 때 창밖은 완전히 깜깜했다. 아래층에서는 여전히 텔레비전 소리가 났다. 그녀는 몸을 일으켜 문을 열고 계단을 걸어 내려갔다. 계단을 내려서자 공동 부엌

이 나왔다. 몸집이 작은 동남아 남자들이 라면 냄비를 가운데 둔 채 젓가락질을 하고 있었다. 그녀는 어색하게 인사를 하고 공동 부엌 벽면에 매달린 텔레비전으로 시선을 옮겼다. 잠시 후 검은 군화가 들어오고 다른 애들 셋이 더 들어와 테이블 위에 앉았다. 한 남자아이가 냉장고에서 캔맥주를 꺼내왔다. 나 여기 며칠만 더 있을게요. 그녀는 검은 군화에게 말하고 황급히 지갑을 열어 숙박비를 치렀다. 그러시든가요. 순간 검은 군화가 날카로운 눈으로 그녀를 째려보는 것 같았다.

그녀는 2층으로 올라갔다. 자세히 보니 벽은 못질을 한 자국과 심한 균열의 흔적으로 실금 천지였다. 침대 시트는 축축했고 바닥에는 긴 머리카락이 뭉텅이진 채로 떨어져 있었다. 그녀는 다시 내려가 캔맥주를 얻어 올까 고민했다. 아무래도 다시 잠을 자는 것은 어려울 것 같았다. 다른 이유는 없었다. 대낮에 내내 잤기 때문에. 그녀는 가방에서 출생 기록을 꺼냈다. 너무 오래된 일이라 웃음이 났다. 다만 그녀는, 왜 그를 좋아했는지 이제 알 것 같았다. 그녀는 아버지의 머리에 달린 뿔을 무서워했다. 실제로 뿔이 있던 건 아니지만 무서웠다. 그런데 그의 머리에는 뿔이 없었다. 게다가 아버지를 닮아 한없이 과묵했다. 옆에 있어도 없는 것처럼 하나도 부담스럽지 않았다. 뿔도 없고 과묵하고 길고양이를 좋아하는 사람. 자기표현이 거의 없는 동물과 그리 다르지 않았다. 아버지가 죽었을 때보다 그가 사라진 지금이 그녀에게는 훨씬 더 심각했다. 그녀는 꽃무늬 치마를 한 손에 모아 두 다리 틈에 찔러 넣고는 방 저쪽에 있는 의자를 가져와 창 아래에 놓은 뒤 창틀 위로 올라갔다. 아래는 경사가 꽤 있는 언덕이었다. 무게중심을 오른쪽으로 기울여 떨어뜨리면 완만한 웅덩이를 피해 더 가파른 언덕 아래로 제대로 떨어질 수 있을 것 같았다. 그녀는 후들거리는 두 무릎을 꼭 감싼 채 눈을 질끈 감고 몸을 둥그렇게 말아 세게 힘을 주었다. 바로 그때였다. 누군가 그녀의 등을 거칠게 움켜쥐었다. 미쳤어요? 아 진짜, 또라이 아냐.

다음 날 아침, 침대에 누워 있는 그녀의 등 뒤로 아래층에서부터 휘파람 소리가 올라왔다. 공동 부엌에 사람들이 모두 모여 있었다. 심한 천둥소리가 들렸는데 아무도 밖으로 나가지 않았다. 검은 군화와 그 친구들은 모여 앉아 트럼프를 했고, 동남아 노동자들 둘은 며칠 전처럼 마주 보고 앉아 햇반에 김을 싸 먹고 있었다. 그녀는 부끄러운 듯 그들에게 다가갔다. 아직 휴가가 며칠 남았는데 여기 좀 있다가 가고 싶어. 그래도 될까? 검은 군화는 담배를 피워 물며 고개를 끄덕였고 옆에 앉은 남자애들은 그녀를 쳐다보지도 않았다. 누나 마음대로 하세요. 오히려 동남아 남자들의 말투가 공손하고 따뜻했다.

그녀는 다음 날 아침 검은 군화와 함께 집을 나와 버스를 탔다. 아침에 일어나 바지를 입다가 허벅지 부근의 솔기가 터진 걸 발견했다. 빌려 입은 청바지가 다행히 몸에 잘 맞았다. 청바지 빌린 값을 주겠다고 말을 하려는데 검은 군화가 입을 열었

다. 청바지는 그냥 빌려드릴게요. 제가 뭐 돈에 환장한 줄 아
세요. 남의 집 창틀에서 뛰어내리지만 마세요. 그런 행동을 하
시면 저만 귀찮아져요. 언니는 엄청 무섭다고요. 내가 말했죠.
버스는 북쪽으로 달렸다. 바로 찻길 옆에 산이 있고 벼랑에 매
달린 듯한 바위가 곧 떨어질 것 같아 속도를 내면 낼수록 이슬
아슬한 기분이 들었다. 버스는 곧 완만한 언덕길로 접어들었
고 산 중턱까지 계속 올라갔다. 저만치 시계 3시 방향으로 건
물 하나가 보였는데 흰 칠을 한 2층 건물 두 채가 ㄴ 자 형태로
붙어 있었다. 버스는 두 사람을 내려놓고 반대편으로 달려 내
려갔다. 집이 가까이 보이기는 했지만 실제로는 꽤 걸어야 했
다. 걷는 동안 끊임없이 개가 짖었다. 건물 안에 들어가기도 전
에 키가 허리에도 차지 않는 아이들이 와르르 뛰어나와 검은
군화의 손에 들린 과자 봉지 두 개를 낚아챈 뒤 소리를 지르며
여기저기로 달아났다. 애들한테 아침부터 단 걸 먹이면 안 되
는데. 그녀는 검은 군화를 나무라듯 말했지만 검은 군화는 아
무 대답도 없었다. 그녀는 꽃무늬 치마로 갈아입고 뭐든 시키
라는 듯이 두 손을 비볐다. 단조로운 건물 안은 보기보다 훨씬
더 지저분했다. 그녀는 몇 명씩 모여 앉아 과자를 먹고 있는 틈
에 가 쭈그리고 앉았다. 뭐 해요? 그녀는 검은 군화의 고함에
놀라 자리에서 벌떡 일어났다. 검은 군화가 그녀의 손에 진공
청소기를 쥐여주었다. 휑한 건물은 꽤나 넓어서 청소기를 잡
은 지 얼마 되지 않았는데 목덜미에서부터 땀이 나기 시작했

다. 저 앞에서 걸레질을 하고 있는 검은 군화의 등은 이미 가운데가 흠뻑 젖어 있었다. 열 명이 넘는 아이들을 모두 씻기고 카레를 만들어 먹이고 양치질을 시키고 낮잠을 재웠다. 그녀 또한 자잘한 꽃무늬가 그려진 셔츠를 입은 여자아이와 머리를 맞대고 곯아떨어져버렸다. 아이들이 서로의 몸에 의지한 채 낮잠을 잤다. 어떤 아이는 눈을 뜬 채 엄지손가락을 입에 물고 알수 없는 곳을 쳐다보며 누워 있었다. 검은 군화는 건물 밖에서 리시버를 끼고 음악을 들으며 담배를 피웠다. 시설 관리인은 3시쯤 돌아왔다. 검은 군화가 시설 관리인과 애기를 나누는 동안 그녀는 아이들과 같이 서 있었다. 아이들이 눈을 빛내며 그녀의 꽃무늬 치마를 움켜쥐었다. 그만 가죠. 검은 군화가 저벅거리는 소리를 내며 걸어왔고 그녀는 아이들에게 한 손을 흔들었다. 어떤 아이는 손을 흔들어주었지만 어떤 아이는 눈을 내리깐 채 그냥 건물 안으로 들어가버렸다. 검은 군화를 따라 걸었다. 버스 정류장까지는 꽤 걸어야 했다. 검은 군화는 귀에 리시버를 꽂은 채 뒤도 돌아보지 않고 걸었다. 그녀는 지그재그로 완만하게 이어지는 언덕길 저 아래의 하늘이 주홍색으로 물들고 있는 것을 바라보았다. 냄새가 났다. 지그재그로 난 길 저아래의 어디선가 연기가 올라왔다. 심한 탄내였다. 뭐가 타는지도 알 수 없었고 냄새가 몸속으로 들어오는 것도 막을 수 없었다. 그녀의 고향에서는 여름만 되면 남자들이 외진 나무숲아래 모여 솥을 걸고 불을 피웠다. 나무숲이 더워지면 개울가

로 내려갔고 개울가가 더우면 계곡으로 갔다. 그리고 나무나
다리 난간에 개를 끈으로 묶어 매단 뒤 방망이로 때렸다. 더 조
져, 조지라니까! 아직 살아 있잖아. 남자들이 소리를 지르며
방망이질을 해대고 소주를 마시는 걸 보며 그녀는 구역질을 했
다. 지금 지그재그로 이어진 언덕 저 아래에서 개가 불에 바싹
그을리는 냄새가 올라왔다. 어쩌면 개냄새가 아닐지도 몰랐다.
하늘은 선명한 주홍색이 한층 짙어졌다. 그녀는 냄새를 피하기
위해 숨을 참았지만 계속 참을 수는 없었다. 길을 가던 검은 군
화가 리시버를 빼고 뒤로 돌아선 채 물었다. 근데 언니 여기 왜
왔어요? 그녀는 부풀어 오르는 꽃무늬 치마를 두 손으로 잡아
허벅지 안쪽으로 밀어 넣었다. 왜 오긴, 여기가 내 고향이야.
바로 저기 언덕 아래, 아니 저기 지붕 납작한 집 보이지? 저기
야. 그녀는 주홍빛 하늘 아래의 아무 곳이나 한 손으로 가리켰
다. 언니 휴가 아직 남았으면 정신 나간 사람들이 모여 있는 시
설에 저랑 같이 가면 어때요, 고향이라면서. 아님 치매 걸린 노
인들만 우글거리는 양로원은 어때요? 거기 가면 땀 좀 흘릴 텐
데. 그러면서 검은 군화는 다시 리시버를 꽂았다. 하늘도 땅도
주홍색으로 가득 찼다. 그녀는 그것이 오랜만에 태생지를 찾아
온 자신을 위한 유일한 세리머니라고 믿었다.

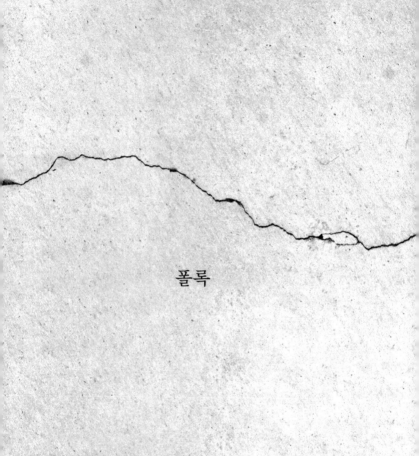

폴록

* 이 소설에 나오는 수은에 중독된 소년 이야기는 『한국공해리포트—원전에 서 산재까지』(니시나 겐이치 · 노다 교우미 지음, 육혜영 옮김, 개마고원, 1991)에서 소재를 얻었음을 밝힙니다.

K 이사는 J가 최근에 만난 사람 가운데 나이가 제일 많은 사람이었고, 어쩌면 가장 성공한 여자일 것이었다. 인터넷 검색창에 이름을 치면 동명이인 셋 중 큰 얼굴 사진이 첫번째로 나왔다. J는 나중에 그 사진을 K 이사의 장례식 영정 사진으로 쓰면 좋겠다고 생각했다.

J는 성공한 여자들이 싫었다. 그래서 처음에는 K 이사를 만나는 게 불편했다. 성공한 여자들 가까이 가면 느껴지는 특유의 잘난 척하는 분위기도, 거만한 말투도 싫었다. 시간이든 공간이든 모두 다 자기 편리한 쪽으로 끌어가고, 그렇게 하는 걸 아주 당연하게 생각하며, 사과도 안 하는, 나이 든 여자들의 당당함이 무서웠다. J는 가능하면 그런 여자들은 안 만나고 살고

싶었다.

J는 환경운동단체에서 인턴으로 일했다. K 이사를 포함해 비교적 일찍 환경운동을 시작한 여성들의 활동을 구술과 영상으로 남기는 일을 돕게 됐다. 그 일이 자신에게 적합한지 어떤지 그녀는 잘 알지 못했다. 그룹으로, 개인으로 사람들을 만났는데, 그들은 식은 용암처럼 늙어가는 중이었다. 그러나 누군가 그들이 한 일을 나열하고, 부풀리고, 의미 부여를 하면 언젠가 다시 용암처럼 끓어오를 수도 있을 거라고 그녀는 믿기로 했다. 그들이 무슨 일을 했는지, 어떤 일이 일어났는지를 정리하는 건 어쩌면 쉬웠다. 그런데 K 이사의 경우는 무슨 일이 일어났는가를 말하는 차원의 진술과는 다른, 말로 하기 어려운 층위의 일을 경험하게 했다.

그래서 J는 아무런 소용도 없는 글을 쓰기 시작했다. 그리고 장르를 정할 수 없어 고민하다가 전공인 도서관학에서 들은 한 가지 개념을 빌려왔다. 최종 단행본이 되기 이전의 자료, 공식 자료 이전의 자료, 과정을 보여주는 회의 자료, 최종 결과물이 나오면 결국 폐기 ─ 폐기 도장을 찍는 일은 주로 해당 지역 인근 중학교 학생들의 방과 후 봉사활동 일감이다 ─ 하게 될 자료를 통칭하는, 회색문헌grey literature을 작성하게 된 것이다.

*

 택시 기사가 집 주소를 내비게이션에 찍고 난 뒤 30분쯤 지
나 택시는 은평구의 낮은 연립주택이 있는 골목길에 섰다. 이
쪽의 연립주택들보다는 훨씬 높아 보이는 고층 빌딩의 한쪽 모
서리와 북한산의 일부가, 빌라와 빌라 사이의 허공에 그림처럼
걸려 있었다. J는 집에 들어가고 싶지 않아 대문 앞에서 왔다
갔다 했다. 왜 그런지 별로 들어가고 싶지 않았다.

 이사님은 혼자 살아.

 같이 일하는 선배한테 들은 바로 K 이사는 싱글이었다. 싱글
이라는 의미가 평생 결혼을 하지 않았다는 것인지, 최근에 싱
글이 되었다는 것인지는 알 수 없었고 관심도 없었다. 그렇게
나이 많은 여자의 가족이나 애정 문제에 대해서는 궁금해한 적
이 별로 없었다. 그러나 대문에는 한글로 된 문패 두 개가 나란
히 붙어 있어서 잘못된 정보일 수 있다는 생각도 했다.

 잭슨 폴록의 그림을 본 건 딱 두 번뿐이었어요. 한 번은 뉴욕
에서, 또 한 번은 일본에서. 자기는 본 적 있어?

 K 이사가 그녀의 얼굴을 보자마자 한 말이었다. 신입 인턴에
게 쓰는 '자기'라는 호칭은 상황에 맞지 않아 몹시 부담스러웠
다. 평생 여자들과 자연스러운 동료 관계를 이루고 산 사람일
거라고 J는 추측했다. 그러나 한가하게 잭슨 폴록 얘기나 할 수
있는 분위기가 아닌 집 안 상태가 훨씬 부담스러웠다. 뭐든 보

관하지 않으면 안 되는 저장강박증, 호딩hoarding 장애를 겪고
있는 사람이 분명하다는 확신이 들 정도로 집 안은 난장판이었
다. 그런데 K 이사가 아무렇지도 않은 척, 멀쩡한 척, 다시 잭
슨 폴록 얘기를 꺼냈다. J는 지루해져서 휴대폰 시계를 내려다
봤다.

　내가 잭슨 폴록에 대해 알고 있는 건 사실 별로 없어요. 잭슨
폴록 자체보다는 내가 그 사람의 그림을 본 두 번의 시간 전후,
그때 있었던 일들에 대해 얘기를 하려는 것이니까. 그때 J는 자
기 자신에게 문자메시지를 보냈다. 혼자 대화하는 오래된 습관
이었다.

　　저기요, 제가 왜 그 얘기를 들어야 하죠.

　J는 거실 벽에 걸린 조악한 유화 한 점 아래로는 절대로 시선
을 두고 싶지 않았다. 바닥을 따라서 늘어놓은 물건이며 가재
도구들은 바닷가의 자갈들처럼, 퇴적된 유적들처럼 차곡차곡
쌓여 있었다. 집의 상태와 관계없이, 그럼에도 그 집에서 상태
가 괜찮은 것은 K 이사뿐인 것 같다고 J는 생각했다. 살집이 없
는 몸매에 세로 줄무늬 파자마를 입고 어깨에 미색 스웨터를
걸친 채 화집을 들고 있는 모습은 나쁘지 않았다. 나쁘지 않은
정도가 아니라 차분하고 아름다워 보이기까지 했다. 노회한 느
낌은 전혀 들지 않았고 무섭거나 딱딱한 인상도 아니었다. J는
그렇게까지 나이 든 자신의 모습을 상상해본 적이 없었다. 나
이 든다는 것에 대해 잠깐이나마 긍정적인 생각마저 들 정도

였다.

간단하게 이름과 소속, 찾아온 용건을 말했다. 그동안 K 이사는 무릎 위 화집 표지에 손을 올린 채 한 손으로 턱을 문질렀다. 대학에서 전공은 뭘 했고, 장래 희망은 뭐고, 왜 환경운동단체에 들어왔으며, 일은 재미있느냐는 등 K 이사는 누구나 할 수 있는 질문을 했다. J는 가능한 한 성의껏 대답하려고 노력했다. 그러고 나서야 K 이사는 자기 이야기를 시작했다. 인터뷰 녹취 파일 속에서 K 이사가 한 얘기다.

1987년이 지나고 1988년 초반이었어요. 나는 공해추방단체에서 일하게 됐어요. 일하게 된 곳과 상관없이 여성이라는 자의식에 한창 붙들려 있을 때였어요. 여자가 뭘 하려면 먼저 집안의 천사를 살해해야 한다는 버지니아 울프의 말을 아무 데서나, 아무런 맥락도 없이 하고 다녔죠. 그때 막 여러 단체들이 생겨났죠. 시대가 요구한 거나 다름없어요. 세 명이 같이 일을 시작했는데 우린 정말 친자매들보다도 더 친했어. 매일매일 같이 다니고 주말도 없이 어울렸지. 공사 구분도 없이, 내 것 네 것도 없이 어울렸어요. 그런데 버지니아 울프가 맞나? 모르겠어요.

한 소년이 있었어요. 소년은 충청남도 서산 출신인데 열다섯 살이었어요. 영등포에 있는 무슨 계공, 이름이 잘 떠오르지 않지만, 거기 취직했는데 겨우 3개월을 일하고 수은중독으로 죽어버렸어. 우리가 조사하러 갔을 때 작업장 바닥에 수은이 굴러다니고 있었지. 공부를 잘했지만, 학교에 갈 수 없어서 야간 학교에 다닐 수 있게 해준다는 말에 속아 거기까지 간 건데 죽어버린 거야. 너무 불쌍하지 않아요? 우리가 그 회사 사장과 막 싸웠어. 나는 지금도 그 애가 영등포의 그 공장 작업장 바닥에 깔린 수은 위를 재미있다는 듯 미끄러져 다니는 꿈을 꿔. 그 애의 아버지는 아들이 죽은 줄도 모르고 빨리 일어나 학교에 가라는 개그 같은 말을 했대요. 겨우 열다섯 살, 지금까지 살았어도 마흔 살 정도밖에 안 된, 그런 어린애가 수은중독에. 사실 수은중독만이 아니었어. 온산병, 이타이이타이병, 그런 거 들어봤어요?

우린 그 애를 보면서 이상적인 공동체 얘기를 했어요. 아무도 아프지 않고 아무도 죽지 않는 공동체. 그런 것에 대해 토론했죠. 그런 걸 만들어야 한다고 생각했죠.

대화를 나누는 중에 유선전화가 한두 차례 걸려왔지만 K 이사가 길고 흰 손을 내저으며 전화를 받지 못하게 했다. J는 잭슨 폴록 얘기도 귀찮고 단지 쓰레기 더미에서 빨리 벗어나고 싶다는 생각만 했다. 그러면서도 용감하게 입을 열어 말하기 시작했다.

이사님, 저는요. 그러니까 저는요. 면접할 때, 떨어질 줄 알았어요. 제가 이상한 얘기만 했거든요. 어떻게 하면 환경 문제를 해결할 수 있느냐는 질문을 받았을 때 저는 아무도 해결할 수 없다고 대답했어요.

해결책 따위는 없습니다. 적응하는 법을 배워야죠. 제 대답이 어떤가요?

허리케인에 대비하기 위해서는 창문에 X 자로 테이프를 붙여야 하고, 지구 온난화 때문에 동굴로 피해 들어간 남반구 사람들처럼 할 수만 있다면 자기 집 지하에 벙커를 만들어야 한다고 J는 말했다. 고비사막에서 매년 1백만 톤씩의 모래가 베이징으로 날아가는데 ― 우리에게도 오고 ― 우리가 먼저 머리에 뒤집어쓰는 황사 마스크를 만들어서 수출하자는 제안도 했다.

크크크크.

K 이사는 입꼬리를 올리고 어깨를 떨며 웃었다. J는 그 웃음을 이해할 수 없었다. 뭔가 기분이 좋지 않고, 얼굴이 붉게 달아오르는 것 같아 멈추지 않고 얘기를 계속했다.

농촌에 사는 사람들도 자연재해가 일어나 혼자 남겨질 때를 대비해서 동물의 껍질을 본떠 만든 자루 속으로 들어가 몸을 숨기거나 나뭇잎을 온몸에 덮어 사람이 아닌 것처럼 위장하는 법을 배워야 한다. 식량을 자급자족할 수 있는 사람만이 살아남는다. 재앙이 닥치면 처음엔 다른 사람을 배려하는 척하지만, 먹을 게 떨어지고 시간이 지나면 달라진다. 산짐승들, 동물들이 제일 위험하다. 어떤 나라 사람들은 이미 지하에 벙커 하나씩을 다 가지고 있다. 벙커에 없는 게 없다. 핵전쟁이 나도 일주일은 버틸 수 있는 벙커.

하하, 아하, 크크크. 역시 자기들은 신인류야.

J는 또 자기 자신에게 문자를 보냈다.

신인류라니. 그런 건 『녹색평론』만 읽어도 상상 가능해요!

액체를 많이 흘려 색이 검게 변한 발밑의 카펫과 K 이사 등 뒤에서 썩고 있는 화분이 보였다. J는 이만 가봐야겠다고 단호하게 말하지 못했다. 늘 울려대던 휴대폰조차 그 순간엔 울리지 않았다.

인터뷰 녹취 파일에서 K 이사가 한 얘기다.

그때 우리는 환경운동은 열심히 했지만 다 불행했어요. 아니, 일은 정말 열심히 했는데, 인생이 순탄치 않았어요. 건강도 좋지 않았고. 우리 중 한 사람은 암에 걸렸고 한 사람은 건강하지 않은 약하디약한 아이를 낳았어. 우리가 세상을 걱정한답시고 오랫동안 담배를 피우고 술을 자주 마셨기 때문일까? 정말, 생각하면 마음이 아파요. 그런데 그게 다 왜 그런지 알아요?

환경운동을 하지 않은 사람도 암에는 걸린답니다.

나는 그게 다 최루탄 때문이라고 생각해. 우린 그때 북아현동이나 아현동, 신촌에 살면서 신촌 인근에 있는 대학에 다니고 있었어. 온통 하얀 하늘을 한번 생각해봐. 봄도 없었고 가을도 없었어. 상징적인 의미의 봄 얘기가 아니고 실제의 봄, 계절의 여왕 봄, 그런 게 없었어. 새가 없었다고. 하늘에 날아다니는 새가 없었어.

그대여, 그대여, 버스커 버스커, 벚꽃이여.

얼마 전에 우리 셋이 아현동에 갔어요. 세상에! 우리가 데모할 때마다 숨었던 그 북아현동 시장 골목부터 이대 언덕바지 위까지 깨끗이 다 갈아엎은 걸 봤어. 허탈했어. 도시는 그렇게 새로 지어지면서 끝까지 죽지 않고 우리보다 더 오래 살아남는구나. 그런 생각을 하니 억울하기도 하고. 데모하다가 그 시장 골목으로 몸을 숨겼던 사람들이 다 죽어버리면 누가 그 길을 기억하겠어. 그러나 다 죽겠지. 우린 그런 투어 하길 좋아해. 추억이 담긴 최루탄 격전지 투어. 정말 눈코입을 제대로 내놓고 산 날이 거의 없었어.

미세먼지 차단하는 호흡 기구 파는 사이트 많은데……

돈이 없어서 그렇지, 최루탄 정도는 쉽게 차단해주는 기구를 파는 곳을 J는 여러 군데 알고 있었다. K 이사는 혼자서 잭슨 폴록에 관한 것인지, 잭슨 폴록과 관계된 자신의 얘기인지 모를 소리를 하고 있었다. 그러다 한순간 아, 하는 소리를 뱉고는 고개를 떨어뜨린 채 더는 머리를 들지 않았다.

자는 거야? 뭐야, 당신 지금 자는 거잖아.

J는 황당했다. 믿을 수 없지만, 그녀는 자고 있었다. 한 15분쯤을 기다렸는데 정수리가 아래로 점점 툭툭 떨어지며 고개를 들지 않았다. J는 소파로 다가가 K 이사의 몸을 한 손으로 밀어 소파 위에 눕혔고 등받이에 걸려 있던 담요를 덮어주었다.

그리고 한동안 가만히 앉아 있었다. 선배들한테 전화를 걸어 물어봐야 하나. 메모를 남겨두고 가야 할 것 같은데 어쩌나. 무엇보다 이 집 안 꼴을 어째야 하나 고민했다. 그러다 J는 그 자리에서 벌떡 일어났다.

집 안은 쓰레기 천지였고 K 이사 외에 목숨이 붙어, 살아 있는 것은 아무것도 없었다. 흔한 고양이 한 마리, 개 한 마리, 어디서나 잘 크는 서양 난 하나 없었다. K 이사 이름 옆에 나란히 붙은 문패에 적힌 또 다른 사람은 죽었거나 이 집에 살지 않는 것 같았다. 가끔이라도 누군가 와서 집안일을 도와준다는 느낌은 전혀 들지 않았다. J는 겨우 난 틈을 이용해 집 안을 돌아다녔다. 손을 대는 곳마다 먼지 뭉치 무덤에, 썩고 상한 것들 천지였다.

처음엔 그냥 사람이 안전하게 지나다닐 통로만 마련할 생각이었다. 쌓아둔 신문지와 쓰레기가 분명한 것들만 치울 의도였는데, 방이 네 개나 되는 큰 집이고 방마다 빈틈이라고는 없었다. 뭔가를 치운다고 해봐야 그냥 손으로 집어서 옆자리로 다시 옮겨놓는 정도였다. 문제는 냉장고 옆 조리대와 이어진 뒤쪽 베란다였다. 양동이와 또 다른 양동이, 상자와 또 다른 상자들이 창을 꽉 막고 있었다. J는 재킷을 벗고 식탁 위에 빈틈을 내느라 애를 썼다. 신문지에 나자빠지거나 의자 모서리에 걸려 바지가 찢어지지는 않았지만, 무슨 천벌이라도 받는 기분이었다. J는 책장 틈을 점령한 먼지 덩어리들을 보고 경악했다. 책들은 모두 허옇게 색이 바랜 상태였다. J는 한숨을 쉬었다.

『라이프』지였던 거 같아요. 잭슨 폴록이 셔츠 소매를 걷고 접시를 닦는 사진이 실린 적이 있어요. 그의 파트너 리 크리스너가 담배를 입에 문 채 접시를 닦는 폴록을 바라보고 있었어요. 리도 화가였어. 정말 못생긴 여자였지. 생각해봐요. 리 크리스너는 폴록의 붓질을 봤을 거야. 나도 가까이서 그런 붓질을 봤으면 좋겠어.

『라이프』고 뭐고, 집 안은 청소까지 해주는 인테리어 업자가 한번 다녀가든지, 고물상에서 와 다 싣고 가지 않으면 안 될 지경이었고, 소파에 붙은 듯 자고 있는 K 이사는 잠에서 깨어날 생각을 안 했다.

저기, 제가 지금 가야 하는데요.

K 이사는 계속 잤다. J는 두 손을 비비고 발가락을 문대며 천장이 곧 무너져버릴 것 같은 집을 지탱한 채 가만히 서 있었다.

이봐요 늙은 분, 제가 지금 가야 한다니까요.

K 이사의 자세는 아주 편안해 보였다. J는 휴대폰 카메라로 자고 있는 K 이사의 얼굴을 찍었다. 그것도 여러 번. 이런 말이 딱 적당했다.

맛이 갔군. 이분 맛이 갔어.

*

이탈리아의 에트나 화산을 취재한 다큐멘터리를 보던 J는 스피커 음량을 최대로 높였다. 이탈리아의 지진학자들이 출연해

화산 활동의 움직임을 음악으로 표현하는 기술을 개발했다고
말했다. 화산 활동이 활발해지는 순간의 움직임, 지진 파동이
기록되면 그것을 음악으로 표현해, 그 음악이 울리는 순간, 사
람들은 지진을 감지하면서 지진 속에 파묻혀 죽게 될지도 몰랐
다. 실제로 지진이 나면 피할 수 있는 시간이 있을까. 지진 파동
과 비슷한 현대음악 스타일은 뭘까. J는 거듭, 거듭 상상했다.

아현역에서 내리자마자 K 이사가 말한 풍경을 볼 수 있었다.
천막으로 가린 언덕이 모두 붉은색 흙이었다. 인근에 온전히
남아 있는 건 남자 고등학교 하나뿐이었다. J는 천막을 따라 인
도를 걷다가 틈이 벌어진 공사장 가드 안쪽을 들여다봤다. 붉
고 진한 흙만 보였다.

꼭 가봐야 하는 전시가 있으니 미술관에서 만나자고 한 건 K
이사였다. 그런데 5시가 넘어서도 K 이사는 미술관에 나타나
지 않았다. 전화도 받지 않았고 전화가 걸려오지도 않았다.
J는 가방에서 포스트잇을 꺼내 들었다. 미술관 담벼락에 기다
리다 간다고 써붙여놓아야 하나 망설였지만, 그냥 돌아섰다.
성공한 여자들은 결국 다 이렇다는 걸 또 확인하는 순간이었
다. J는 '미국 미술 3백 년'이란 타이틀이 붙은 전시 브로슈어
만 안내 데스크에서 받아 들고 나왔다. 도대체 남의 나라 미술
3백 년 전시를 왜 봐야 한다는 것인지, J는 아무것도 알 수 없
는 기분이 되었다.

영어 학원 수업 시간이 가까워져 더 기다릴 수도 없었다. 날

씨 얘기를 포함한 잡담까지 총 50분 강의를 듣고 나온 J는 인근 카페로 들어갔다. 그리고 무심코 전시 브로슈어를 들여다봤다. 필라델피아 미술관이 소장하고 있다는 잭슨 폴록의 그림 「No. 22」가 인쇄되어 있었지만, 그저 그런, 흔한 추상화의 하나일 뿐이라고 생각했다.

지하철을 타고 가면서 창 아래로 흐르는 한강을 내려다봤다.

J는 소리 없이 혼자 웃었다. K 이사가 지금도 집에서 자고 있을지도 모른다는 생각을 하자 저절로 웃음이 나왔다.

그때 K 이사의 전화가 걸려왔다.

자기 지금 어디야?

J는 순간 화가 나서 입술을 물었다.

아직도 이렇게 이상한 말투이신가. 미안하다는 말도 없이.

K 이사가 오라고 알려준 곳으로 가는 버스는 시내를 벗어나 자마자 이상한 길로 들어섰다. 버스를 탔을 때는 그나마 불빛들이 있었는데, 시간은 순간, 온통 깊은 밤의 와중이었다. 비닐 천막을 켜켜이 덮어놓은 상가 건물 옆을 지나고 하천 위를 지났다. 흔한 편의점 불빛 하나 보이지 않고, 가로등 하나 없는 어둡고 후진 동네였다. 종점까지 가는 거 맞죠? 버스가 덜컹거리는 노면 위를 막 통과할 때 J가 운전기사에게 물었다. 뒷자리를 돌아봐도 아무도 없었다. 버스가 심하게 흔들렸다.

난 너한테 많은 기대를 했거든. 네가 지금 그렇게 지내고 있는 게 만족스럽지 못한데, 그래도 어쩌겠니. 인턴이라도 해야지. 설마 후쿠시마 같은 데 가는 건 아니겠지? 원자력발전소 근처에는 가지도 마. 유명인들이 줄줄이 그런 데 간다고 들었어. 그런 짓 하지 마. 방사능에 오염되면 우리한테도 퍼지니까. 만일 우릴 속이고 그런 데에 갔다면 우리한테 돌아오지 마. 돌아오지 않아도 괜찮아.

가장 가깝다는 사람들이 한 말이었다. 이제 더 이상 상처를 받지도 않았다. J는 한 손으로 앞 의자 손잡이를 잡고 들뜬 듯한 머리를 만지며 운전기사에게 물었다. 아저씨 혹시 이 차 미술관 가나요? 종점에 미술관이 있나요? 운전기사는 눈을 껌뻑거리다가 입을 열었다. 내가 운전을 오래 했는데 이 차는 한 번도 미술관에 간 적 없는데, 차를 잘못 타셨어요. 그러거나 말거나 버스는 더욱더 속력을 내며 박력 있게 달렸다.

버스는 종점 정류장 앞에서 형식적으로 한 번 선 뒤, 이내 차고지로 들어가버렸다. 그나마 남아 있던 불빛들마저도 버스가 도착한 시점을 기해 일시에 꺼졌다. J는 버스 정류장 앞에 서서 표지판을 올려다봤다. 처음 보는 지명들이 띄엄띄엄 적혀 있었다. 버스 정류장 뒤편의 담벼락 안에서 개 짖는 소리가 터져 나왔고, 이내 다른 버스 한 대가 정류장으로 들어가기 위해 막 커브 길을 돌았다. 주변은 금세 어두워졌다.

가게는 버스 정류장을 지나 교차로 쪽으로 가는 길 오른편 모퉁이에 있었다. 가게 앞 파라솔 밑에 젖은 박스처럼 짜부라진 채 K 이사가 앉아 있었다. K 이사와 같이 앉아 있는 사람들은 모두 외국인들이었다. 한 명은 흑인 남자, 또 한 명은 머리에 히잡을 쓴 아랍 여자, 또 한 명은 키가 큰 백인 남자였다. 그들은 아무 말도 없이 파라솔 아래 앉아 각자 눈앞의 좁은 영역만 내려다보고 있었고, 가게 안쪽에서부터 텔레비전 소리가 들려왔다.

미색 조명이 켜진 방에서 할머니가 고개를 떨어뜨린 채 졸고 있었다. J는 가게로 들어가 작은 초콜릿 하나를 주머니에 넣었다. 그리고 껌도 하나 넣었다. 할머니가 뭐라고 하면 돈을 내버리면 그만이라고, 뭔가 좀 장난스러운 기분이 발동한 것이었다. 뭘 드릴까요? 그때 파라솔 아래에 앉아 있던, 머리에 히잡을 쓴 아랍 여자가 유창한 한국말로 J에게 물었다. 여자는 할머니가 졸고 있는 방 입구에 붙어 있는 냉장고 문을 열고 팩에 든 초콜릿 우유를 꺼냈다. 여자의 눈동자가 너무 커서 땅으로 굴러 떨어질 것 같았다. 난 얼마인지 모르니까 그냥 마음대로 조금만 돈을 내세요. 여자가 검은 눈을 동그랗게 뜨고 말했다. J는 천 원짜리 두 장을 꺼내 여자에게 주었고, 여자는 그 돈을 초록색 알루미늄 돈 통에 넣은 뒤 소리 나게 뚜껑을 닫았다. 그게 다였다. 한국어는 어디서 배우셨나요? J가 여자에게 물었다. 여자는 다시 파라솔 아래로 가 앉으며 말했다. 한국에서요. 그리고 네 사람 모두 말없이 각자 또 앞만 쳐다봤다. J는 사각의 우유갑을 열었다. 그리고 K 이사에게 다가가 한 손으로 어깨를 잡고 입을 벌리게 한 뒤 초콜릿 우유갑 모서리를 천천히 밀어 넣었다.

정말 미안해. 내가 왜 여기 와 있는지 모르겠어. 나는 분명 미술관으로 가는 길이었어. 잭슨 폴록을 보러. 미국 미술 3백 년이라고 적힌 팸플릿이 분명 내 손에 들려 있었는데. 핸드백 안에도 코트 주머니에도, 아무리 찾아봐도 없어. 버스는 미술 관 앞에 나를 내려놓아야 했다니까. 그런데 그러지 않았어. 그 냥 지나갔다고. 난 입술이 아파. 버스에 있는 내내 입술이 아팠 어. 다들 나한테 왜 이러지. 난 미술관으로 가는 길이었어.

이건 또 무슨 피해자 코스프레야. 차라리 주무시는 게 낫겠네요.

난 요즘 툭하면 아무 데서나 잠이 들어버려. 분명 피피티 액 정을 올려다보며 회의 진행자의 말을 경청하고 있었는데 어느 순간부터 잤나 봐. 지하철이나 버스에서 잠이 드는 건 별일 아 니었어. 문제는 아주 중요한 순간에 잠이 든다는 사실이야. 절 대 잠이 들어서는 안 되는 자리에서 잠이 드는 거야. 수저에 뜬 밥이 채 입속으로 들어가기 직전이라든가, 은행에서 대기번호 를 기다리다 다음 차례라는 걸 확인하는 바로 그 순간이라든 가. 그런데 심지어 깨고 나면 더 잠이 오는 거야. 조금 전까지 빠져 있던 잠에서 벗어나질 못하고 옆 사람에게 말하곤 했지. 여기 뭐 깔개 같은 게 없을까? 그리고 회의실 바닥에 모로 누 워 깊은 밤인 것처럼 자버려. 마치 심한 멀미를 느껴 배 난간의 기둥 아래 길게 누운 사람처럼 말이야.

악몽 같은 걸 꾸었을 거라는 건 잘못된 생각이야. 내 친구 중에 '온국민더잠자기운동본부'를 만든 애가 말하길, 내가 더 잠을 자야 세상에 평화가 온다는 거야. 푹신한 베개, 암막커튼, 심지어 적당한 어둠까지, 자는 데 필요한 모든 걸 지원한대. 나는 단체 회원도 아닌데 자고 또 잔다! 난 와해되어버렸어. 다 깨져버렸다고. 폴록을 봐야 했는데. 내가 그때 도망치듯 미국으로 가서 온종일 폴록의 그림을 들여다봤거든. 그런 에너지, 그런 충동, 그런 구도가 아니면 해결이 안 되는 지경이었던 나. 그때 생각을 하고 싶은데 잠이 와요. 잠이 드는 데 첫째로 필요한 게 뭔지 알아요?

와해됐다는 말! 멘붕일 때 쓰는 말인 듯. 글쎄 잠을 자는 데 뭐가 제일 필요하지. 열나게 노동하고 몸이 피곤해야 잠이 오지 않나요? 수면제보다는 노동.

사람들은 나를 금치산자 취급했어. 그런데 나는 금치산자가 될 수 없는 사람이야. 나는 그 얘기를 하고 싶어. 나는 이렇게 무기력하게 잠만 잘 수는 없는 사람이야. 내가 지금까지 어떻게 살아왔는데. 아무래도 나는 와해된 것 같아.

아 씨, 그 와해됐다는 말 진짜. 그건 뭘까.

택시는 올 것 같지 않았다. J는 조금 앞서 길을 내려가 버스 정류장 쪽 모퉁이를 돌았다. 어둠 속에서, 시멘트 바닥을 툭툭 때리며 튕겨 오르는 농구공 소리가 들렸다. 흰 모자가 내뱉는 숨소리와 농구공 소리가 어둠 속에서 뒤섞였다. K 이사는 결국 비닐 장판을 깐 평상에 걸터앉아버렸다. J는 훔친 초콜릿을 까

입에 넣어주었다. 보따리를 양손에 든 여성 노숙자가 평상 앞을 지나가며 한마디 했다. 꽃이 이쁘네. 꽃이 이뻐. 그러고 보니 버스 정류장 담벼락은 꽃나무로 둘러싸여 있었다. 농구공 소리에 꽃잎이 흔들려 떨어졌다. 노숙자는 버스 뒤편으로 자취를 감추고, 버스 종점의 허공은 언제 흔들렸느냐는 듯이 바람 한 점 불지 않았다.

택시가 오면 탈 생각이었다. 어두운 거리를 좀 달리면 익숙한 도시가 나오고 환한 불빛에 몸이 닿으면 또 그간의 일은 다 그만인 것이 된다고 J는 생각했다. 그리고 한참을 걸었다. 발바닥에 감촉이 느껴지지 않을 때까지 걸었다. 주홍색 택시를 겨우 잡아탔을 때 K 이사는 머리를 떨구고 곧 잠들어버렸다. J는 가방 속에 든 전시 팸플릿을 꺼내 그녀의 가방 속에 넣었다.

택시가 은평구로 진입하기까지 K 이사는 내내 잤다. 말로는 혼자서 들어갈 수 있다고 했지만, 다리가 툭툭 꺾여서 부축하지 않을 수가 없었다. 낮은 주택 담벼락 위에 검은 고양이 한 마리가 앉아 있었다. 11시가 조금 지난 시각이었는데 인기척이라고는 없었다. 고양이가 집 안으로 먼저 들어가 몸을 숨겼다.

집은 더 어질러진 듯했다. 이 집은 버려둔 채 다른 집에 가서 살다 잠깐씩 오는 건 아닐까 의심스러울 정도였다. K 이사는 침실로 들어갔고, J는 택시를 타고 돌아갈까 망설이다가 소파에 앉았다. 눈을 뜨면 소파 주변에 있는 책이며 화분 들이 쓰러질 것 같아 불을 끄고 누웠다. 거실이 추웠다. 코끝이 시려 잠을 잘 수가 없었다. 그때 K 이사가 미색 스웨터를 걸친 채 방에서 나왔다. 핏기 없는 얼굴로 부엌 쪽으로 가 어지럽게 쌓인 상자들 틈에서 생수병 두 개를 들고 왔다. 집에 갔을 줄 알았는데 안 갔네. 그녀가 약간은 환해진 얼굴로 말했고 J도 조금은 편안하게 말을 할 수 있었다. 엄마가 새벽에 다니는 걸 안 좋아해요. 새벽에 들어올 거면 아예 밖에서 자고 오라고 해요.

내가 요즘에 곰곰이 생각을 해봤는데. 그러니까 내가 왜 자꾸 아무 데서나 자는지, 그런 거 말인데. 아무래도 2009년에 앓은 신종플루 때문인 것 같아. 그때 백신을 맞았는데, 그 백신을 맞은 이후로 자꾸만 잠이 쏟아져. 그때 내 딸년은 날 버리고 미국으로 도망가버렸어. 너무 아파서 돌아오라고 전화를 했는데, 자기도 아프다며, 자살하지 않은 것만도 고맙게 여기라고 울며 난리를 쳤어. 그 애는 늘 몸보다 마음이 아픈 애였어. 자기를 조금도 자극하지 말래. 그러면 몸이 아파온다고! 내 딸이 강해졌으면 좋겠어. 내 소원이야.

J는 생수병을 든 채 가만히 손에 힘을 주며 K 이사의 얼굴을 쳐다봤다. 뭔가 말하고 싶었다.

이사님. 그런데 백신 때문에 잠을 많이 잔다는 걸 어떻게 증명하나요. 저도 좀 생각해봤는데요. 아까 거기 가게 앞에 앉아 계실 때, 외국 사람들과 거기 앉아 계실 때요. 이사님이 그렇게 아무 데서나 잔다고 해서 누가 뭐라고 할까요. 전쟁을 하는 것도 아니고 총을 쏘는 것도 아니잖아요. 그냥 잠 좀 잔다고 해서 누가 뭐라고 할까요. 그리고 그게 꼭 신종플루 때문이라는 증거도 없잖아요. 이사님은 그냥 나이가 들어서, 전반적으로 갱년기 증상에, 이제 그냥 지친 게 아닐까요.

화를 내면 어쩌지, 갱년기란 말은 심했어.

J는 K 이사가 늦도록 잠에 들지 못하는 것을 알고 있었다. 안방에서 들리는 신음 때문에 할 수 없이 방으로 들어가봤다. 그녀는 한쪽 다리를 작은 베개 위에 얹은 채 벽 쪽을 향해 모로 누워 있었다. 자꾸만, 계속해서 중얼거렸다. 한숨을 쉬기도 하고 입 밖으로 거품을 내뿜기도 하면서, 계속 쏟아내는 소리를 J는 이해할 수 없었다.

저기, 이사님. 제가 어떻게 해드릴까요? 어딘가 좀 주물러드릴까요? 너무 힘들어 보여요. 그 소리 정말 듣기 싫어요. 그런 말밖에는 할 수 없었다. J는 저온 냉장고 안에서 누렇게 말라빠진 치즈 케이크 같은 얼굴이 된 K 이사를 보았다. 겨우 몸을 움직여 자신을 쳐다보는 K 이사에게서 눈을 뗄 수가 없었다. 발바닥이 아파. 난 발바닥이 아프고 넌 눈썹이 예쁘구나. 난 낙타처럼 긴 속눈썹이 좋아. 너희가 눈썹이 긴 건 그만큼 대기오염이 심해졌기 때문이야. 넌 낙타 같구나. 이중, 삼중으로 긴 눈썹이 아니면 눈으로 들어가는 먼지를 막을 수 없어. 발바닥이 아파, 발바닥이, 발바닥이, 아파……

낙타가 되어야 한다면 몸에 새길 무늬는 직접 고르게 해주면 좋겠다고 J는 상상했다.

*

봄이 지나가는 중이었다. J는 낮이면 녹취 파일을 들었다. 어떤 때는 밤에도 들었다. 듣다가 K 이사의 목소리가 들리지 않으면 또 잠든 게 아닐까 생각하며 자리에서 일어나 왔다 갔다 했다. 지하철에서도 휴대폰으로 녹취 파일을 계속해서 들었다. 집에 돌아가면 낙타처럼 긴 속눈썹을 붙이는 연습을 했다. K 이사의 말처럼 도시가 사막화되면 결국 모래바람을 피해야 하고, 그러려면 눈썹이 길어야 하니까. 낙타처럼 이중, 삼중이어야 하니까. J는 초미세먼지를 걸러주는 호흡 기구의 중고 거래자가 나섰다는 이메일을 받았다. 백만 원이나 하는 가격 때문에 구매하기는 어려웠다. 대신 사이트에 들어가 새로 나온 장비들을 구경했다. 이 정도면 환경운동단체에서 일하는 인턴 스태프로서의 자질은 충분하다고, J는 씽긋 웃었다.

*

그러거나 말거나 K 이사는 이상한 곳에 가 있었다. 또 J를 불렀다. 자다가 깨보니 도착한 곳은 알 수 없는 공단이었다. 햇살이 등과 머리에 내리꽂혔다. J는 다리 이쪽으로 걸어오고 있는 여자를 알아보지 못했다. 여자의 등은 휘어져 있고, 두 팔은 수직으로 늘어진 채 대책 없이 흔들렸다.

J는 다리 이쪽에서 맹렬하게 담배를 피워대는 남자들과 일렬로 서서 여자를 쳐다보고 있었다. 여자는 잠깐 멈춰 난간을 잡은 채 다리 아래 하천을 내려다봤다. 곧 쓰러질 것 같았다. 노숙자네! 남자들이 피우던 담배를 바닥에 버리고 커다란 건물 입구 쪽으로 걸어가며 말했다. 노숙자가 아니라 K 이사였다. 가까이 다가가서 보니 확실했다. J는 자신의 엄마가 아파서 괴로워하는 할머니에게 늘 했던 말이 떠올랐다. 엄마, 이제 편안히 가요. 아무 걱정 하지 말고 편안히 가도 돼, 차라리 가는 게 나아. 자신의 두 팔을 덥석 잡는 K 이사의 얼굴을 본 순간 J도 엄마 같은 말을 하고 싶었다.

차라리 푹 주무세요.

그들은 흰 외벽의 커다란 건물을 등지고 작은 구멍가게 앞에 놓인 파라솔 아래 앉았다. 그럴 수밖에 없었다. 의자 두 개를 나란히 붙여놓고 J의 몸에 머리를 기댄 채 K 이사는 죽은 듯이 잤다. 다리 위로 집채만 한 덤프트럭이 지나갔고, 공장 쓰레기들을 주워 모으는 리어카가 한 대 지나갔다. 마스크를 쓴 사람들이 뿌연 대기를 뚫고 하나둘 다리 이쪽으로 넘어왔다. 새들은 보이지 않았고 비닐봉지도 날지 않았다.

J는 휴대폰을 꺼내 콜택시 앱을 열고 GPS를 켰다. 알 수 없는 지명들만 계속 보였다. 위치를 찾기까지 시간이 꽤 걸렸다. 택시 호출 버튼을 눌렀다.

주홍색 택시는 한 시간이 지나고 나서 왔다. 택시 앞자리에 누군가 타고 있었다. 머리에 히잡을 쓴 아랍 여자가 얼굴을 돌려 뒷자리를 쳐다봤다. 흰 천 속에 파묻힌 머리카락과 눈동자가 지나치게 크고 검어서 J는 자꾸만 뒤통수를 쳐다봤다. 아랍 여자는 J에게 물 한 병을 주며 말했다. 선물이에요. 미술관으로 가려다 잘못 간 버스 정류장 근처의 가게에서 만난 여자인지 아닌지는 확실하지 않았다. J는 그 물에서 왠지 오줌 맛이 난다고 생각했다. 그러나 불이 나 어떤 건물에 갇히거나 하면 결국 오줌을 받아 마셔야 한다는 생각을 하며 참았다.

가까이에 바다는 없어요. 바다 비슷한 곳은 있지. 그러면서 아랍 여자는 왼쪽에 앉은 기사를 쳐다보며 키득키득 웃었다. 남자의 마스크에는 검은색 글자가 새겨져 있었는데 잘 보이지는 않았다. 택시는 커다란 건물을 몇 개 지나고 난 뒤, 우주선처럼 흰 비닐로 압축해 싸매놓은 도로 양쪽의 볏단들을 지나 좁은 흙길을 달렸다. 아랍 여자는 휴대폰으로 짧게 울리는 전화를 여러 번 받았고 K 이사는 계속해서 잤다.

택시 기사가 차를 세웠다. 그의 마스크에 새겨진 글자는 'Google'이었다. 비쩍 마른 나무들이 강인지 바다인지 모를 곳을 대충 가리고 있었다. 아랍 여자와 택시 기사는 나무들을 헤치고 탁 트인 쪽으로 쉽게 내려갔지만, J는 K 이사를 거의 업다시피 한 채 어쩌지 못하고 서 있었다. 그때 아랍 여자가 다가와 K 이사의 뺨을 여러 차례 때렸고, 그제야 K 이사는 눈을 뜨고 앞을 봤다. 드디어 자기 힘으로 허리를 편 채 서 있게 된 K

이사. 그녀는 새로운 세상을 본 것 같은 얼굴로 두 눈을 휘둥그레 떴다. J는 그때 그곳을 소개하는 표지판을 보았다. 그곳은 U 만(灣)이었다.

바다다!

아랍 여자가 소리를 쳤다. 그리고 가방에서 선글라스를 꺼내 얼굴에 걸치고 택시 기사의 팔짱을 낀 채 흰 거품이 가득한 바다 쪽으로 걸어갔다. 바다 이쪽에는 흰 시멘트 건물 하나가 있었는데, 양복을 입은 남자 세 명이 건물 앞 자판기 근처에 서서 맥주를 마시고 있었다. 근무시간에 땡땡이 친 회사원들 같았다. 두 사람이 남자들 앞을 지날 때 그들이 갑자기 현란한 지그재그 스텝으로 춤을 추기 시작했다.

아, 개운해.

K 이사는 두 팔을 벌리고 입꼬리를 찢으며 웃었다. 흰 거품이 자꾸만 비좁은 모래사장 쪽으로 기어오르고 있었고, 바닷물이 밀릴 때마다 흰 거품은 점점 더 커졌다. 무거워 보이는 회색 거품은 모래에 파묻히고, 흰 거품은 점점 더 면적을 넓혀갔다.

젤리피시다!

끈적해 보이는 흰색 덩어리가 미지근한 물 위로 부유물처럼 떠올랐다. J는 발끝으로 덩어리를 건드려봤지만 어떤 움직임도 없었다.

바다는 고요했다. 모래 위에 앉았다. 아랍 여자와 택시 기사는 손을 잡고 점점 멀리 걸어갔다. J는 배낭 속에 든 물을 꺼내

병뚜껑을 열어주었고, K 이사는 물을 마셨다. 아무 소리도 들리지 않자 K 이사는 이내 졸기 시작했고, J의 무릎을 베고 누웠다. 태양이 뜨거웠고 저만치 걸어간 아랍 여자와 구글 마스크를 쓴 남자는 약간은 경사져 보이는 모래밭 위에서 한 덩어리가 되어 있었다. J는 규칙적으로 허공을 향해 뻗어 올라가는 구글 택시 기사의 흰 엉덩이를 보았다. 무릎 위에 잠들어 있는 K 이사의 흰 머리카락을 만지작거리면서. 흰 머리카락들이 두피를 뚫고, 무서운 기세로 마구 뻗어 나오는 중이었다. 머리카락들은 너무 강하고 억세서 잡아당겨도 빠지지 않았다. 그때 확성기 소리가 들리기 시작했다.

삶은 모험입니다.

녹취 파일 속에서 인터뷰이 중 한 사람이 한 말이, 해양구조대 스피커 주둥이를 통해 천천히 반복되었다. 삶은 모험입니다. U만 저쪽에서 섹스를 하던 아랍 여자와 구글 택시 기사는 비명을 지르며 모래 위를 뒹굴었다. 누구에게나 삶은 모험일까. J는 비명을 지르는 남녀를 보며 그들에게 삶은 엉덩이 들어 올리기 따위인 것 같다고 생각했다. J는 한 손으로 K 이사의 볼을 꾹꾹 눌렀다. 모든 게 환청 같았다.

잭슨 폴록의 그림을 본 건 딱 두 번뿐이었어. 한 번은 뉴욕에서, 또 한 번은 일본의 어느 시골 미술관에서였어. 미술에 대단한 조예가 있는 것도 아니고 특별히 폴록을 좋아할 만한 이유가 있는 것도 아닌데, 나는 폴록이라는 이름의 어감 때문에 그의 그림을 좋아했던 것 같아. 순서로 보면 일본에서 본 게 먼저였고, 뉴욕에서 본 건 그로부터 4년 뒤였어. 폴록을 보고 나서 그 10년간, 내 삶에서 많은 것들이 떨어져나갔어. 미국에서 폴록을 봤을 때, 그 전시실에 들어갔을 때 폴록의 경쟁자였던 빌럼 데 쿠닝과 마크 로스코, 그리고 폴록의 그림이 한 공간에 있었어. 나는 그냥 그걸로 됐다고 생각했어. 그걸 본 것으로 내 생의 더러운, 비루한 일들을 덮자고. 아주 좋아하는 그림들이었어. 그제야 나는 알았던 것 같아. 뭐든 그냥 아주 잠깐 흘러간다는 걸.

폴록을 안 봐도 시간은 빨리 지나가요.

이사님, 그리고 잠은 기필코 밤에 자야 해요.

이렇게 낮에 자면 안 된다고요.

J는 얼굴을 숙인 채 늙은 여자의 귀에 입을 대고 말했다.

*

사람들이 얼굴에 붉은 양파 자루를 쓰고 지나다녔다. 이산화탄소 농도는 매일매일 조금씩 높아졌다. 언젠가 프랑스에서 여름에 혼자 사는 노인들이 더위 때문에 많이 죽었다고 뉴스를 들은 적이 있는데, 올여름 더위가 40도 가까이 올라갈 거라고 했다. J는 늘 머리 한쪽이 무거웠다. 병원에 자주 들락거리기 시작한 엄마가 수시로 전화를 걸어왔다. 검사료는 왜 이렇게 비싸니. 자꾸만 목이 마르다. 아버지는 나한테 관심도 없다. 개무시하고, 죽은 사람 취급한다. J는 인터넷을 뒤져 잭슨 폴록의 영상을 구하느라 엄마 얘기는 듣지도 않았다.

온실처럼 더운 집 안으로 들어가는 순간, 세 개의 체인으로 연결되어 있던 기다란 액자가 벽에서 떨어져 내려 박살났다. 그저 우연이었다. 초록색 소파 위에 모로 누워 등받이 쪽으로 몸을 돌린 채 잠든 K 이사의 뒷모습이 보였다. J는 가져간 노트북 전원을 켜고 어렵게 구한 영상을 작동시켰다. 그건 잭슨 폴록이 담배를 입에 물고 캔버스 주변을 돌아다니면서 붓으로 물감을 흩뿌리는 장면이었다. 영화에서는 캔버스를 벽에 세워 놓고 그렸지만 실제로는 바닥에 놓고 그렸다. 내레이터의 느린 해설 음성이 들려오는 그 장면을 K 이사가 보게 해주고 싶었다.

J는 집 안을 둘러봤다. 그 방에서는 왠지 이상한 냄새가 났다. J는 소파 끝으로 가 옆으로 포개진 두 발을 만져보았다. 물기라고는 없는, 실금 천지인 발바닥이었다. J는 손가락에 힘을 주어 K 이사의 발바닥을 누르기 시작했다. 어깨에 힘이 들어갈 만큼 센 압력으로 발바닥을 눌렀지만, K 이사는 깨어나지 않았다.

이봐요. 나는 아무것도 하기 싫다고요. 이사님처럼 살 수 없어요. 재미도 없고 진지하기만 하고 늘 지겨운 얘기만 하잖아요. 뭐든 당신들이 해요. 우리한테 떠넘기지 마요.

J는 손을 점점 더 위로 뻗어 흰 광택이 나는 K 이사의 다리 쪽으로 올라갔다. 촉감은 점점 더 건조해졌지만 냄새는 점점 더 심해졌다.

　이봐요. 이사님. 이제 환경문제는 제품이 해결해요. 전처럼 당신들이 고생하지 않아도 된다고요. 일어나요. 빨리!

 J는 손을 더 뻗어 올라갔다. K 이사의 파자마 자락에서 희고 통통한 무엇인가가 꿈틀거리며 떨어져 내렸다. 그것은 이 집 안의 어떤 것보다도 지독한 냄새를 풍기며 K 이사의 허벅지 위에서 꼬물거렸다. J는 고개를 돌려 노트북 화면을 보았다. 폴록이 막 벽에 있던 캔버스를 바닥으로 끌어 내리는 장면이었다. 그는 그답게 여전히 그림을 그리고 있었다. 장면은 이제 녹색의 전원 풍경을 배경으로 바뀌었다. 폴록의 구두와 공업용 페인트 통, 캔버스 위로 툭툭 떨어지는 붓 끝만 보였다. 고개를 돌리면 K 이사가 잠에서 깨어나 그 장면을 보고 있을 것이다. J는 그렇게 믿고 싶었지만 고개를 돌리지 못했다. 돌릴 수 없었다.

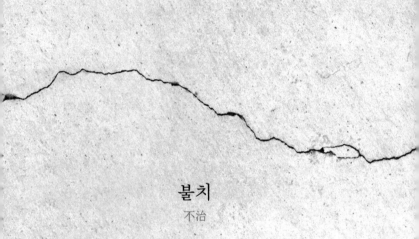

불치
不治

진욱은 어떤 나쁜 일도 일어날 가능성이 별로 없어 보이는 생을 살고 있었다. 그러다 어느 날 아주 우연히 흔하디흔한 저녁 모임에서 손금을 보게 됐다. 손금을 봐준 사람은 그날 그 자리에 온 친구와 동거 중인 여자였다. 여자의 둥글고 완만한 어깨선과 왠지 지나치게 여유로운 듯한 분위기에 제압당하는 기분이 들었다. 몸이 얄팍한 친구와는 어울리지 않는 것 같으면서도 왠지 잘 어울리는 구석이 있었다. 와인잔이 돌면서 다들 차례대로 여자에게 손바닥을 내밀었다. 다들 직업이 없는 것도 아니고 먹고살 만한데 뭐가 더 궁금한 건지, 자주 만나는 친구들인데도 전혀 모르는 사람들처럼 낯설었다. 어쨌든 진욱은 원래부터 그런 식의 통계에 기반을 둔 얘기들은 잘 믿지 않는 편이었기 때문에 그냥 술자리 분위기만 깨지 않을 생각이었다. 그의 차례가 왔다. 여자는 진욱의 오른손과 왼손을 번갈아가며 오래 들여다봤다. 너무 오래 들여다봐서 다른 친구들은 딴짓들을 할 정도였다. 그리고 여자가 어떤 말을 했는데 진욱이 기억하기에 그 말은 손금의 정의에 가까웠다. 본인의 인생과 아무런 연관이 없는 친구의 일, 가족에게 일어난 일이 본인의 손에 하나의 선으로 남는 것이 손금입니다. 그런데 왜 다른 사람한테 일어난 일이 내 손바닥에 남을까요?

진욱은 급히 손을 거두려고 했다. 그만하고 싶었다. 누군가 먼저 말을 해야 우스운 판이 끝날 것 같은데 아무래도 자기가 해야겠다는 판단을 했다. 그만하죠. 진욱은 사실 손금 보는 여자가 아닌 친구가 있는 쪽을 보며 말하고 싶었다. 자식아, 데리고 가, 꺼지라고. 난데없이 무슨 손금 타령이야. 댕그랑거리는 소리를 내며 분위기 잡던 와인잔들은 이제 쓸모가 없어져 테이블 한가운데 모여 있고 다들 맥주와 소주를 섞어 들이붓고 있었다. 그리고 여자가 다시 입을 열었다. 왜 아무것도 보이지 않지? 아무것도 없어요. 하얘요. 그 말 때문이었다고는 할 수 없지만 술도 마실 수도 없었고 안주를 먹을 수도 없고 먼저 일어날 수도 없었다. 그냥 태연한 척 아무 소리도 듣지 못한 것처럼 앉아 있으려고 했다. 나중엔 귀에서 피가 터질 것 같았다. 미래가 보이지 않는다는 말, 그 말 때문이었다. 웃음소리, 음식 씹는 소리, 술을 나르는 종업원들의 발소리, 소음에 가까운 음악

소리, 휴대폰 벨 소리에 통화 소리까지, 그 어느 것도 참을 수가 없었다. 무엇보다 참기 어려운 건 당황한 자신이었다. 순간 진욱은 형체를 알 수 없이 무한히 넓고 잔인한 어떤 것에 파묻혀 마구 뭉개지는 듯한 느낌에 휩싸였다. 어쨌든 진욱은 다른 친구들처럼 그 여자에게서 명함을 받아 가방에 쑤셔 넣고는 제일 먼저 식당에서 나왔다.

*

꽤 오랜 세월 동안 진욱은 H은행에서 일했다. 진욱은 자기 몸이나 살피고 얌전히 앉아 자리나 지키는 평범한 은행원은 아니었다. 그는 늘 공격적으로 일했고 다른 사람의 모범이 되었다. 그는 자신감으로 충만했고 아무런 문제도 없다고 스스로를 위안했다.

몇 년 전, 새해가 되고 며칠 지나지 않은 날이었다. 흰 눈이 내린 은행 건물 앞 전면 주차장에서 찍찍 미끄러지는 자동차 타이어 소리가 들렸다. 은행 문으로 한 명이 나가면 두 명이 들어왔다. 창구 직원들은 점점이 늘어나는 고객을 응대하느라 바빴다. 그때 검은색 코트를 입은 한 여자가 걸어 들어왔다. 검은색 코트를 입는 사람은 흔하디흔했다. 그런데 그 검은색은 이상하게도 마치 콜타르처럼 채도가 더 높으면서도 반짝거리는 것처럼 보였다. 창구 뒤쪽의 책상에 앉아 있던 진욱은 그 고객과 눈이 마주치는 순간, 자기도 모르게 자리에서 일어나 로비로 나갔다. 그러고는 고객을 빈 창구로 안내했다. 여자는 의자에 앉은 뒤에도 한동안 입을 열지 않고 자기 손만 물끄러미 내려다봤다. 손깍지를 낀 채였는데 투명매니큐어를 바른 손톱은 깔끔하면서도 수수해 보였다. 그러다 여자가 말을 하기 시작했는데 이상하게도 그는 여자의 목소리에 점점 더 집중하고 있었다. 여자는 곧 외국으로 나갈 거라며, 자신의 은행 계좌의 마이너스 한도를 최대한 올려달라고 말했다. 돈이 좀 필요해요. 외국에 나가 오래 있게 됐어요. 그런데 제가 지금 바쁘니까 나중에 다시 올게요. 알아서 처리해주세요. 그녀는 자리에서 일어나며 통장과 인감도장을 창구 테이블 위에 올려놓았다. 맡겨놓은 돈을 찾아가기라도 하는 것처럼 지나치게 당당한 태도였다. 진욱은 단말기 스크린으로 여자의 신용 상태를 잠깐 일별했다. 최악이었다. 정기적으로 들어오는 돈도 없었고 예금도 거의 없었다. 무슨 돈으로 해외에 나가는지 전혀 알 바 없지만 왠지 궁금해졌다. 어쨌거나 여자가 의자에서 일어나 나가려는 순간, 그는 여자를 향해 큰소리로 말했다. 자필로 쓰셔야 하는 부분이 있어요. 조금만 기다렸다 사인하고 가세요. 손님들이 은행 로비로 점점 더 많이 들어왔다. 여자는 그사이 전화를 몇 통 걸었는데 서울을 떠나게 됐다는 인사 전화였다. 진욱이 다시 여자 쪽을 쳐다봤는데 여자는 거의 움직임이 없이 가만히 앉아 있었다. 담당 직원이 이전 손님 것을 다 처리할 때까지 그는 인

내심을 갖고 기다렸다. 그러면서 내내 코끝을 따라다니는 이상한 향을 좇았다. 코를 찌르는 듯한 묘한 향이 계속해서 따라다녔다. 수수한 이미지와는 전혀 어울리지 않는, 수수한 얼굴 뒤에 호랑이 그림자가 어른거리고 있는 것 같은 느낌을 주는 향이었다. 나중에 알게 되었지만 그건 그녀가 좋아하는 특정 향수 냄새였다. 노회한 사람처럼 느껴지는 향은 다소 부담스러웠다. 그때까지만 해도 그 향과 함께 몰려올 일들을 예측조차 할 수 없었다. 이전 손님의 일이 끝나자마자 그는 창구 직원에게 서둘러달라고 말했고, 신입을 막 벗어난 직원은 갑자기 자기 일에 끼어들어오는 상사의 행동에 당황한 기색이 역력했다. 여자는 일어서 나가려고 했고 그는 급히 재킷 윗주머니에서 명함을 꺼내 건넸다. 아무에게나 잘 주지 않는, 휴대폰 번호가 찍힌 명함이었다. 그런 정도의 스침은 아주 흔한 일이었고 더욱이 사람들이 그런 정도의 일로 인해 연인이 되지는 않는다는 걸 진욱은 아주 잘 알고 있었다. 그럼에도 진욱은 그 여자 고객, 수연과 오랫동안 헤어지지 못했다.

*

수연은 재래시장 한가운데 있는 노점 식당에 앉아 칼국수를 먹었다. 혼자 돌아다니며 밥을 먹게 된 것도 최근의 일이었다. 한 잡지에서 죽기 전에 꼭 먹어보고 싶은 음식이 무엇이냐는 설문조사를 했는데 어떤 나이 든 유명 연예인이 팥칼국수라고 대답한 것을 본 적이 있었다. 팥칼국수의 국물이 흰 천 위에 스며드는 상상을 했는데 그 이미지가 왠지 머리에 오래 남았다. 수연은 어릴 적 얘기를 물을 때마다 엄마가 국수 얘기를 지겹도록 했던 걸 기억하고 있었다. 너 어릴 때 우린 늘 국수만 먹었다. 송판 위에 길게 매달아 널어놓은 깔끔하고 좋은 부분이 아니었어. 좋은 걸 자르고 난 나머지 끄트머리를 모은 국수를 삶아 간장과 깨소금에 비벼 먹었어. 그것밖에는 없었어. 국수만 먹어서 너희가 죽는 거 아닐까 무서웠어. 내가 낳은 애들이 국수만 먹고 죽을까 봐. 수연은 이상하게 엄마의 그 말을 떠올리면 입안에 침이 고였다.

재래시장 골목을 지나 약간 경사진 언덕을 10분 남짓 걸어 올라가면 수연이 사는 아파트였다. 그런데 수연은 외출했다가 돌아갈 때도 늘 집으로 바로 가지 않고 시장 입구에서 서성거렸다. 명품 핸드백이나 명품 화장품을 쇼핑하고 집으로 돌아올 때도 바로 아파트로 가지 않고 시장을 빙빙 돌았다. 백화점 쇼핑으로도 채워지지 않는 허기는 튀김이나 떡볶이를 먹어야 해결 가능했다. 떨이로 내놓은 고구마나 상추 한 무더기를 사 검은 비닐봉지에 담아 쇼핑백에 대충 넣고는 자기 집을 남의 집인 것처럼 올려다봤다. 아파트 옆에 또 아파트, 타운 옆에 또 타운을 짓고 있었다. 뉴타운 개발로 높이 뻗어 올라간 아파트만 제외하고 모든 집이 납작하게 찌그러져 있었다. 구멍가게 주인 남자가 텔레비전 앞에서 신문을 내려다보다가 안경을 밀어 올렸다. 늘 그런 자세로 앉아 있다가도 수연이 가게로 들어가면 벌떡 일어나 악수를 청하고는 수다를 떨기 시작했다. 입만 열면 자기가 열심히 일해 아이들을 다 대학에 보냈다고 자랑했다. 수연이 들어가자마자 악수를 청한 뒤 물어보지도 않고 생수 하나를 꺼내 뚜껑을 열어 수연의 손에 쥐어준 뒤 다시 신문을 봤다. 수연은 동그란 나무 의자 위에 앉아 병 주둥이를 입에 넣고 물을 마셨다. 나는 왜 또 여기 철제 앵글로 가득 찬 어둡고 냄새나는 가게의 동그란 나무 의자 위에 앉아 있는 걸까. 수연은 입안에 든 물을 이빨로 씹으며 생각했다. 노인이 코를 후벼 콧속에서 나온 것들을 돌돌 만 뒤 신문 위에 떨어뜨렸다. 손님들이 유리문을 밀고 들어왔다.

뉴슈가 있어요?
안동소주 있어요?
지난번에 있었는데 왜 없어, 흑설탕.
당면 좀 사러 왔는데.

노인은 누군가 들어와 입을 떼면 수돗물처럼 말을 쏟아냈다. 내가 이 구멍가게 해서 자식 셋을 다 대학 보냈어. 한 놈은 미국 유학까지 하고 거기 눌러산다고. 그렇구나, 수연은 고개를 끄덕거렸다. 할아버지 저번에 나한테 자식들 얘기 하셨잖아요.

그만 좀 말하세요. 수연이 큰소리를 치자 노인이 째려봤다. 평생 구멍가게를 해서 아이 키우고 공부시키고 그러는 것이 인생인데 수연은 그냥 여기 구멍가게 안, 노랗고 동그란 의자 위에 요지부동하지 않고 앉아 있는 사람일 뿐이었다. 수연은 시커먼 시멘트 바닥 위에 놓은 명품 핸드백이 든 커다란 종이가방을 물끄러미 내려다보았다. 그때 노인이 다시 말했다. 저 무식한 놈들이 서울 인구가 줄어들고 있다는 걸 모르는 거야. 아무도 애를 안 낳는데 왜 자꾸 아파트를 짓는지 모르겠어. 아 여기 신문에 다 나오잖아. 아파트 공사 현장에서 굴착 소음이 들려왔다. 돌이 많은 지반이어서 소음이 심했다. 수연은 또 무슨 말인가를 하려다 포기하고 입을 다물었다. 그러고는 또 쓴웃음을 지었다. 사실 수연은 스물네 시간 내내 진욱만 생각했다. 폭언 폭언 폭언. 계속되는 폭언에 서로가 가졌던 일체감은 온데간데 없이 사라졌다. 얼굴은 찌그러지고 몸은 말할 수 없이 지쳤다. 진욱이 죽어버렸으면 싶었다. 나의 모든 악행을 알고 있으니, 죽어, 사라져버려. 수연은 노랗고 동그란 의자 위에 앉아서 연극배우처럼 혼잣말을 했다. 주인 남자의 머리 위에서 어떤 남자가 생활비 문제로 아내와 다투다가 생후 10개월 된 아기를 던져버렸다는 뉴스 자막이 떴다. 이내 아나운서 멘트가 이어졌는데 순간적으로 아기가 인형인 줄 착각했다는 것이다. 아기는 자신의 부모들이 돈이 없는 사람이라는 걸 모르고 태어났다. 혹시 알았다고 해도 엄마의 질이 스크류처럼 끝없이 아래로 확

74

장하며 밀어내는 힘에 떠밀려 태어나지 않을 수 없었을 것이
다. 수연은 아기의 입장을 이해했다. 그러나 진욱은 잘 이해할
수 없었다. 수연은 진욱이 은행원이라는 것 때문에 끌렸다. 은
행원이기 때문에 자신의 과소비 욕구를 제어시켜주고 은행 계
좌든 빚이든 뭐든 정상으로 돌려놓아주길 바랐다. 그뿐이었다.

*

느그들 술 잘 먹네.
옆 테이블에 앉은 사람들 네 명이 고기를 먹고 있었다. 엄마
로 보이는 여자가 아이들에게 한 말이었다. 진욱과 고등학교
동창은 옆 테이블에서 마찬가지로 고기 안주로 소주를 마셨다.
친구는 자기가 먹던 젓가락으로 고기를 뒤집은 뒤 계속해서 진
욱의 접시 위에 올려놓았다.
그래서 너 지금 은행 관두고 뭐 하냐? 니가 자식아, 삼십대
냐 직장을 관두게.
진욱은 D시의 공기가 불편했다. 남의 집 숟가락 개수도 다
알고 공기 전체가 같은 색채와 같은 무게를 지닌 것 같아 늘 갑
갑하게 느껴졌다. 고향에 오는 건 그래서 늘 싫었다.
아 됐고. 새끼야, 니 젓가락으로 고기 뒤집지 마. 드러워.
진욱은 친구에게 화를 내면서도 옆 테이블에 자꾸만 시선이
갔다.

여자가 여자다워야지, 여자가 술을 잘 마시면 안 된다.

엄마로 보이는 여자가 딸로 보이는 여자애한테 말했다. 머리를 질끈 묶은 여자애가 소주잔을 단숨에 비운 뒤 바로 앞에 앉은 남자가 따라주는 술을 또 받았다. 평범한 4인 가족으로 보기엔 뭔가 애매한 구석이 있었다. 친구는 진욱이 싫어하거나 말거나 여전히 자기 젓가락으로 고기를 뒤집었다.

술 잘 먹는 기 좋은 기다. 술 잘 먹는다고 여자다운 기 어디도망가나, 도망 안 간다.

남자는 D시 특유의 사투리가 심했다.

니들 고기 그만 먹고 밥 먹어라. 엄마로 보이는 여자가 애들에게 말했다.

무슨 소리고, 고기 더 무라. 다시 남자가 말했다.

고기는 그만, 그냥 밥 더 먹자. 엄마로 보이는 여자가 지지않고 끝까지 우겼다.

고기 더 묵자. 끈질긴 남자였다. 친구도 옆 테이블을 슬쩍 넘겨다본 뒤 계속해서 자기 젓가락으로 고기를 뒤집었다.

자기야 그만 먹자. 애들 배불러 더는 못 먹는다. 엄마로 보이는 여자가 미간을 깊이 찡그리며 말하자 남자가 소리를 질렀다.

뭔 소리, 이모야, 여기 갈빗살 4인분 더. 고기 더 묵자. 니들많이 무라.

여자애는 그 틈을 타 소주잔을 꺾었다.

진욱은 담배를 피우러 고깃집 밖으로 나왔다. 낮에는 영상이던 기온이 밤이 되고 나서는 돌처럼 차가워졌다. 진욱은 보도블록 끝에 서서 담배를 피우다가 전화 소리가 나는 쪽을 돌아봤다. 옆자리에 앉아 있던 여자애가 문을 열고 나와 식당 모퉁이를 돌아 담벼락 앞으로 가 섰다. 그리고 이내 담배를 피워 물고 전화기를 꺼냈다. 진욱은 못 본 척 담배를 피웠다.

고기 중에 제일 싼 게 갈빗살이야. 배 터지게 먹어봐야 10만 원도 안 나와. 사주고 생색내면 치사하지. 개빡쳐!

건너편 초고층 아파트 숲 뒤편, 산언덕 위쪽에 터질 듯 집중적으로 모여 있는 불빛이 보였다. 지금은 그 동네 전체가 재개발 대상이 되었지만 저만치 언덕 위에 아직 집들이 남아 있다. 형제들 모두 급히 아침밥을 먹고 도시락을 하나씩 싸 들고, 작은 통 속에서 튀어나오듯 골목 아래로 뛰어 내려오곤 했었다. 그 터질 것 같던 작은 방과 작은 골목을 진욱은 머릿속에서 지우려고 했었다. 은행에 들어가, 올라갈 수 있는 자리까지 올라가보는 것이 목표였기에 매일매일 되뇌었다. 나는 은행원이되고 싶습니다! 나는 국제적인 뱅커가 되고 싶습니다!

우디 앨런? 영화배운가 감독인가 그 인간? 걱정하지 마, 그런 사람은 아냐. 근데 씨발 무슨 우디 앨런. 그냥 나이 좆나 처먹은 동네 아저씨라니까.

여자애가 운동화 끝으로 담배꽁초를 바닥에 뭉개며 말했다.

나 들어가야 될 거 같애.

여자애는 주머니에서 입냄새 제거제를 꺼내 칙칙 뿌렸다. 문 앞에까지 다가가 서 있는 진욱을 힐끔 쳐다봤다. 눈에는 반항기가 가득했다.

자리로 돌아오자마자 친구가 다시 쏘아붙였다.

너 미쳤냐. 나이 마흔이 넘은 새끼가 명퇴를 해.

옆 테이블의 엄마로 보이는 여자도 가만히 있지 않았다.

어디서 담배 냄새가 나냐?

여자애는 여전히 눈을 내리깔고 있었고 순간 진욱은 자기도 모르게 엄마로 보이는 여자를 향해 말했다.

아, 죄송합니다. 제가 막 담배를 피우고 들어왔습니다.

엄마로 보이는 여자가 순간 진욱에게 화사한 미소를 보냈다.

앞에 앉은 친구가 진욱을 나무라는 목소리가 커질 때마다 옆 테이블의 여고생이 잠깐씩 얼굴을 돌려 이쪽 테이블을 쳐다봤다. 그러다 진욱이 쳐다보면 다시 자기 앞 테이블로 눈길을 돌렸다.

외롭지! 외롭지? 너 이 새끼, 딴놈들은 애새끼들이 다 커서 대학 가게 생겼는데 결혼도 못한 이 빙신 새끼. 누구 불러주까 같이 자게? 외롭지? 외롭지 너? 이 새끼. 바보 같은 놈. 식당에서 걸어서 채 5분도 안 걸리는 호텔 로비까지 걸어 들어왔을 때 친구가 진욱을 붙잡고 말했다. 마늘 냄새 풀풀 나는 입을 볼에다 대고 비비고 난리도 아니었다. 어쨌거나 둘은 어깨를 잡고 오래 포옹했다. 진욱은 호텔 방 커튼을 반쯤 열고 침대에 누웠다. 자동차 소음, 높은 빌딩들, 불빛의 밝기로 봐서는 D시도 이제 매머드급 도시였다. 진욱의 형제들은 모두 D시를 떠나 다른 도시에 정착했다. 아버지가 돌아가셨을 때 형제들과 그 자녀들이 다 D시에 모였다. 형제들은 낳아준 부모도 없는 근본 없는 사람들처럼 아무도 슬퍼하지 않았다. 아버지의 시신을 보고도 중요한 걸 다 집에 놓고 온 듯한 표정이었다. 물론 그도 울지 않았다. 호텔 옆방 문이 열리고 옷장 여는 소리가 들렸다. 발소리도 문이 삐걱거리는 소리도 들렸다. 진욱은 잠이 올 것 같지 않아 코트를 입고 밖으로 나갔다. 텅 빈 호텔 로비, 이용객이 없는 커피숍을 한 바퀴 돌아 지하의 사우나 층에도 들렀다. 사우나 개방 시간 끝. 진욱은 다시 방으로 들어가려다가 호텔 현관문을 밀고 밖으로 나갔다. 담배를 사들고 나와 편의점 안을 봤다. 아이들이 컵라면을 먹고 있었다.

저기요 아저씨.

진욱이 편의점에서 나와 호텔 현관문을 밀고 들어가려는 순간이었다. 고깃집에서 담배를 피우던 그 여자애였다.

저 돈 좀 주시면 안 돼요?

진욱은 여자애의 말을 듣고 웃었다.

다음에.

뭔가 말을 하기는 해야 하는데 할 말이 없어서 무심코 해버린 말이 다음에,였다. 여자애는 포기하지 않고 호텔 로비에까지 따라오려고 했다. 그는 지갑을 열어 있는 현금을 다 꺼내 여자애에게 건넸다. 여자애는 신이 난 얼굴로 휴대폰 폴더를 열며 사라졌다.

구두를 벗고 테이블 옆 소파에 앉아 양복 안주머니에서 흰 봉투를 꺼냈다. 흰 종이 위에 파란 손금이 찍힌 종이가 들어 있었다. 그는 손금을 봐준 여자가 했던 것처럼 양쪽 손바닥을 깨끗한 물티슈로 닦아낸 뒤 입김을 불었다. 물기 없이 잘 말리는 게 중요할 것 같았다. 다음으로 가방에서 문방구에서 산 스탬프 잉크를 꺼내 스펀지에 묻혀 손바닥에 칠했다. 두 손을 높이 치켜들고 흔든 뒤 종이를 찾았다. 종이는 없었다. 진욱은 침대 위에 구김 없이 펼쳐진 흰 시트를 봤고 시트 위에 양손을 지그시 눌렀다. 그리고 뚫어져라 시트를 내려다봤다. 하얗게 보이는 곳에 가느다란 선이 생겨나길 바라며.

*

흰 눈 천지였다. 차가 국도로 접어들자 진욱은 편의점에서 산 팩 소주를 꺼내 빨대를 꽂은 뒤 한약처럼 빨아 먹었다. 길 아래 철조망 위로 송곳 같은, 나뭇가지 같은, 가시 같은 것들이 흰 눈이 덮인 풍경을 찌르고 올라왔다. 그 위로 새들이 모여들었다. 신호등 앞에 차체가 붉은색인 트럭이 한 대 서 있었다. 로고만 블랙인 코카콜라 트럭이었다. 코카콜라 트럭을 따라 한동안 달렸다. 어느 순간 내비게이션이 작동하지 않았다. 진욱은 신호등 옆 공터에 차를 세웠다. 눈이 하얗게 쌓인 풍경 속으로 코카콜라 로고를 새긴 트럭이 사라지는 것이 보였다. 진욱은 무작정 걷기 시작했다.

남색 스웨터를 입은 여자들이 말라버린 웅덩이 앞에 모여 있었다. 동일한 모양의 원피스와 통굽 샌들로 봐서 모두 간호사들 같았다. 여자들은 건너편에 서서 담배를 피우는 진욱을 힐끔거리며 플라스틱 통에 씌운 비닐을 벗겨냈다. 그러고는 자주색 플라스틱 통 안에 있는 것들을 웅덩이 안에 쏟아부으며 코를 쥐었다. 진욱은 담배를 새로 꺼내 불을 붙였다. 간호사들이 허벅지를 드러낸 채 구덩이 앞에 줄지어 앉았다. 질척거리는 땅에 신발이 빠지려고 했다. 진욱은 비틀거리며 간호사들이 있는 쪽으로 걸어갔다. 여자들의 앞쪽 머리카락이 일제히 하늘로 뻗쳐오르고 눈보라가 섞인 바람이 지나갔다. 나 다음 달에 적금 타. 한 간호사가 머리칼을 넘기며 말했다. 자기 피자 한 판 사. 간호사들은 그런 말들을 주고받았다. 원장한테 말해서 더 냉동시키라고 해. 저거 봐 꿈틀거려. 징그러워. 한 간호사가 웅덩이 안을 가리키며 말했다.

이봐요. 거기? 여기 들어오면 안 됩니다. 나가요. 여긴 병원 폐기물 처리장인데. 마스크를 쓴 남자가 나타나 팔을 저으며 진욱에게 소리쳤다. 사명감 넘치는, 벌판 위에 홀로 서 있는 방역업체 직원 같았다. 회색 담장으로 둘러싸인 용도를 알 수 없는 공터였다. 담장 끝에 트럭이 두어 대 서 있었고 플라스틱 통과 종이 박스가 한쪽에 가지런히 쌓여 있었다. 진욱은 천천히 담장 밖으로 나갔고 트럭 앞에 모여 있는 간호사들을 지나쳤다. 간호사들에게 뭔가 말을 하고 싶었는데 어색하기 이를 데 없었다. 간호사 되려면 수학 잘해야 합니까? 뜬금없이 진욱이 물었고 간호사들은 상체를 뒤로 젖히며 깔깔대고 웃었다.

*

친구의 집은 길가에 그냥 덩그러니 있었다. 진욱은 친구의 어머니를 만나야 했다. 너무 나이 들어 귀도 코도 다 막힌 할머니였다. 다른 얘기는 다 못 알아들어도 신기하게 아들 이름은 금세 알아들었다. 그러나 거기까지가 다였다. 진욱은 일찌감치 의사소통하기를 포기하고 따뜻한 방바닥에 벌렁 누웠다. 잠이 들었다가 깨어났을 때 할머니가 진욱을 물끄러미 내려다보고 앉아 있었다. 어딜 봐도 친구와는 한 군데도 닮은 곳이 없었다. 있다면 그냥 고개를 약간 숙인 채 다소곳하게 앉아 있는 옆모습 정도였다. 온몸이 땀으로 젖고 목이 말라 입술이 찢어질 것 같았다. 할머니는 내내 말이 없이 진욱의 옆에 앉아 양말을 꿰매고, 벌레처럼 생긴 말린 나물을 다듬고 잔기침을 하며 담배를 피웠다. 진욱은 자고 자고 또 잤다. 어느 순간 수연이 옆에 같이 누워 서로 입술을 맞대고 차가운 손으로 배를 만져주는 듯한 기분이 들었다. 상상만으로도 따뜻했다. 하지만 아무리 입술에 닿으려고 해도 그녀의 얼굴은 닿지도, 손에 잡히지도 않았다. 어느 순간 수연은 없고 할머니가 자신의 샅을 어루만지고 있는 것 같아 눈을 번쩍 떴다. 왠지 몸은 종잇장처럼 가볍게 느껴졌다.

셔츠가 축축해 일어났을 때 방에는 한 사람이 더 앉아 있었다. 진욱은 벌떡 일어나 앉았다. 내가 갸 작은아버지야. 우리 형이 일찍 갔어. 갸가 여기 있었으믄 좋았겠제. K의 이야기를 하고 있는 것 같았는데 K의 어머니는 여전히 말이 없었다. K의 작은아버지와 K의 어머니가 맞담배를 피우는 사이 진욱은 덜컹거리는 문을 겨우 열고 밖으로 나왔다. 길이, 산이, 앞이 모두 깜깜해서 숨을 쉴 수가 없었다. 형수, 그만 누워 자요. 나 건너가요. 잠시 후 작은아버지가 나와 신발을 꿰 신고 어둠 속으로 걸어가며 말했다. 내일 내가 술 한 병 가져오겠어. 술이나 한잔하자고. 가지 말고 하루 더 있어. K의 작은아버지의 모습은 까만 어둠 속으로 사라졌는데 자작거리는 발소리는 계속해서 들려왔다. 진욱은 K가 전해달라고 부탁한 돈 봉투를 꺼내 벽 아래에 놓았다.

*

수연은 지하철역 입구에 서 있었다. 역 바깥으로 나오자마자 비가 내려 길로 성큼 나갈 수가 없었다. 수연과 통화한 여자는 자신이 중국에서 왔다고 했다. 요즘은 무엇이든 중국에서 오니까 괜찮겠다고 믿었고, 50도 가까운 중국술과 함께 약을 복용할 생각이었다.

　빨리 끝납니다. 써본 사람들이 다 그렇게 말했어요.

　수연은 중국에서 온 여자의 말을 믿을 수가 없었다. 그럼 죽은 사람들이 다시 살아나서 그렇게 말했다는 건가요. 아니요, 그게 아닙니다. 중국에서 이미 동물 실험을 했다니까요. 다 철저한 실험을 했다는 말입니다. 이건 확실합니다. 어쨌든 수연은 중국 여자를 만나보기로 했다. 약을 산다고 해서 그걸 당장 먹겠다거나 하려는 게 아니고 진욱이 극단적인 말을 할 경우에 어떻게 할지 몰라 가지고 있으려던 참이었다. 나는 종로밖에는 모릅니다. 지하철역 바깥에 나와서 기다리겠어요. 중국 여자는 단호했다.

　수연은 공사 현장 인부들과 이동통신사 대리점 차양 아래 나란히 서 있었다. 그들이 뿜어내는 담배 연기가 수연에게 곧바로 전해졌다. 손도 옷도 신발도 모두 회색 먼지를 덮어쓴 인부들이 죽어라 담배를 피워댔다. 애시 브라운 어때요? 그런 머리색깔 잘 어울릴 것 같은데. 갑자기 환청이 들렸다. 머리를 염색하러 가면 늘 미용실 헤어디자이너가 했던 말이었지만 수연은 애시가 무슨 말인지도 몰랐다. 그런데 이제 그 단어가 설명 없이 그대로 와 닿았다. 염색한 게 아니라 늘 뒤집어쓰는 먼지 때문에 자동적으로 머리 색이 애시 브라운이 되어버린 인부들이 옆에서 투덜거렸다. 이번 달 카드 빚도 장난 아냐. 키가 좀 작은 쪽이 담배를 피우며 말했다. 맨날 땅 파서 카드 회사만 좋은 일 시킨다니까. 이번엔 옆에 서 있는 키가 좀 큰 곱슬머리였다. 땅속에 파묻혀 죽어뿌리믄 좋겠어. 아님 카드사를 폭파시키까. 키가 작은 쪽이 지하철역 확장공사 현장을 턱으로 가리키며 말했다. 인부들의 몸에서 나는 먼지 냄새와 흙냄새와 땅 밑으로 흐르는 습기가 뒤섞인 기름 냄새가 콧속을 파고들었다. 더는 힘들어서 못 살겠어. 누가 한 말인지는 알 수 없었다. 순간 수연은 황급히 길거리 가판대로 걸어가 생수를 산 뒤 물을 마셨다. 미지근한 물을 목으로 넘기면서 그녀는 지하철역 확장공사 현장을 물끄러미 보고 있었다. 가득 찬 철근과 목재를 회색 컨테이너로 둘러싼 공사 현장이 부르르 떨리듯 흔들렸고 순간 수연은 들고 있던 물통을 떨어뜨리고 그 자리에 주저앉았다. 폭발음이 들려왔고 공사 현장 쪽에서 사람들의 비명이 들렸다. 차양 아래 서 있던 인부들이 주저앉은 길을 비집고 모두 공사 현장 쪽으로 내달렸다. 수연은 다시 앞으로 고꾸라지며 두 팔로 머리를 감싸 안았다. 수연은 중국에서 온 여자를 만나지 못했다.

*

　손님 머리카락은 애시 브라운 컬러로 염색하시면 좋겠어요.
미용실 헤어디자이너가 그녀의 머리칼을 손가락으로 잡아 꼬
며 말했다. 수연은 헤어디자이너에게 마음대로 하라고 말했다.
미용사가 하는 대로 머리와 어깨를 맡기고 가만히 앉아 있었
다. 눈을 감았다가 잠깐 잠이 들었는데 무릎이 떨리며 화들짝
놀라 정신을 차렸다. 그녀는 거울 앞에 있는 사람을 보고 다시
한 번 더 놀랐다. 그녀는 늘 이런 식으로 외모를 바꿔 자기 자신
에게서 아슬아슬하게 벗어 나올 수 있어서 좋았다. 자기가 알
고 있는 얼굴과 자기가 원하는 얼굴 틈에서는 그나마 숨을 쉴
수 있었다. 수연은 집으로 돌아가 폭이 3미터도 넘는 자개장롱
에 기대 가만히 앉아 있었다. 장롱은 마치 거대한 폭포처럼 금
세 그녀의 등 뒤를 덮쳐버릴 것 같았다. 그녀는 허리에 점점 힘
을 주어 장롱을 떠받쳤으나 이내 쏟아져 내릴 것 같은 무게감
때문에 혼자서 당황했다. 수연은 몸에 힘을 풀고 두 다리를 장
롱에 기대 올리고는 바닥에 누워 두 팔을 양쪽으로 벌렸다. 안
약을 넣은 것처럼 양쪽 눈가로 액체가 주르륵 흘러 떨어졌다.
　거실로 나가 텔레비전을 켰다. 봅슬레이 선수들이 경기를 준
비하는 모습이 담긴 화면이 나왔다. 시속 150킬로미터에 근접
해 달릴 때 내 몸에 가해지는 중력을 견디는 고통이 얼마나 큰
지 모릅니다. 그렇지만 시즌이 끝나면 이내 또 그 끔찍한 고통

이 그리워지죠. 수연은 자기도 모르게 눈을 질끈 감았다. 봅슬레이 경기장의 관중은 얼음 바닥에 납작 엎드린 2인 1조 혹은 4인 1조의 선수들이 얼음벽으로 이루어진 활주로를 얼마나 빨리 내려가나 구경하며 서 있었다. 인터뷰한 선수의 헬멧에 달린 카메라가 곤두박질치며 빙속 활주로를 내달렸다.

뉴타운 아파트 건설 현장이 지척이라 온종일 땅에 징을 박는 소리가 들렸다. 수연은 그 굉음이 두두두 자신의 몸을 타고 아파트로 퍼져나가는 것 같아 소리가 커질 때마다 양쪽 귀를 두 손으로 막았다. 강물에 빠졌다가 다시 물 밖으로 나왔는데 진욱을 찾지 못하는 꿈을 꾸었다. 강가에 앉아 목 놓아 울었다. 진욱은 사라지고 자기만 물 밖으로 걸어 나오는 꿈이었다. 그보다 더 큰 악몽은 없었다. 수연은 계속해서 울었다. 다만 꿈속에서 우는 것이기 때문에 현실에서 우는 것처럼 몸이 아프거나 저리지는 않았다.

*

수연은 진욱이 준 손금 보는 여자의 명함을 갖고 4호선 지하철을 탔다. 과천 대공원이나 경마장에 간 적도 있었지만, 4호선 지하철이 안산 방향으로 달려갈 때 이 노선에 담긴 지리 정보들이 거의 기억나지 않았다. 손금을 보는 여자의 사무실은 과천 시내 중심부에 있었다. 작은 오피스텔 한 칸에 책상 두 개가 있고 손님용 실내화가 가지런히 놓인 현관 옆에 명함통을 올려둔 정수기가 보였다. 천장에 치장해놓은 색색의 실들은 조금은 신비하고 밝은 분위기를 만들고 있었다. 아무개의 여자친구라든가, 뭐 그런 걸 말하고 싶지는 않았다. 여자는 차를 한잔 준 뒤, 진욱에게도, 다른 사람에게도 했던 것처럼 손바닥을 닦고는 푸른색 잉크를 칠했다. 희고 깨끗한 종이에 몇 번을 찍어보더니 가장 잘 찍힌 걸 책상에 올려놓고는 눈을 부릅뜨고 들여다보기 시작했다. 한참을 들여다보던 그녀는 사인펜을 손에 쥐었다. 붉은 선이 그어진 손금, 파란 선이 그어진 손금, 이내 손금은 하나의 형상을 이뤘다.

나쁘다고 생각하면 나쁘지만 나쁜 걸 미리 알게 되면 조심하면 되죠. 여자는 탁자 위에 놓아둔 장미꽃 화병을 매만지며 말했다. 아무것도 보이지 않는 사람도 있어요. 죽음이죠. 미래가 없는 사람. 그런 고객과는 아주 오래 애기를 해야 해요. 그러다보면 어떤 경우 문제가 드러나기도 하죠. 문제를 바로잡을 수 있으면 괜찮아요. 이런저런 질문을 해댔지만, 그녀가 해준 말은 딱 한 가지였다. 집에 가면 텔레비전도 켜지 말고 음악도 듣지 말고 휴대폰도 켜지 마세요. 혼자서, 집에 사람이 없을 때가 좋아요. 누가 있다면 한밤중에 하세요. 아무도 없는 집에 혼자서 가만히 앉아 자신의 몸에서 어떤 반응이 일어나는지 살펴보세요. 어떤 반응이 일어나든 그건 당신의 몸에서 일어나는 일이고 당신의 정신이 반응하는 일이니 그대로 내버려둬요. 자책

하지 말아요. 수연은 여자에게서 본인과 관계가 없는 어떤 정신적 영향에 대해 분석한 영어 원서 한 권을 받았다. 원서를 읽을 수 있겠느냐고 물어서 책은 다 읽을 수 있는 거 아니냐고 대답하고는 그냥 가져왔다.

엘리베이터를 기다리다가 야쿠르트 판매원을 만났는데 왠지 친근하게 느껴졌다. 판매원은 그 짧은 시간 동안 바퀴 달린 통에 든 야쿠르트의 개수를 셌다. 수연은 용기를 냈다. 저기요. 혹시 제가 어떻게 보이나요? 대답은 금세 돌아왔다. 뭐라구? 뭐라고 했어요? 수연은 그냥 웃었다. 아뇨, 그게 아니고 제가 좀 이상해 보이지 않나요? 판매원은 참 이상한 사람도 다 있다는 듯이 웃으며 야쿠르트 한 개를 내밀었다. 이거 먹어요. 야쿠르트 차가 전동으로 작동되는 줄 몰랐어요. 덜 힘들겠네요. 이상하네. 오늘은 다 이상한 얘기들만 하네. 어떻게 보이긴, 잘 보여요. 난 잘 보이는데! 수연은 지하철을 타기 위해 전철역 안으로 내려가는 에스컬레이터에 몸을 실었다. 수많은 어깨가 차곡차곡 지하로 떠밀려 들어갔다. 왠지 그 많은 어깨들이 아득하게 보였다. 수연은 진욱의 운명에 대해서는 아무것도 묻지도, 듣지도 못했다.

＊

수연은 양치질과 세수를 한 뒤 거실 한가운데 소파에 앉았다. 여자가 말한 대로 소리가 나오는 모든 장치의 전원을 껐다. 몸의 힘을 빼라고 했는데 그게 잘 안 됐다. 손은 어디에 두어야 하나? 팔짱을 껴야 하나, 무릎 위에 얌전히 올려놓아야 하나, 이렇게 했다가 저렇게 했다가. 창밖으로 시간이 흘러가는 게 느껴졌다. 수연은 마치 이름도 없는 사람들을 기리기 위해 만든 제사상 앞에 온 사람처럼 뭘 어떻게 해야 할지 몰랐다. 수연은 자기 마음이 어디 있는지 알고 싶었다. 자신의 마음은 거실 바닥에 떨어져 뒹굴고 있었다. 진욱이 보고 싶다거나 헤어져 슬프다거나 하는 감정이 아니었다. 모든 게 다 무서웠다. 수연은 창밖의 소음들에 항상 민감했지만 지금은 아무 소리도 듣지 못했다. 왠지 공사 현장 소음조차 한순간에 딱 사라져버렸다. 그리고 수연의 귀에 어떤 소리가 들렸다. 수연은 비로소 마음의 소리를 듣게 되었다는 착각에 빠졌다. 그것은 수연이 한때 좋아했던 재즈 가수의 스캣과 비슷했다. 자신과 비슷한 나이인 한 재즈 가수의 모든 공연을 따라다녀서인지 수연은 그 여자의 노랫소리를 환청으로 듣는 줄 알았다. 엄마의 방 쪽을 쳐다봤다. 그녀는 금세 그것이 재즈 가수의 스캣이 아니라는 걸 알았다. 그리고 소파에서 일어나 엄마의 방문을 열었다. 한여름도 아닌데 창은 조금 열려 있었고 엄마는 어깨를 웅크린 채 재즈 가수의 스캣을 연상시키는 신음을 내고 있었다. 공포에 질린 것처럼 목젖이 떨리며 나는 소리였다. 생전 처음 들어보는 슬픈 소리였다. 수연은 우선 창문을 닫고 커튼을 내린 뒤 엄마의 등을 보고 섰다. 76세인 엄마의 등이 부들부들 떨렸다. 수연은 몇백 년 만에 엄마가 살아 있다는 걸 깨달은 사람처럼 엄마 뒤로 펼쳐진 자개장롱을 쳐다보며 멍하니 서 있었다. 수연아 나 국수 먹고 싶어. 엄마가 말했다.

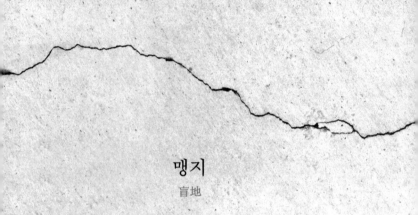

맹지

盲地

점심을 먹고 나서 사무실 건물 옥상에 올라가 커피를 마셨다. 모든 직장인들이 다 그렇듯이 담배나 피우고 별 쓸데없는 얘기나 하는 시간이었다. 누군가 난간에 올려둔 화분이 보였다. 화분 밑동에 붙어 나풀거리는 검정색 비닐은 화분이라도 끌고 곧 허공으로 뛰어내릴 것처럼 동그랗게 부풀어 올랐다가 이내 옥상 난간 아래로 자취를 감췄다. 손에 닿는 종이컵의 까끌까끌한 촉감을 느끼며 동료들의 얘기를 듣고 있을 때 검정색 비닐이 다시 허공으로 떠올랐다.

환기구 기둥 옆쪽에 동료들과 같이 서 있는 지영이 보였다. 잠깐 몸을 왼쪽으로 돌려 내 쪽으로 시선을 주는 것 같기도 했다. 지영이 같은 회사에 다닌다는 걸 알았을 때 나는 그것을 우연 이상으로 받아들였다. 소심하고 우울한 나는 자신의 생각이나, 자신이 가 있는 곳의 사진을 찍어 인터넷에 올리는 사람들의 일상을 훔쳐보는 게 싫지 않았다. 아틸라Attila도 그런 사람들 가운데 하나였다. 우연히 그 사람이 지나다니는 장소가 나와 같은 곳이라는 걸 알게 되었다. 오리 엠블럼 모양의 회사 로고가 결정적이었다. 깊은 밤, 나는 침대에서 아틸라, 아니 지영이 인터넷에 올리는 글과 사진을 보다가 잠들곤 했다. 그녀는 주로 환경문제를 주제로 한 짧은 글들과 사진을 올리곤 했는데 나 같은 무식한 공돌이는 잘 알 수 없는, 지루하고 어려운 내용이었다. '지구 온난화는 사기다' '로마 클럽 보고서의 『성장의 한계』는 옳았다' 따위의 기사 같은 것들이 그랬다.

사실 여자들에 대한 관심이 끊긴 건 오래전이었다. 왠지 비위 상하는 향수 냄새도 싫고, 그렇게 오래 공을 들일 만큼 매력적인 존재들인지도 의심스러웠다. 내게 여자들은 길거리의 비둘기나 해변의 갈매기와 똑같았다. 그런데 지영은 좀 달랐다. 나를 닮은 아이를 낳아 잘 키워주고 시간 맞춰 밥을 해주는 사람을 찾아야겠다는 생각은 처음부터 없었다. 지영은 세상이 망했을 때 나를 안전한 곳으로 데려다주거나, 최소한 어디가 안전하다고 말해줄 수 있을 것 같은 사람이었다. 나는 그런 사람을 찾고 있었는지도 모르겠다. 그래서 지영을 꼭 이모에게 데려가고 싶었고, 어쩌면 이런 일이 다시는 일어나지 않을 거라는 생각이 들기까지 했다.

선배님, 우리는 다들 똑똑한 사람들인데 왜 회사만 오면 이렇게 멍청해질까요?

러시아 영업팀 후배 놈이 발로 담배를 비벼 끄며 말했다. 뭐 맨날 하나 마나 한 말들이었다. 내가 쓰는 볼펜 하나, 쓰고 버리는 휴지 하나조차 마음에 드는 색깔과 모양으로 할 수 없는 게 회사였다. 대꾸할 가치도 없어 그냥 아무 말이나 해버렸다.

야, 됐고, 요즘은 여자들한테 뭐 선물하면 좋아하냐?
에이 진짜, 이러면 나 선배님 놔두고 러시아로 가버린다.
뭐 좋아하냐고?
에이 진짜, 마카롱이지, 선배님.

인터넷 검색 끝에 마포구 서교동에 있는 유명하다는 마카롱집을 찾아냈다. 알록달록한 색깔의 동그란 과자 두 쪽이 붙은 마카롱 한 개의 가격이 2천 원이라는 게 믿어지지 않았다. 알록달록한 색깔 말고는 아무것도 알 수 없을 것 같은 멍청한 화려함이 마음에 들었다. 나는 굳이 화려한 톤의 리본을 고른 직원의 취향을 무시하고 지영이 좋아할 것 같은 모노톤의 리본을 골랐고, 풀어지지 않도록 상자를 단단히 묶어달라고 말했다.
몇 년 전만 해도 건수로 가는 버스는 여러 터미널에서 탈 수 있었지만 언제부터인가 버스는 단 한 곳의 터미널에서만 출발했다. 터미널은 한산했다. 짧지도 길지도 않은 파마머리를 한 할머니가 신발을 벗고 발뒤꿈치를 만지다가 얼굴을 들어 나를 쳐다봤다. 사실 할머니라고 하기에는 애매한 얼굴이었지만 어쨌든 노인은 네 칸짜리 플라스틱 의자 중 푸른색 의자에 앉아 있었다. 그러다 갑자기 휴, 하고 숨을 내쉬며 의자 등받이를 밀고 벽에 상체를 기대었다.

이렇게 먼 데까지 오게 하다니! 나같이 늙은 여자를 말이야. 그런데 어쩌겠어. 일자리가 필요한 건 난데. 할 수 없지. 일자리만 준다면 어디까지라도 갈 수 있어.

노인은 혼자 떠들었다. 플라스틱 의자 옆의 담벼락에 한쪽 다리를 붙이고 서서 휴대폰을 내려다보고 있는 나를 의식했는지, 슬쩍 옆자리로 비켜나 앉았다. 나는 가끔씩 택시 승강장 앞을 쳐다봤다. 공터 쪽이 소란스러워졌다. 공터 중심을 향해 휠체어를 탄 사람들이 천천히 모여드는 중이었다. 그 사람들을 내려놓은 검은색 다인승 승용차에서 영정 사진을 든 아이가 마지막으로 내렸다. 조금 뒤 스피커 노이즈가 들려왔다. 그리고 버스 출발을 알리는 터미널 안내 방송과 스피커 노이즈가 충돌했다.

뭐라고? 좀 조용히 해봐! 건수, 건수로 가는 버스는 1시 15분에 출발합니다. 승객 여러분께서는 승강장에서 대기해주시면 감사하겠습니다.

　조용한 터미널은 안내방송이 나오고 나서 더 조용해졌다. 유화로 그린 영정 사진은 공터 중앙, 커다란 테이블 위에 놓였다. 영정을 들었던 아이는 어깨도 펴고 팔도 돌리며 몸 전체를 커다랗게 움직였다. 공터 중심을 향해 휠체어를 탄 사람들이 거의 다 도착했고, 사람들이 스피커를 하나씩 쥐고 말을 하기 시작했다.

　어쩌고저쩌고, 우리는 오늘 어쩌고저쩌고, 너는 어쩌고저쩌고, 그래서 어쩌고저쩌고. 어쩌고저쩌고.

　조금씩 초조해졌다. 교복을 입은, 몸이 젓가락처럼 마른 여자애들 둘이 터미널 매표소 옆 시멘트 담벼락에 붙은 강력범 신고 전단지를 보며 킥킥거리는 게 보였다. 머리 길이도 치마 길이도 다리 굵기도 두 사람 뒷모습은 모두 다 똑같아 보였다.
　전라도 말씨, 경기도 말씨, 죽 째진 눈, 시원시원한 성격. 헐, 이 아저씨 좆나 무섭게 생겼다. 다 무서운 일급 살인범들!
　여자애들은 전단지에 껌딱지처럼 붙어 서서 물러설 줄 몰랐다. 여고생들의 낄낄거리는 웃음소리를 들으며 눈앞을 봤다. 공터의 휠체어 탄 사람들도, 조금 가까이 있는 여고생들도, 의자에 앉은 파마머리 노인도 거대한 황사에 갇힌 불확실한 실루엣으로 보일 뿐이었다. 사실 모든 게 그랬다. 모두 다 불투명하고 불확실하다는 것만이 진리였다. 눈앞을 죄다 가리는 돔 하늘과 황사는 잘 믿기지 않았다. 그러나 누구보다 믿을 수 없는 건 나 자신이었다. 지영은 아직 도착하지 않았다. 어쨌든 지영에게 이 황사를 빨리 보여주고 싶었다. 불투명한 황사의 막이 눈앞에서 점점 몸집을 불리는 모습은, 정말이지 장관이었다.

인터넷 포털사이트 구글에서 알려주는 현재 기온은 섭씨 19도였다. 무슨 이유에서인지 건수로 가는 버스 시간은 검색되지 않았다. 온도는 높지 않은데 초여름 같았다. 양복 재킷을 벗고 소매를 걷었다. 다음부터는 몸에 너무 딱 맞는 양복, 발뒤꿈치가 깊이 들어가는 수입 구두는 사지 않아야겠다고 결심했다. 지영이 오기만 한다면 바로 다음에 출발하는 버스표로 바꾸면 그만이었다. 곧 버스 출발 시간이었는데 지영은 오지 않았다.

베이지색 재킷에 운동화를 신은 노인이 플라스틱 의자 중 맨 끝의 노란 의자에 앉아 있는 게 보였다. 65세, 70세, 아니 75세쯤, 노인들의 나이는 잘 짐작할 수 없지만 깔끔해 보이는 인상이었다. 노인의 바로 옆 의자에는 분홍색 보자기에 싸인, 직사각형의 제법 큰 짐이 놓여 있었다. 노인은 가끔씩 짐 위에 손을 올렸다가 무릎 위로 손을 옮기고, 이내 시계를 한번 보고는 다시 짐 위에 손을 올리기를 반복했다. 몇 사람이 더 승강 위치

가까이 다가섰고, 황사는 건수로 가는 사람들만을 에워싼 채 누에고치처럼 점점 커지는 것 같았다. 나는 조급해져서, 더는 기다리지 못하고 지영의 전화번호를 눌렀고 벨은 여러 번 울렸지만 지영은 전화를 받지 않았다.

불투명한 황사 돔을 뚫고 버스의 앞머리가 천천히 정거장으로 들어왔다. 승강장을 향해 들어오는 버스 앞머리가 일그러진 해치의 얼굴처럼 보였다. 역겨운 세제 냄새 또한 함께 밀려들어왔다. 몇 명 안 되는 승객들은 황사 속에서 버스 출입문을 찾느라 더듬거렸고, 차 문을 밀고 나온 운전기사는 마스크와 흰 장갑을 착용한 채 방역업체 직원 같은 모습으로 철컥, 버스표에 구멍을 냈다.

버스 안에서는 술냄새가 진동했다. 뒤쪽 1인용 좌석에 앉은 남자가 두 다리를 쭉 뻗은 채 차가 출발하기도 전부터 코를 골았다. 어린 남녀 커플은 리시버를 한쪽씩 꽂은 채 소풍이라도 가는 모양이었다. 파마머리 노인은 휴대폰을 붙들고 통화 중이었고 공터 쪽에선 아직도 스피커 소리가 들려왔다. 열 명 남짓한 승객을 실은 버스가 굴다리를 지나 터미널을 빠져나갔다. 순간 전화기가 부르르 떨렸고 나는 버스 기사를 향해 손을 쳐들었다가 금세 다시 내려놓았다. 최근에 사이언톨로지스트가 되었다는 동기가 보낸 문자메시지였다. 지영은 아니었던 것이다.

8단계만 거치면 우리의 모든 상처가 치유돼 고통으로부터 벗어날 수 있어. 내가 도와줄게. 영혼을 치료하는 기계가 있단다! 이걸 구하고 싶다면 우리가 도와줄 수 있어. 신용카드 할부 구입도 가능해.

버스는 이미 도심을 빠져나가고 있었다. 휴대폰 카메라를 켜고 얼굴을 비춰보았다. 얼굴 전체가 검고, 늙어 보이기까지 했다. 귀도 아프고 심장도 쿵쾅거리는 것 같았다. 조악한 디자인의 커튼을 묶은 벨트를 풀어 창을 가리고 지영이 링크해 올렸던 몇 개의 글들을 봤다. 사실 여러 번 읽은 것들이었다. 자기 아이가 미세먼지 때문에 기형아로 태어났다고 믿는 중국의 한 여자 아나운서가 미세먼지의 위험성을 알리는 다큐멘터리를 만들었다. 그녀는 스티브 잡스처럼 청바지를 입고 미세먼지에 위협받고 있는 중국 상황을 설명하고 다녔다. 그러다 어느 날부터 그 여자가 만든 모든 영상은 물론, 그 여자가 나오는 자투리 동영상조차도 유튜브에서 완전히 사라져버렸다. 지영은 그 기사를 링크해 올리면서 아무런 감상도 덧붙이지 않았다.

서류 가방을 가슴에 안은 청년이 손잡이를 하나씩 바꿔 쥐며 굳이 내 옆자리까지 와 앉았다. 그때 나는 멍하게 지영이 언젠가 인터넷에 올린, 연둣빛 조명이 강한 어떤 방을 상상하고 있었다. 도대체 그 방은 어딜까, 뭘까. 난 사실 지영에 관해 아무것도 알지 못했다. 청년은 내 옆자리에 앉자마자 가방에서 종이 책자를 꺼내며 말을 걸기 시작했다. 저기, 혹시 진보정치에 관심 있으신가요? 청년은 단색으로 프린트된 종잇장을 가슴께로 내밀었다. 현장 설문조사 나왔는데요. 국민 여러분들의 생생한 의견을 듣고자, 일부러 나왔습니다. 대단한 열정가이거나 순진한 사람 같았다. 백팩을 열고 서류를 꺼냈다. 그래도 청년은 옆자리에서 떠날 생각을 안 했다. 코 고는 소리는 여전히 들려왔고 뭔가 시큼한 냄새 같은 것이 차 안을 떠돌았다. 문득 고개를 돌려 뒷자리를 보니 분홍색 짐을 가지고 있던 노인이 창밖을 보며 점잖게 앉아 있었다. 분홍색 짐의 귀퉁이가 잠깐 보이는 것도 같았다.

건수도 황사가 심했다. 터미널 앞 교차로에는 네모반듯한 모델하우스 몇 채가 깃발을 꽂은 물통 배너를 일렬로 세운 채 서 있었다. 터미널 편의점에서 마스크를 사지 않은 것을 후회했다. 어딘가 들어가 피할 건물도 없고 무방비로 황사에 노출될 수밖에 없었다.

이모네 동네는 건수 터미널에서 불과 30분 거리였다. 나는 버스에서 내리고 나서도 한참을 터미널 근처에서 서성거렸다. 왠지 둔기로 머리를 맞은 것처럼 어지러웠다. 지난 몇 달간 관리 문제로 시달렸던 부품 재고가 보관된 창고가 건수에 있었다. 건수 터미널에서 부품 창고에 갔다가 다시 이곳 터미널로 와 북쪽으로 향하는 시내버스를 타고 이모네 집으로 가면 끝이었다. 지영이 왔다면 부품 창고에는 갈 생각도 하지 않았을 것이다. 이모가 말해준 버스 번호가 18번이었는지 81번이었는지도 잘 기억나지 않았다. 그러나 어릴 때 여러 차례 와본 길이어서, 아무 문제 없이 잘 찾아갈 수 있을 것이 분명했다.

정 차장 너, 이번 일 똑바로 처리 못하면 알아서 해라. 지난 수요일 오후 회의 자리에서 부장이 말했다. 다들 조금씩 지겨운 표정이었는데, 부장이 눈을 부릅뜬 채로 나를 공격하자 다들 금세 얼굴에 생기가 돌았다. 10년 가까이 회사에 다녔지만 대단한 금액의 연봉을 받으며 승승장구하는 직장인은 본 적이 없었다. 다들 옆자리 동료가 당하는 꼴을 보면서, 자신이 살아남았다는 사실에 안도할 뿐이었다. 창가에 누군가 가져다놓은 촌스러운 갈색 꽃이 아니었다면 나는 시선을 둘 곳을 찾지 못했을 것이다.

건수 산업단지는 건수 터미널에서 4킬로미터라고 구글 지도가 말해주었다. 이 지역의 녹색 택시조합 기사는 내비게이션이 고장 났지만 산업단지가 어딘지는 알 것 같다고 말했다. 얼마 달리지 않아 낮은 건물들마저도 보이지 않게 되고 드문드문 버스 정류장만 보였다. 택시가 내려놓고 간 도로 위에 나 말고는 사람이 단 한 명도 없었다. 길 양쪽엔 코스모스 비슷한 꽃이 허벅지 높이까지 자라나 있었고 논과 밭이 보였으며 그 뒤로 야트막한 산이 전부였다.

평평한 길 한쪽에 단지 진입로가 보였다. 화살표가 있고 350미터라고 표시된 표지판 덕분이었다. 반듯한 길 오른쪽은 모두 논밭이었고 끝없이 연결된 철조망이 이쪽과 저쪽을 구분했다. 길 왼쪽의 건물들은 자기 그림자에 기대 겨우 서 있었고, 집들 위로 검고 굵은, 일직선으로 지나가는 전기 전선들이 뭉텅이진 채 빼곡했다. 건물에는 아무도 살지 않는 게 분명했다.

쓰레기 적치장 앞을 지나 빠르게 걸었다. 담장 높이까지 쌓인 자동차 폐타이어와 버려진 자동차 더미로 빈 공간이 없었다. 그곳 어딘가에 사람이 있을 것 같지는 않았다. 건수 산업단지는 이제 단지로서의 기능이 끝난 곳이었다. 어디선가 휘파람 소리가 들렸다. 방금 지나온 집 앞에 철제의자가 놓여 있고 한 사람이 야구 모자를 쓴 채 앉아 있었다. 주름이 가득한 작은 얼굴의 노인이었다. 노인이 다시 휘파람을 불었다.

저기, 개가 있어.

노인이 앉은 의자 앞에, 논 쪽에 바짝 세워 주차한 자동차 한 대가 보였다. 차체가 청색으로 변색된 버려진 자동차였다. 자동차 보닛 위에 앉아 있던 커다란 개가 날 보고는 차 꼭대기로 올라갔다가 다시 보닛 위로 내려와 먼 곳으로 시선을 돌렸다. 개가 아니라 호주산 들개인 딩고나 늑대 같았다. 귓가에 검은 반점이 있는 것처럼 얼굴 전체가 어두워 보이는 것 말고는 그랬다. 휘파람 소리는 다시 들리지 않았지만 개는 점처럼 시야에서 계속 이어져 보였다.

그러거나 말거나 계속 걸었다. 너 이번 일 똑바로 처리 못 하면 알아서 해라. 이른 아침 혹은 늦은 밤에도, 부장은 입만 열면 늘 나한테 그렇게 말했다. 소주병 열 개쯤이 깔린 야심한 시각의 회식 자리에서조차 그 소리를 들어야 했다. 나는 앞에 앉은 사람의, 주홍색 고춧가루 물이 든 셔츠 소맷귀, 술집 천장에서 돌아가는 선풍기 같은 것을 쳐다보곤 했다. 화가 나도 참아야 했다. 마음을 누르고 또 눌렀지만 나는 부장을 죽이고 싶었다. 이 모든 일을 내 책임으로 돌리는 건 부당하다고 생각했다. 내가 언젠가 저 새끼를 조져버릴 거야. 자면서도 다짐하고 또 했지만 그럴 때마다 정말 내 책임일지도 모른다고 오히려 자책을 하기도 했다. 죽이기는커녕, 난 그 무엇에 대해서도 단 한 번도, 단호하게 행동해본 적이 없는 사람이었다.

건수 산업단지를 알리는 청동 표지판은 칠이 벗겨진 채 녹슨 판만 붙어 있었다. 얼마 전까지만 해도 건수시는 동남아시아에서 온 연수생들로 활기가 넘치던 곳이었다. 산업단지 개발이 중단된 뒤로 그 많던 연수생들이 다 어디론가 떠나고, 건수 주변 어딘가에 부상을 당했거나 일을 하지 못하는 사람들만 모여 사는 지역이 생겼다는 얘기를 들었다. 마당에 서서 커피를 마시고 공놀이를 하고 팔굽혀펴기를 하던, 몸집이 작고 눈가가 붉은 동남아인들은 보이지 않았다. 연수생들이 모여 있던 공터는 우주선이 착륙해도 될 정도로 커다랗게, 움푹 파인 것처럼 보였다. 네 개 동의 부품 창고는 공터 건너편에 들어서 있었다.

창고 출입문에는 여러 나라의 언어로 된 안내문이 덕지덕지 붙어 있었다. 햇빛이 강해서 비밀번호 버튼을 누르는 짧은 시간 동안에도 몸이 타버릴 것 같았다. 문은 쉽게 열렸고 자동적으로 전기가 켜졌다. 바닥에 찍힌 모양이 각기 다른 발자국들이 보이고, 출입구 앞쪽 벽면에만 유독 검은 손때 자국이 여러 겹 겹쳐 묻어 있었다. 복도 바닥에 깔린 포대들, 벽에 붙은 종이 때문에 시야가 온통 흰색이었다. 복도에 위생복과 헬멧을 올려둔 선반이 보였다. 위생복은 차곡차곡 개켜 있기는 했지만 실거미줄투성이였고, 접힌 옷과 옷 사이에는 초록색 가루로 된 녹이 잔뜩 묻어 있었다. 양복 위에 위생복을 덧입고 모자를 쓰는 동안에도 얼굴의 열기는 가시지 않았다.

골칫덩어리들이 어디 있는지 찾아야 했다. 창고 안에 환기팬이 있는지 없는지 진공 상태 속을 걷는 것 같았다. 문제는 희박한 공기였다. 벽 쪽으로 가 환기팬이 있는지 찾았지만 찾을 수 없었다. 숨을 참는 느낌으로 선반들 사이를 걸었다. 철제선반은 천장을 찌를 듯 높이 뻗어 있고 어느 공간도 빈 곳이 없었다. 인터넷도 잘 터지지 않아서 부품 위치를 종이에 적어오지 않은 걸 후회했다. 그러나 이메일을 쓸 때마다 언급하던 물류 번호는 일련번호대로 내 머릿속에 잘 정리되어 있었다. 땀이 많이 났고 창고 안이 모두 같은 색이어서 눈앞이 잘 보이지 않았다. 군데군데 철제사다리가 놓여 있었다. 사다리를 끌어다 놓고 올라갔다 내려갔다 몇 번씩 이동하며 숫자가 끝나는 지점을 찾았다. 모두 다 파악하기까지 커다란 철제선반 두 개를 싹 훑어야 했다. 지붕 끝에서 발끝까지, 엄청난 면적이었다.

비교적 옮기기 쉬운 앵글에 있는 박스 하나를 꺼냈다. 빅토리녹스 칼로 박스 표면의 회색 테이프로 봉해진 부분을 갈랐다. 담뱃갑 크기만 한 아날로그 튜너tuner들이 정전기 방지용 트레이에 차곡차곡 담겨 있었다. 어디선가 희미한 기계음이 들리는 것 같았다. 물건 하나를 쥐었다. 2, 3년 전 디지털 튜너로 바뀌기 전에 썼던 텔레비전용 아날로그 튜너였다. 튜너는 텔레비전에서 여러 주파수를 한 곳으로 모아 영상으로 만드는 기본적인 장치였다. 몇 달째 내 피를 말리는 물건은 사실 그냥 작은 기계 장치에 불과했다. 덤핑으로라도 재고 수를 줄여야 했는데 시기를 놓쳐버리고 말았다. 재고는 채 사용되지도 못한 채 신제품이 개발되었다. 손으로 쓰레기가 된 튜너를 한 움큼 집어 백팩 안에 넣었다. 상한 김장배추였다면, 모터가 고장나버린 냉장고였다면 내다 버리면 그만이었다. 상한 술이라면, 상한 딸기라면 쏟아버리면 그만이었지만 아날로그 튜너들은 갖다 버릴 곳이 없었다.

창고에서 나와 화장실을 찾았다. 내가 방금 나온 창고와 옆동 창고 가운데, 이동식 건물처럼 생긴 컨테이너 건물이 화장실이었다. 화장실 입구로 들어서는 순간 주춤했다. 자동차 보닛 위에 서 있던 개가 화장실 바닥에 앉아 격렬하게 턱을 떨고 있었고 선캡을 쓴 노인이 선 채로 소변을 보다가 얼굴을 돌려

나를 쳐다보며 말했다.

헬로!

걸으면 걸을수록 구두 굽이 발목 전체를 뜯어 먹을 듯이 옥
죄어왔다. 부장이 날 힐난하던 때보다 오히려 지금이 더 비참
했다. 황사가 몸 켜켜이 침범해 날 녹다운시키려고 했다. 황사
는 내 몸을 덮치려는 듯 검붉은 색으로 바뀌며 눈앞에서 성큼
커졌다.

버스 시간을 확인하러 매표소 쪽으로 다가갔다. 누군가 다가
와 내 팔을 잡았다. 팔에 닿는 살이 핫팩처럼 뜨거웠다. 건수에
올 때 터미널에서부터 같이 온 파마머리 여자 노인이었다. 터
미널 화장실 앞 의자에 베이지색 재킷을 입은 남자 노인이 앉
아 있었다. 여자 노인이 다가와 내 팔을 잡으며 말했다. 저 어
르신이 짐을 잃어버렸대. 내가 볼일을 다 보고 터미널로 왔는
데 저 양반이 저렇게 앉아 있는 거야. 저는 모르는 분인데요.
말했지만 소용없었다. 여자 노인이 내 팔을 끌고 남자 노인 쪽
으로 가까이 데려갔다. 남자 노인은 두 손을 앞으로 모은 채 턱
을 조금 들고 정면을 보고 있었다. 남자 노인이 짐을 화장실 밖
에 두었는데, 너무 중요한 짐이었기 때문에 화장실에는 가지고
들어가지 않았다는 것이었다. 남자 노인은 채 1분도 안 되는 시

간에, 대충 손만 씻고 화장실에서 나왔다고 했다. 터미널 라운지에는 몸에 잔뜩 힘이 들어간 군인들 한둘 말고는 사람도 별로 없었다. 우리가 여기 표 파는 직원, 화장실 청소 아줌마, 저기 분식집 남자, 약국 직원한테까지 다 돌아다니면서 물어봤는데 아무도 못 봤대. 더 흥분한 건 여자 노인이었다. 여자 노인의 입가에서 흰색 거품이 조금씩 솟아났다. 난 직장을 구하려고 시내에 가 누굴 만나고 왔어요. 꽤 큰 음식점 주방 보조, 살 집도 준대서. 왜 나 취직시켜주게? 나 취직시켜줄 수 있어? 여자 노인이 내 팔을 강하게 잡아당겼다. 무슨 말이든 해야 했는데 이럴 때는 뭘 말해야 할지 잘 몰랐다. 가서 볼일들 보십쇼. 내 일이니 내가 알아서 하지요. 그때만 해도 남자 노인의 얼굴은 대단히 이성적으로 보였고 아직 건수시가 어두워지기 전의 일이었다.

가로 50센티, 세로 30센티짜리 분홍색 보자기에 싸인 그 물건 주변에 누가 있었는지 남자 노인은 잘 기억하지 못했다. 그가 사기꾼일지도 모른다는 생각을 잠깐 하기도 했지만 이내 그런 생각을 접었다. 어쨌든 남자 노인은 결코 자존감이 훼손된 얼굴이 아니었고 누가 와서 사건의 진위를 물어도 자기 자신 탓을 할 사람처럼 보이지는 않았다. 그래서 왜 그가 잃어버린 물건을 내가 찾아주어야 하는지 잠깐 멍해졌다. 여전히 내 주변을 오가는 사람들은 군인들뿐이었다. 나는 아무나, 눈앞으로 막 지나가는 군인에게 다가갔다.

건수에 온 군인들은 어디로 놀러 가는지 알아요?

남자 노인과 여자 노인을 데리고 명동으로 갔다. 건수 시내의 제일 번화한 거리라는 명동은 길이가 채 백 미터도 되지 않아 보였다. 제일 먼저 파출소에 들어가 전당포 위치를 물었다. 값나가는 물건이라면 전당포로 먼저 갔을지도 모른다고 생각했다. 그때까지도 남자 노인은 자기가 가지고 있던 물건이 뭔지 말해주지 않았다. 남자 노인과 여자 노인을 시내 한복판에 세워놓고 전당포로 들어갔다. 계단은 내 몸 하나 걸어 올라가기에도 비좁았다. 전당포 주인은 벽에 붙은 텔레비전을 보며 파우치에 든 홍삼을 빨아 먹고 있었다. 나는 짐의 모양을 설명했고 그런 물건을 든 사람이 왔었는지 묻고는 이내 밖으로 나왔다.

남자 노인과 여자 노인은 도로 중앙의 분리대 구실을 하는 바에 걸터앉아 약국에서 파는 드링크제를 마시고 있었다. 이거, 총각도 하나 마셔. 여자 노인이 나한테 갈색 병 하나를 건넸다. 그들은 무덤덤해 보였다. 갈색 병 속에 든 액체를 마시면 난 죽을 수도 있었다. 아니면 지갑을 털리고 길에서 잠들거나, 아니면 누군가 내장을 빼내갈지도 몰랐다. 그러거나 말거나 난 사실 목이 말랐다. 그래서 갈색 병 속에 든 액체를 단숨에 마셨다. 시간이 조금 지나도 아무 일도 일어나지 않았다. 그래서 나는 짐 찾는 일을 계속할 수밖에 없었다. 저기 어르신들, 제가 배가 고픈데요. 일단 밥을 좀 먹고 찾아보면 어떨까요? 주변이 푸른빛을 띠기 시작할 시간이었다. 주변은 더 불투명해져서, 모든 경계가 아주 간신히 보일 뿐이었다.

남자 노인과 여자 노인 그리고 나를 제외하고 모든 손님은 거의 다 휴가 나온 군인들이었다. 우리는 그냥 식당에서 제일 많이 주문하는 메뉴를 달라고 했고, 그 음식이 커다란 불판에 놓인 채 공깃밥과 함께 나왔다. 자네 소주 한잔하겠나? 남자 노인이 나에게 물었고 여자들보다 더 큰 소리로 떠드는 군인들 때문에 귀가 다 얼얼할 지경이었다.

어느 순간이었는지 잘 모르겠다. 빈속에 들어간 소주 때문에 귀가 왕왕거렸고 굉장히 소란스러웠다. 갑자기 남자 노인이 옆자리에 앉은 군인들에게 조용히 하라며, 요즘 군인 놈들은 아주 정신 상태가 썩었다고 말하는 것이었다. 바로 옆에 거의 붙어 앉은 군인에게는 이북놈들과 전쟁은 제대로 치르겠느냐는 말까지 했다. 그래도 젊었을 때는 사회생활깨나 했다는 여자 노인마저 남자 노인을 거들기 시작했다. 난 주변의 군인들에게서 미친 노인네들을 부모로 둔 바보 같은 놈이 아니냐는 듯한 눈총을 줄곧 받았다. 술에 취한 건지, 안 취한 건지 잘 알 수 없는 얼굴의 남자 노인은 나한테 술병을 건네주면서 이번엔 나를 공격했다. 자네 회사 다니지? 남자 노인은 내 대답은 듣지도 않고 요즘 젊은 사람들은 일을 열심히 안 한다며, 우리 때는 어땠는지 아냐고, 말도 안 통하는 나라, 사막에도 가고 얼음 밭에도 가서, 모든 악조건에도 나라 잘살게 해보겠다고 노력했다고, 말세라면서 큰 소리로 떠들었다. 여자 노인은 턱을 괸 채 남자 노인의 말을 들으며 좋아했다. 남자 노인의 술잔은 금세 비고 소주가 두 병째를 넘어섰다. 그때 옆자리에 있던 군인들이 자기들끼리 시시덕거리며 무슨 말을 했는데 남자 노인이 폭발하고 말았다. 조용히 처먹지 못해, 시끄러워 이 자식들아. 여기가 떡볶이집인 줄 알아? 군인이 몸을 휙 돌려 이쪽을 노려봤고 분위기가 싸해졌다. 이제 그만 일어나시죠, 어르신. 물건 찾으러 가요, 이제. 남자 노인은 일어날 생각도 안 하고 오히려 날 비난했다. 닥쳐 이 자식아, 군인이란 것들이 저 지경이니 나라가 이 꼴이지. 그러자 저쪽에 앉은 군인들이 벌떡 일어나 테이블을 밀치며 식당을 나갔다. 저기 할머니, 일어나요. 이제 나가요. 나는 졸고 있는 여자 노인의 어깨를 흔들었다. 모두 자리에서 일어났는데 계산을 하는 사람이 없어서 할 수 없이 내가 했다. 별로 먹은 것도 없는데 밥값은 5만 원이 넘었고 나는 은근히 화가 나기 시작했다. 뭐 챙길 짐이 있는 것도 아닌데, 이 노인네들은 식당을 나가는 데만도 얼마나 시간이 오래 걸리는지 답답해 미칠 지경이었다. 나는 어떻게든 여기서 나가 이 노인네들과 즉시 헤어질 생각이었다. 저녁 7시가 가까운 시간이었다.

저는 약속이 생겨 먼저 가보겠습니다. 어르신.

그때까지도 나는 계산한 밥값 생각을 하고 있었다. 제일 번화한 명동이라면서 가게들은 벌써 셔터를 내려 주변은 이미 어두워졌다. 지금이라도 터미널로 가 버스를 타면 자정 전에는 지영을 만날 수 있을 것 같았다. 남자 노인과 여자 노인에게 머리를 숙여 인사하며 뒤로 몇 걸음을 빼려는 찰나였다. 야 이 자식아, 너 이리 와. 남자 노인이 날 부르는 소리였고 여자 노인은 내가 있는 쪽으로 급히 걸어왔다. 그럼 저 양반 짐은 어쩌구. 가야 돼, 지금? 내가 밥값을 낸 게 미안해 택시비라도 주려는 걸까, 그때까지만 해도 나는 그렇게 착하고 순진했다. 물건을 찾아주든가 우리를 다시 터미널에 데려다주든가 해야 할 거아냐. 자네가 물건 찾아주겠다고 우리를 끌고 여기까지 온 거잖아. 난 여기가 초행이야. 김 여사는 어때요? 김 여사도 초행이지. 남자 노인이 계속 지껄여댔다.

나는 남자 노인 옆으로 다가가 노인의 팔뚝을 잡고 걷기 시작했다. 노인이 내 의지를 느꼈을까. 여자 노인도 우리 뒤를 따라왔다. 빈 택시는 많았다. 자 타시죠. 제가 모셔다 드릴게요. 팔에 힘을 준 탓인지 남자 노인도 몸에 힘을 주며 긴장하는 듯했다. 기사 양반, 버스 터미널로 갑시다. 뒤에 앉은 남자 노인이 말했고 택시 기사는 말없이 차를 몰았다. 어쨌든 택시는 출발했고 두 노인은 입을 닫았고 차 안은 비로소 조용해졌다. 휴대폰을 열어보았지만 아무것도 도착한 것은 없었다. 나는 침착해지고 싶었다. 동창에게 답장을 빨리 못해 미안하다고 문자메시지를 보냈다. 이 사이언톨로지스트는 '미션이 곧 비즈니스'라는 이상한 말 뒤에 스마일 이모티콘 두 개를 붙여 보냈다.

뒷자리는 고요했다. 나는 방향을 틀어 택시 기사에게 건수공업단지로 가달라고 말했고 택시 기사는 고개를 갸우뚱했다. 거긴 아무것도 없잖아. 거기 뭐가 있어? 택시 기사가 내게 물었다.

공업단지로 가는 길에 파란색 고물차 앞이 환했다. 선캡을 쓴 수숫대처럼 마른 노인이 느리게 춤을 추고 있었다. 자동차 불빛인지, 이동식 백열등 불빛인지 알 수 없는 불빛 앞에서 혼자서 춤을 추고 그 커다란 개가 혀를 내민 채 노인을 지켜보고 있었다. 개는 저만치서 택시 불빛을 보고 달려들 기세로 짖어댔지만 이내 노인 옆으로 가 앉았고, 노인의 몸은 꽈배기처럼 꼬인 채 두 팔만 허공을 흔들고 있었다. 검은색으로 뭉쳐 보였던 전선줄들도, 낮에 본 몇 개의 창고 건물도 거짓말처럼 눈앞에 보이지 않았다. 나는 잠시 혼란에 빠졌지만 이내 창고의 위치를 찾았다. 택시가 서고 나는 기사에게 두 배의 차비를 낸 뒤 잠깐 기다리라고 말했다. 창고 문은 금세 열렸다. 무인 경비 시스템조차 부실한 게 얼마나 다행인지 몰랐다. 그때 두 노인이 택시에서 내려 창고 쪽으로 걸어오고 있었고 택시는 막 돌아서 위치를 바꾸는 중이었다. 여기가 어디야, 총각? 여자 노인은 비척비척 걸어왔고 남자 노인은 한가롭게 황사로 뒤덮인 건수의 저녁 정취를 감상 중이었다. 그러거나 말거나 나는 창고 문을 활짝 연 뒤 이 노인네들을 창고 안에 처넣고 빨리 건수를 떠날 작정이었다. 여자 노인의 어깻죽지를 한 팔로 잡아 창고 입구까지 끌고 갔고, 경치를 보고 있던 남자 노인의 어깨를 잡아 창고 쪽으로 세게 끌어당겼다. 이놈, 니가 도둑놈이구나, 그래! 내 물건 내놔라, 이놈아. 노인이 몸의 중심을 잃지 않으려고 힘을 쓰며 소리를 쳤다. 나는 겨우 두 사람을 창고 안으로 처넣고 벽으로 밀어붙였다. 둘 다 바닥에 깔린 포대에 발이 걸려 넘어졌고 계속해서 뭐라고 뭐라고 떠들었다. 노인네들이 휴대폰이 안 터진다며 119에 전화를 걸자고 하는 사이 나는 부품 상자가 있는 쪽으로 갔다. 그리고 상자 하나를 내려 뚜껑을 열고 비닐에 든 부품을 노인네들의 무릎 위로 뿌리며 말했다. 이거 가져가세요. 다 가져가세요. 노인들은 놀라 소리를 질렀다. 아니 이놈 좀 보게. 내 물건 내놔, 이놈아. 너 그게 뭐 비싼 건 줄 알지? 그건 내 마누라 제사상에 놓을 제사 음식이다. 이 천하에 나쁜 놈아. 나는 노인의 짐 따위에는 관심도 없었고 죽은 마누라 어쩌고 하는 말도 나와는 아무런 상관이 없었다. 그저 창고 안에 노인들을 가두고 나오면 그만이었다. 드디어 나는 창고 문을 닫고 밖으로 나왔다. 택시는 도망가버리고 없었다. 춤을 추던 수숫대처럼 마른 노인은 보이지 않았다. 그 커다란 개가 노인이 쓰고 있던 선캡을 입에 문 채 내 뒷모습을 지켜

봤다. 버스 시간만 아니라면 개마저도 창고 안에 처넣고 싶은 심정이었다. 순간, 다시 뒤를 돌아봤지만 노인은 보이지 않았다. 현재 위치가 잡히지 않아 휴대폰 콜택시 앱은 작동하지 않았다. 황사는 전자 기계 칩의 내부마저도 먹어버린 게 틀림없었다. 생애 통산, 하루 종일 더는 걸을 수 없을 만큼 걸었다.

이모, 난 오늘 아무것도 못 먹었어요.

소음 때문에 이모가 소라도 때려잡는 줄 알았다. 탕탕 탕. 타닥. 쉬웅. 냉장고 문 여닫는 소리가 나고 가스레인지 팬이 돌고, 냄비 뚜껑이 떨어지고 부엌은 소리 천지였다. 소리에 비해 이모가 내온 밥상은 간소했다. 반찬은 흰색의 연근부침 같은 것과 알록달록한 색깔의 고기산적, 그리고 노릇노릇한 생선전이었다. 막 생선전을 베어 물던 순간이었다. 물컹하면서 아래윗니가 부딪치고 역겨운 냄새가 치밀어 올랐다. 배가 고팠지만 쉰 음식을 삼킬 수는 없었다.

그런데 너 웬일로 시간이 났니? 옆집에서 제사가 있다고 음식을 가져왔어. 많이 먹어.

응, 여기 공장에 왔다가. 그거 이모 선물이야.

밥을 차려주고 이모는 방에 누워 텔레비전을 봤다. 이모가 손을 뻗어 마카롱 상자를 끌어갔고 부스럭거리며 상자를 풀었다. 상자 안의 것들이 뭉개지지 않았기만을 바랐다.

이모를 만나고 싶지 않았다. 이모를 보면 엄마 생각이 났고 무거운 납덩이가 가슴을 짓누르는 기분이 들었다. 고등학생일 때 엄마가 일하던 직장에 갔었다. 엄마는 땅이 좀 있던 부잣집의 막내딸이었는데 결혼을 하고 도시로 이주하면서 도시 노동자가 됐다. 엄마의 다리는 늘 퉁퉁 부어 보였고 직장 안의 어떤 곳, 어떤 때는 붉은색 등받이 앞에서, 어떤 때는 검은색 등받이 앞에서 낮은 탁자에 엎드린 채 졸았다. 나는 친구를 불러내 먹지도 못하는 소주를 먹고 담배를 피우고 쌍욕을 해대면서 다시는 엄마가 일하는 직장에는 가지 않겠다고 다짐했었다.

엄마가 오래 살지 못할 거라는 말을 들은 날, 병실에 있는 엄마를 보고 나온 이모와 나는 달리 갈 곳을 찾지 못하고 병원 건물 지하로 내려갔다. 4천 원짜리 식권 두 장을 샀고 묵은 쌀냄새가 심장을 찌르는 것처럼 지독하던 병원식당 밥을 먹었다. 어떻게 된 건지 양복 주머니에 금박으로 식권이라는 글씨가 찍힌 작은 종이 한 장이 들어 있었다. 나는 그 식권을 버리지 못하고 지갑 속에 넣어가지고 다녔다. 분명 두 장을 샀고 우리는 둘 다 밥을 받아먹었는데 왜 식권 한 장이 주머니 속에 있었는지 모르겠다.

자는 내내 상한 음식 냄새가 떠나지 않았다. 목이 말라 잠에서 깨어나 식탁에 앉았다. 이모는 마카롱 한 개를 반쯤 먹고는 비닐봉지에 넣어 식탁 위에 올려두었다. 상자를 묶은 리본을 왼쪽 검지손가락에 말아 쥔 채 소셜네트워크 계정에 들어갔다. 불과 30분 전에 지영이 올린 글이 하나 보였다.

먼 곳에 사는 큰 고래가 Z시 앞바다에 와서 죽었다는 말을 들었다. 몸길이가 10미터도 넘는 큰 고래였다. 고래의 내장에는 15킬로그램이 넘는 각종 플라스틱, 크기가 다른 여러 종류의 비닐, 10미터나 되는 천 호스, 도자기 꽃병, 헤어드라이어 등 다양한 쓰레기가 차곡차곡 들어차 있었다고 한다. 고래가 죽은 원인은 장폐색이었다고……

글은 갑자기 뚝 끊어졌고 나는 죽은 고래 사진을 보면서 이모가 먹다 남긴 마카롱 반 조각을 입에 넣었다. 이것이 세상이 망해도 나를 안전한 곳으로 데려다주겠다는 지영의 메시지인지는 잘 알 수 없었다. 마카롱은 끔찍하게 달았다. 이 맛이 사람들에게 꼭 필요한 맛인지조차 알 수 없었다. 여전히 나는 아무것도 알 수 없었다.

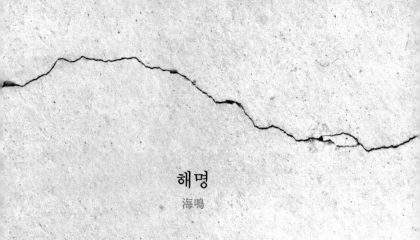

해명
海鳴

지도를 한 손에 쥔 채 트렁크를 끌고 횡단보도 앞에 섰을 때 그녀는 지하철 입구 기둥에 붙은 초록색 숫자 3을 보았다. 게스트하우스에서 이메일로 보내준 지도에 따르면, 그 집은 3번 출구로 나와 찾기 시작했어야 했다. 3번 출구로 나오면 간판에 LOVE라는 커다란 글자가 적힌 꽃집이 보인다. 그 꽃집 골목으로 20미터를 더 걸어 들어간다. 정보는 간단했다. 뭐 처음 와본 도시에서 이 정도 헤맨 것쯤이야 실수라고 할 것도 없잖아. 게다가 난 외국인이고 여기는 이 도시에서 제일 복잡한 시내 중심가잖아. 그녀는 긴장 때문에 굳어진 얼굴을 손바닥으로 여러 번 문질렀다.

횡단보도 옆 길가에 앉아 곡물을 가루로 빻아 비닐봉지에 넣어 파는 할머니가 그녀를 올려다봤다. 그녀는 할머니의 눈길을 피하지 못하고 평소 하던 습관대로 목례를 했고 순간 신호등에 파란불이 들어왔다. 달려오던 차들이 속도를 늦춰 정지선 앞에 멈춰 서고 사람들이 길을 건너기 시작했다. 그러나 사람들이 횡단보도 중반쯤에 갈 때까지 그녀는 보도블록 틈에 낀 트렁크 바퀴를 빼내지 못해 끙끙거렸다. 양손에 힘을 주어 트렁크 손잡이를 잡고 빼내려고 했지만 옴짝달싹도 안 했다. 아, 이런 일이. 긴장하기 시작했고 띠띠띠띠, 신호등 작동장치에서 전자 신호음이 들렸지만 그녀는 트렁크 손잡이를 잡은 채 그냥서 있을 수밖에 없었다. 할 수 없이 몸을 낮춰 보도블록에 박힌 바퀴를 빼내려고 트렁크 다리 쪽으로 힘을 주는 순간, 어깨에 메고 있던 가방마저도 트렁크로 툭 떨어졌다. 금세 기운이 빠져버렸고 모든 사람들이 쳐다보고 있는 것 같아 온 신경이 곤두섰다. 이 나라에 살러 온 것도 아닌데 웬 짐을 이렇게 많이 싸온 거야. 돈만 있으면 뭐든 다 살 수 있는데. 미쳤어, 미쳤어. 날씨가 이렇게 더운데 방한용 패딩은 뭐 하러 넣어왔지. 커다란 숄은 또 왜. 그녀는 여전히 보도블록에 박힌 트렁크 바퀴를 빼내려고 애쓰면서 머리통이라도 쥐어박고 싶은 심정으로 끙끙거렸다. 하지만 트렁크도 보도블록도 요지부동! 그때 누군가 나타나 알아들을 수 없는 말을 하며 트렁크를 번쩍 들어올려 보도블록에서 빼냈다. 한순간에 일어난 일이었다. 어깨까지 내려온 머리에 베레모를 쓴 동글동글한 인상의 남자가 손바닥을 비비며 웃고 있었다. 남자는 아예 그녀의 손에서 지도를 잡아채 불빛이 환한 화장품가게 쪽으로 한 발짝 다가서서 지도에 얼굴을 바짝 들이댔다. 그러고는 여자의 트렁크를 자기 것인 양 끌고 횡단보도 앞으로 가 서서 한 손을 들어 3번 출구 쪽을 가리켰다. 이 남자 뭐지. 꼭 늙은 타잔처럼 생겼네. 얼굴에 열이 오르고 다리가 후들거렸다. 날 데려다주겠다는 거야? 이 남자가 날 이상한 데로 끌고 가면 어쩌지. 설마 나한테 첫눈에 반했다고 고백이라도 할 건가, 이 나라 남자들 성질이 아주 불같다던데. 초록색으로 신호가 바뀌기까지 그녀는 초긴장 상태에서 아무 말도 못 하고 서 있었다.

바로 그때 한 여자가 남자 앞으로 다가갔고 뭔가 서로 한참 얘기를 주고받았다. 여자는 키가 훌쩍 컸고 짙은 눈화장 탓에 얼굴이 몹시 어두워 보였다. 베레모를 쓴 남자가 가방에서 명함을 꺼내 키가 큰 여자에게 내밀었고 여자는 고개를 숙여 인사했다. 남자가 얌전하게 손을 흔들고는 지하철역 입구로 내려가버렸다. 놀라셨죠? 저는 유진이라고 해요. 놀랍게도 우리말이었다! 가라앉은 중저음의 목소리였고 압도당할 만큼 몸집이 컸다. 오해하지 마세요. 저 남자는 당신을 그냥 도와주려고 했을 거예요. 그녀는 이 큰 여자가 내뱉는 자기네 나라 말이 신기하게도 거의 표준어에 가깝다고 느꼈다. 그녀는 비로소 허리를 조금 폈다. 유진 씨라고요? 나는 리리라고 합니다. 그녀가 허리를 깊이 숙여 인사했고 큰 체구의 여자가 이끄는 트렁크 위에 손을 얹고 함께 길을 건넜다.

꽃집 옆 골목으로 들어가자 바로 게스트하우스 간판이 보였다. 꼭 닫힌 갈색 나무대문을 밀어 열었을 때, 어두운 마당 한가운데 놓인 세면대 앞에서 서양 청년이 이를 닦고 있었다. 그가 얼굴을 돌려 조각같이 매끈한 얼굴을 보여주며 인사를 했고 그녀는 또 습관대로 남자를 향해 목례를 했다. 집 안을 둘러봤지만 안내를 해줄 사람은 보이지 않았다. 숙박비가 싼 이유가 있었군. 그녀는 혼자서 생각했다. 방들이 아주 작아 보여. 옆방 숨소리도 들리겠는데. 밖에 서 있던 유진이 안으로 들어와 사무실로 보이는 방문을 두드렸지만 그때까지도 인기척이 없었다. 마당에서 이를 닦던 청년이 수돗물을 잠그고 불빛이 희미한 방으로 들어갔다. 아직 이른 밤 시간, 신발 한두 켤레만 방 앞에 놓여 있을 뿐 작은 방들은 모두 불 꺼진 채 고요했다. 그때 2층에서 타닥타닥 슬리퍼 소리를 내며 누군가 내려왔다. 그녀의 트렁크는 재빨리 2층으로 옮겨졌고 그때까지도 유진은 옥상과 담벼락, 지붕 끝 어두운 하늘에 떠 있는 달을 올려다보며 마당 한가운데 서 있었다. 두 사람은 머리를 숙여 인사했다. 내내 좋은 여행이 되시길 바랍니다. 오늘 정말 감사했습니다. 그녀는 뒤로 한 발짝 물러나는 유진의 그림자가 커다랗게 부풀며 대문을 완전히 가리는 것처럼 보여 깜짝 놀랐다. 아, 이 여자는 거인처럼 크구나. 그리고 머리끝에서 전기가 이는 것처럼 갑자기 몸이 떨렸다. 그녀는 손목시계를 보고 마당 안을 둘러보다가 어렵게 입을 열었다. 혹시 잠깐 시간 되시면 산보라도, 이 동네가 왠지 마음에 들어서요. 전통가옥 한옥마을이라고 적힌 안내문을 봤거든요.

어두운 길모퉁이에 유리창 하나만 열어놓고 장사를 하는 테이크아웃 커피가게가 보였다. 가게 안에는 한두 사람이 앉아 책을 읽거나 노트북을 들여다보고 있었다. 둘은 커피를 주문했다. 그녀는 신발 끝으로 보도 턱 부근에 있는 나무기둥을 툭툭 차며 담배를 피우는 유진을 봤다. 나도 전에는 담배를 피웠지만 오래전에 끊었어요. 그녀가 유진에게 다가가 말했다. 그렇지만 지금도 누가 옆에서 담배를 피우면 그 냄새가 좋아서 그 사람 옆으로 바짝 다가앉아요. 어쩐지 담배 냄새가 싫지 않네요. 유진이 가방을 무릎 위에 올리고 담배를 꺼내 그녀에게 내밀었다. 피울래요? 유진의 말에 그녀는 양손으로 여러 번 X 자를 만들어 보였다.

벤치 앞 가게 유리창으로 유진의 실루엣이 비쳤다. 허리를 꼿꼿이 세운 채 커피를 마시는 모습이 왠지 비현실적인 느낌을 주었다. 캄캄한 길 좌우에서 아무도 걸어오지 않을 때는 너무 고요해서 무슨 말이라도 해야 할 분위기였다. 무슨 일로 오셨나요? 시내 여기저기 좀 돌아다니셨어요? 그녀도 막 무슨 말인가를 하려던 순간이었다. 그러나 그녀는 금세 대답을 하지 못하고 허둥거렸다. 통 잠을 못 잤어요. 그녀는 거기까지만 말했다. 더는 말할 수 없었다. 요기를 안 한 탓인지 목에서 신물이 올라왔다. 유진은 쉬지 않고 담배를 피웠다. 그 일이 있고 나서 잠을 못 잤어요. 아시죠? 우리 나라에 큰 지진이 난 거. 그녀는 자기도 모르게 입을 열어 떠들고 있어서 당황스러웠다. 그래서 이내 또 입을 닫았다. 자다 깨면 겨우 10분이 지나 있고 또 깨면 겨우 5분이 지나 있고, 그러다 아예 잠이 깨버렸다. 어느 날 밤엔 잠이 너무 안 와 손으로 벽지를 뜯어내고 시멘트벽을 긁고 있었다. 자고 싶었다, 전처럼 편안하게. 단 하루만이라도. 약을 먹어도 소용없었다. 처음엔 약을 구하는 게 쉬웠지만 나중엔 지진 공포에 떠는 사람들이 많아져 약을 구하기도 쉽지 않았다.

가을이군요. 곧 추워지겠죠. 그녀는 턱을 괸 채 말했다. 아직 낙엽이 쌓이지는 않았네요. 유진은 두 발을 앞으로 뻗으며 말했다. 이 근처에 사시나요? 그녀는 유진이 한 행동을 그대로 따라 두 발을 앞으로 쭉 뻗었지만 다리 길이가 짧아 유진이 내민 만큼은 할 수 없었다. 그녀는 잠깐 웃으려다 말았다. 이 근처에 살아요. 멀지 않아요. 밤에 이렇게 산책이라도 하지 않으면 닥치는 대로 때려부수고 싶어져요. 고약하죠. 큰 소리로 떠드는 사람들 목소리가 들려왔다. 술 취한 남자들이 몰려간 길 끝의 오렌지색 카페에서였다. 경광등을 깜빡거리며 지나가던 경찰차가 카페 앞에서 멈췄다. 경찰들이 들고 다니는 무전기 신호음이 들렸다. 저 담벼락 너머, 저기가 대통령이 있는 곳이에요. 여자는 유진이 손을 내미는 곳을 따라 쳐다보며 고개를 끄덕거렸다. 저기는 옛 궁궐, 저기는 최근에 새로 만든 분수광장, 저기는 오래된 집들이 있는 동네, 저기는 미술관과 예쁜 카페가 많은 곳…… 그녀는 몇 초간 고개를 끄덕거리다가 유진을 보며 말했다. 오래된 집들이 있는 곳에 가보고 싶습니다. 오래된 것들이 보고 싶군요. 데려가주세요.

당신은 정말 키가 크네요. 이렇게 키가 큰데도 하이힐을 신나요? 난 그런 신발을 신고는 30분도 못 걸어요. 두 사람은 한쪽 다리를 들어 서로의 신발 밑창을 뒤집어보며 웃었다. 그녀는 자기 입을 타고 새어 나오는 웃음이 믿기 어려워 자꾸만 더 웃었다. 앞에 나온 웃음소리보다 작아지는 게 싫어 더 크게, 더 재미있다는 듯 웃지 않으면 안 될 것 같았다. 유진의 발걸음은 빨라졌고 그녀는 조금씩 뒤로 처졌다. 똑같이 걸음을 걸어도 어쩔 수 없이 유진이 저만치 앞서 나갔다. 그녀는 걸음을 빨리 해 유진과 보폭을 맞추려고 했다. 조금만 더 걸어 나가면 차도가 보일 것 같은 골목길로 접어들어 얼마쯤 걸었을 때 유진이 전화를 받느라 멈춰 섰다. 그녀는 막 잡화가게 앞을 지나쳤다가 졸고 있는 가게 주인 할머니를 보기 위해 뒷걸음질 쳤다. 할머니 뒤에서 고양이의 눈이 반짝 빛났기 때문이었다.

그녀는 이메일을 확인하고 싶은 충동을 느꼈다. 딱 한 번뿐이야. 한 번만 당신과 같이 놀러 가고 싶다니까. 장소도 고집안 해. 당신이 원하는 곳으로 갈게. 그는 묵묵부답이었다. 이메일 답장 안 하면 잘난 마누라와 딸이 마사지팩을 붙이고 있을 시간에 집으로 쳐들어가겠어. 내가 당신 집을 모를 것 같아? 차로 데려다준 게 백 번도 더 된다. 당신은 늘 집 앞까지 가지 않고 그 직전 골목에서 내렸지만 난 다 알고 있었어. 당신이 주민스포츠센터 건물 앞에서 담배를 한 대 피우고 집으로 들어간다는 사실을. 집 앞 골목의 맨홀 뚜껑 개수, 주민스포츠센터 건물 앞의 음료수 자판기 개수까지 다 알아 난. 그는 또 묵묵부답이었다. 한 번만 같이 놀러 가달라니까. 평생 같이 살자는 것도 아니고 당신 정말 너무한다. 이메일에 아무리 심한 말을 써도, 아무리 간곡하게 써도 답장은 오지 않았다. 피켓을 들고 당신 회사 앞에 가서 일인시위를 하겠어. 그래도 남자는 묵묵부답이었다. 내가 당신한테 사준 영양식품이며 명품시계, 그리고 당신이 사회 생활하는 데 체면유지를 위해 필요하다고 해서 적극적으로 참여한 기부금 액수가 얼만데. 그런 거 다 따져도 당신이 나한테 갚아야 할 게 더 많잖아. 내가 딱 한 번만 같이 여행 가달라고 하면 들어줘야 하는 거 아냐? 어떻게 써도 답장은 오지 않았다. 나중엔 지쳐서 휴대폰에 음성메시지를 남겼다. 다시는 유부남 안 만나. 당신은 당신 가정을 위해 날 이용하잖아. 시간 낭비야. 녹음하는 횟수가 늘자 겨우 딱 한 번 문자메시지가 오긴 했다. 아직도 어린애네. 이제 좀 그만해라. 남자가 아무것도 보내지 않을 걸 알면서도 그녀는 굳이 이메일을 확인하고 싶었다.

그때 어디 계셨어요? 유진이 뚜벅뚜벅 구둣발 소리를 내며 앞서가던 길에서 돌아와 물었다. 지진 났을 때 말이에요? 어디 있었어요? 전시 오프닝 날인지 갤러리 건물이 온통 환하고 많은 차들이 주차되어 있어 길에 빈틈이 없다. 그녀는 사실 그런 질문을 받고 싶지 않았다. 피하고 싶은 질문이었다. 집 근처에, 아니면 병원에 갔었나, 마트에 갔었다. 아니, 기억났다. 그때 여행을 갔었지. 여행 갔어요. 그때 기억을 떠올리자 입술이 마르고 콧등에 땀이 났다. 오래전 동북쪽의 산이 깊은 지방의 온천에서 종업원으로 일하고 있는 친구를 만나러 갔던 얘기를 했다. 기차에서 내려 그곳 특산물인 사과 몇 알, 말린 사과 스낵 몇 봉지를 사 들고 두 시간 만에 한 대씩 오는 버스에 올라탔다. 버스가 달리는 길옆은 온통 잘 자란 사과나무 숲이었다. 산이 깊어질수록 나무들의 키가 커졌다. 너도밤나무, 해송나무, 노송나무. 숲으로 들어갈수록 코끝의 공기가 놀랍도록 차가워졌다. 차창 밖 풍경엔 수없이 많은 산 능선들이 켜켜이 쌓여갔고 눈앞의 나무들은 점점 크기가 커져 우뚝 솟아올랐다. 지은 지 백 년도 더 된 노송나무 온천장의 한 귀퉁이에서 작업복을 입고 나온 친구의 얼굴을 보았을 때 그녀는 왈칵 울음이 솟는 걸 겨우 참았다. 친구의 얼굴은 갈색이었고 윤기를 지닌 채 건강하게 반들거렸다. 도시의 눈으로 골라 사 들고 간 앙증맞은 크기의 찻잔 받침들은 그 숲에서 꺼내기에는 너무 작고 부끄러웠다. 나무로 지은 집은 도시에서 늘 보는 시멘트 건물들보다 운치가 있었다. 복도는 지나갈 때마다 끽끽거렸다. 방에 들어가면 마음을 느긋하게 해주는 듯한 특이한 냄새가 났다. 옷장을 열면 옷장 안에서도 냄새가 났고 이불에도 배어 있었다. 여러 방향에서 들리는 풍경 소리가 매우 좋았다.

온천에 딸린 집에서 친구와 같이 일하는 10여 명의 종업원들과 함께 저녁을 먹었다. 앞치마를 두르고 설거지를 하고 마른 행주로 그릇을 닦아 수납장에 넣었다. 그리고 친구는 곧 손님들의 방에 들여갈 차를 준비했다. 친구는 정말 능숙한 집사처럼 움직였다. 다른 종업원들은 편한 옷으로 갈아입은 뒤 수건을 들고 본채 뒤에 있는 온천으로 가 목욕을 했다. 그사이 친구는 종업원들에게 줄 차를 준비했다. 목욕을 끝낸 종업원들은 젖은 머리를 수건으로 훌훌 털며 자갈 밟는 소리와 함께 다시 숙소로 돌아왔다. 친구가 종업원들의 방에 차를 갖다 주면, 고맙다, 잘 자라, 하는 담박한 말소리들이 들렸고 이내 다들 자기 방에 틀어박혀 뭘 하는지 절대 밖으로 나오지 않았다. 로켓, 유성, 퀼트, 그린란드 등등. 다들 각자의 연구 주제에 빠져 있어. 친구가 말했다. 다음 날 아침, 노랗게 물들인 긴 머리칼 사이로 진한 말보로 담배 연기를 뿜어대던 옛날의 친구는 온데간데없었다. 친구를 따라 숲으로 걸어들어갔다. 친구도 변하고 나도 변했다. 우리는 키가 크고 둥치에서부터 곧게 뻗어올라가 끝이 보이지 않는 큰 나무들을 두 팔로 안은 채 귀를 댔다. 어떤 소리가 날 거야, 잘 들어봐. 친구가 말했다. 무슨 소리였을까. 그소리는 표현할 수 없었다. 아니 표현할 수 있었다. 멀리서 들리는, 한순간 가까워졌다 싶으면 멀어지는 소리였다. 우리는 더 깊은 숲으로 들어갔다. 깊은 숲일수록 나무 소리는 더 크게 들렸다. 그리고 올봄, 지진이 나고, 친구와 연락이 닿지 않았다. 일주일 내내 닿지 않았다. 장화를 신고 바스락거리는 소리를 내며 숲 안쪽으로 걸어들어가던 친구의 방한 점퍼 소리가 귓가에 쟁쟁했다. 그녀는 친구에게 더는 연락하지 않았다. 천만의 인구가 상주하는 매머드급 도시보다 그녀가 있는 산속이 안전할 거라는 확신이 흔들린다면, 더는 이 세계에서 살아갈 수 없을 것 같았다. 친구가 나무에 뺨을 붙이고 섰을 때 한 말이었다.

나무에서 바다 소리가 들려, 이상하지?

두 사람은 이내 대로변에 닿았다. 그녀는 유진의 옆으로 바싹 다가갔다. 사실 그때 뭘 했는지 잘 기억나지 않아요. 입을 열려는 순간 유진이 횡단보도를 가리켰다. 우린 길을 건너야 해요. 그녀는 달리는 자동차들을 따라 고개를 돌리며 입을 앙다물었다. 지진이 났을 때, 5분 정도 모든 것이 다 계속해서 떨렸다. 5분은 긴 시간이었다. 퇴근 후 집에 들어갔을 때 책장의 책들이 떨어져 있고 수납장이 기울어져 자잘한 인형들의 머리가 부러지거나 액자유리들이 바닥에 떨어져 가루가 되어 있었다. 성이 난 바다가 있는 곳으로부터 멀리 떨어진 육지, 또 그

곳에서부터도 더 멀리 떨어진 거대도시 한 귀퉁이에 있던 그녀는 무사했다. 사실 그녀는 그때 네일숍에 갔었다. 작은 병에 든 갖가지 색깔의 매니큐어들이 푸른색 유리판 위에서 달달달 떨리고 천장에 붙은 비즈 구슬 장식이 미친 빗줄기처럼 흔들렸다. 네일숍에 간 건 틀림없었다. 네일숍뿐만 아니라 모든 땅 위의 것들이 계속해서 떨렸다. 이후 사람들은 아무 일 없었다는 듯이 저녁이면 다들 장을 봐 집으로 돌아갔다. 집이 미친 듯이 떨렸던 일에 대해서는 아무도 말하지 않았다.

횡단보도 신호가 바뀌고 유진의 코트 자락이 비닐처럼 둥그렇게 부풀어 올랐다. 그녀는 유진의 손길에 의해 흰 코트가 몸에 다시 밀착되는 순간의 실루엣을 보았다. 아무리 봐도 저 여자는 거인인 것 같아. 저런 구식 코트를 입고 도시를 돌아다니는 여자라니. 어디서 저런 구식 코트를 샀을까. 그녀는 머리를 갸우뚱했다. 저기는 이탈리아 식당이구요. 저기는 와인바가 맞을 겁니다. 그리고 저기는 미술관입니다. 아, 저 미술관에 그 정신병원에 산다는 당신네 나라 할머니 아티스트의 설치미술 작품이 있어요. 그거 있잖아요, 호박 모양의 동그란 설치물. 길 건너편은 또 다른 분위기였지만 눈에 들어오는 건 고단한 듯 땅에 끌리는 유진의 발걸음이었다. 그녀는 유진이 자기 때문에 피곤할지도 모르겠다고 생각했다. 활달한 듯하면서도 한순간 지친 표정으로 바뀌는 유진에게서 삭막한 느낌이 전해져왔다. 이제 헤어질 때가 되었다고, 초면에 큰 실례를 했다고 그녀는 생각했다. 자꾸 갈라지는 유진의 목소리를 듣고 있기가 불편했다. 유진의 몸 전체에서 차가운 기운이 뿜어져 나왔다. 그녀는 갑자기 두려워졌다. 저 여자가 누구지. 왜 내가 저 여자를 따라다니는 거지. 게다가 여긴 너무 어둡잖아. 저 여자 아무래도 이상해. 날 어디로 데려가려는 거지. 집이 없는 여자 아닐까. 그래서 저렇게 밤새 돌아다니는 걸까. 와, 저 큰 몸 좀 봐. 마치 머리 큰 새가 땅 위에 서 있는 것 같지 않아?

*

유진은 횡단보도를 건너고 비좁은 골목들 여러 개를 지나 그녀가 묵기로 한 게스트하우스처럼 생긴 집들이 촘촘하게 늘어서 있는 골목의 초입에 섰다. 그리고 그녀에게 한 손을 내밀었다. 마치 새로운 길을 안내하듯 내민 손을 따라, 골목으로 들어갔다. 세 사람도 함께 걸을 수 없어 보이는 좁은 골목길 양편에 집들이 다닥다닥 붙어 있었다. 텔레비전 소리, 개수대에서 물 빠지는 소리, 사람들 말소리, 대문 안에서 바깥을 향해 킁킁거리는 개 소리도 들렸다. 지나오면 사라지고, 걷다 보면 사라지고 없는 골목길을 돌아봤다. 혼자서는 절대 다시 찾아올 수 없을 거라고 생각했다. 몇 개의 모퉁이를 오른쪽으로 돌았는지, 왼쪽으로 돌았는지 이내 까먹어버렸다. 흰 종이가 붙은 유리문이 달린 가게 앞에서 멈춰 섰다. 커다란 창이 달린 건물의 1층

가게로 들어갔다.

크림색 벽면을 따라 천들이 쌓여 있고 창도 하나 없이 환풍기만 돌아갔다. 여러 개의 형광등이 있고 벽 한쪽에 걸린 검은 줄에는 거의 사람 크기만 한 인형들이 목에 줄이 걸린 채 매달려 있었다. 한 할머니가 가게 한구석에 쌓아놓은 천 더미 위에서 사람 손보다 더 큰, 길고 휘어진 바늘을 들고 인형의 눈을 꿰매고 있었다. 고개를 지나치게 깊숙이 숙이고 있어 처음엔 조는 것처럼 보였다. 할머니는 몽골이나 러시아를 여행할 때 만났던 사람들처럼 머리에 흰 수건을 쓰고 자잘한 꽃무늬가 수없이 박힌 원피스로 살이 찐 옆구리와 배를 감추고 있었다. 몽땅 빠져버린 이빨 때문에 볼이 옴폭 들어가버린 할머니였다. 한구석에 놓인 턴테이블이 계속 돌아갔다. 인사해, 리리. 저는 리리라고 합니다. 저는 아무 일도 안 합니다. 직업이 없어요. 남자는 인사를 받는 둥 마는 둥, 뭐라고 한마디 하고는 빈 벽으로 얼굴을 돌려버렸다. 당신 남편? 그녀가 유진에게 물었다. 유진은 고개를 끄덕였다. 벽에 붙은 포스터 안에서 마리오네트를 조종하는 남자가 바로 그였다. 그때 문이 덜컹, 하고 열리려고 했다. 전깃불이 꺼졌다. 그러다 다시 전깃불이 켜졌다. 순간, 밝아졌다. 한 여자아이가 한 손에 쟁반을 든 채 출입문 앞 벽면에 달린 전기스위치를 올렸다 내렸다 하며 서 있었다. 그만해. 남자가 신경질을 냈다. 아이는 아무 일 없다는 듯, 오히려 즐겁다는 듯 쟁반에 있는 물컵을 들고 사람마다 하나씩 돌렸다. 그녀는 아이가 왔다 갔다 하는 모습을 보다가 쿡 하고 웃었다. 어디서 많이 본 캐릭터였다. 그녀는 자기도 모르게 말해버렸다. 바비? 너 바비구나. 어린 바비는 봉긋한 가슴을 내민 채 살색 스타킹에 굽이 있는 구두를 신고 있었다. 바비는 수납장 한 켠에서 자기 바구니를 가져와 알록달록한 천 조각과 가위 그리고 바늘을 꺼내 인형을 만들기 시작했다. 인형도 고무가 아닌 천으로 만드는 말랑말랑한 바비였다. 내리깐 눈은 속눈썹이 길게 붙어 있고 얼굴은 짙은 핑크빛 화장으로 빈틈이 없을 지경이었다. 바비는 인형을 끌어안고 지껄여대기 시작했다. 이젠 너도 저기 바느질하는 할머니처럼 늙게 될 거야. 분홍색 립스틱은 더 이상 안 어울린다고 몇 번을 말해! 유진이 바비가 하는 말을 그대로 통역해주었다. 응, 오빠 나야. 응, 밥 먹었어. 내일? 나 약속 있는데. 응, 친구랑 백화점 가기로 했어. 그래 그럼 끝나고 전화할게. 내일 봐. 사랑해. 바비가 어깨 위로 떨어진 머리칼을 한 손으로 넘겼다. 아이도 어른도 아닌 바비는 왠지 슬픈 인상이었다. 그때 바느질하는 할머니가 그녀의 어깨를 톡톡 쳤다. 그리고 사탕 하나를 내밀었다. 그녀는 사탕 껍질을 까 입에 넣으며 유진에게 말했다. 당신 딸이 아주 귀여워요. 유진은 바비가 듣거나 말거나 큰 소리로 말했다. 내 딸 아니에요. 그냥 동네 애일 뿐. 아무 데나 떠도는 애라고요. 바느질하는 할머니가 데리고 있어요. 그 애의 부모가 할머니한테 돈을 드리는 것 같아요. 그 애의 아빠는 이태원의 호스트바에 나가요. 바비는 또 울리지도 않는 휴대폰을 받는 연기를 하며 팔짱을 낀 채 가게 앞을 왔다 갔다 했다. 그곳은 인형극단 사람들의 아지트였다.

남자가 턱시도를 입은 인형을 할머니한테 집어 던지며 말했다. 할망구, 바느질 똑바로 못 해? 유진은 자리에서 벌떡 일어나 남자를 향해 다가갔다. 할머니한테 이래도 돼? 거지 같은 인간. 앉아 있는 남자와 서 있는 유진 사이에서 마른 전기가 파닥 일었다. 그냥 할머니잖아, 월급은 내가 주는데 왜 난리야? 남자가 담배를 물며 말했다. 그때 레코드판은 상상할 수 없는 소음을 내며 지직거리기 시작했다. 월급 좋아하네, 겨우 굶어 죽지 않을 만큼 주면서, 왜 우리한테 던져? 유진이 부츠 신은 발로 구석에 널브러져 있는 인형들을 신경질적으로 걷어찼다. 남자가 다시 레코드판을 처음으로 돌려놓았고 음악 소리는 더 높아졌다. 오펜바흐, 바흐, 슈베르트. 그녀는 알고 있는 클래식 음악 모두를 떠올렸다. 왠지 모든 일들이 불청객인 자기 때문에 일어난 것 같았다. 그녀는 바느질하는 할머니에게 다가가 앉았다. 인형의 눈 한 짝이 마저 달리고 드디어 인간이 되는 역사적인 순간이었다. 그때 할머니가 내장이 터진 개구리 인형을 그녀에게 내밀며 말했다. 개구리 구이 먹어봤어? 얼마나 맛난데! 할머니가 바늘에 실을 꿰어 개구리 모양을 뜬 천에 한 땀씩 바느질을 해 보였다. 신기했다. 그녀는 손을 바르르 떨며 바느질을 하기 시작했다. 할머니가 하는 모습은 쉬워 보였는데 보기보다 어려워 느리고 서툴렀다.

　한 여학생이 형광등 불빛 아래 서 있었다. 이 공간에 없던 사람이었다. 유진이 큰 소리로 그녀에게 말했다. 왜 자살했니 넌? 그러지 말지. 너 땜에 우리 극단은 망했어. 우리가 가서 공연했던 한 고등학교의 여학생이 그날 자살을 했어요. 인형극이 너무 슬펐다는 유서를 써놓고. 유서가 좀 그랬어요. 안 그래도 공연 요청이 점점 줄어드는데. 멕시코 같은 데서 온 공연단들이나 러시아에서 온 서커스단은, 비주얼도 좋고 단원 수십 명이 등장해도 우리보다 훨씬 싸니까, 또 우리보다 유쾌하고 뭔가 긍정적인 것처럼 보이니까, 그런 사람들을 데려다 공연을 시켜요. 다들 어쩌자는 건지 모르겠어요. 바로 저 애가 그 자살한 학생이랍니다. 너무 환한 불 때문에 눈이 시렸다. 그때 턴테이블이 멈췄다. 알 수 없는 음악이라도 계속해서 들리길 바랐지만 아무 음악도 들려오지 않았다. 여학생이 그녀에게 다가와 뺨을 대었다. 아무런 촉감이 없는 접촉이었다. 여학생이 그녀의 입술에 자기 입술을 갖다 붙였다. 이상하게도 촉감이 없었다. 이제는 죽지 마! 그녀가 여학생의 얼굴이라고 생각되는 쪽에 대고 말했다.

　모두 아지트에서 나왔다. 밖은 암막 커튼을 친 듯 어두웠다. 바느질하는 할머니는 이쪽을 향해 손을 흔들고는 몸을 뒤뚱거리며 골목 안쪽으로 사라졌다. 유진의 남편은 어디 갔는지 보이지 않았다. 바비는 핸드백을 어깨에 멘 채 무릎에서부터 다리를 쭉 뻗고 모델처럼, 텔레비전에 나오는 연기자들처럼 엉덩이를 실룩거리며 걸었다. 난전에 앉아 물건을 팔던 사람들이 벌떡 일어나 지나가는 바비의 머리통을 만져도 보고 어깨를 짚어보기도 하고 메고 있는 핑크빛 백을 흔들어보기도 했다. 공주님 어디가세요,라고 물으면서. 그러나 이내 또 귀엣말들을 했다. 부모가 없는 애야. 정신이 나간 것 같아. 연극성 장애가 있는 애야. 가판대에는 온갖 빛깔의 반찬들이 그득그득 담겨 있었다. 그녀는 갑자기 배가 고파졌다. 유진은 손님들이 검은 통을 에워싼 채 고기를 구워 먹고 있는 식당으로 그녀와 바비를 데려갔다. 불판에 올린 고기가 쇠고기인지 돼지고기인지 아니면 다른 고기인지 묻지 않았다. 고기가 익자마자 정신없이 먹었다. 바비의 잔에는 콜라 비슷한 액체를 부었다. 아, 난 독한 술은 못 마셔요. 그녀가 입을 가리고 말했지만 이내 또 유진이 따라주는 술을 받았다. 세 사람은 잔을 들고 건배했다. 바비를 위해! 그녀는 계속해서 고기를 먹었다. 검은 앞치마를 한 주인여자가 계속해서 이상한 빛깔의 고기를 가져왔다. 셋 다 배가 팽팽해지도록 고기를 먹었다. 앞치마를 한 여자가 다가와 말했다. 자, 지금까지 당신들이 먹은 것들을 알려드리죠. 소의 자궁, 소의 혀, 소의 항문, 소의 염통……

유진이 갑자기 진지해졌다. 결혼하고 얼마 되지 않아 임신을 했었어요. 유전자 이상이라고 해서 지워버렸죠. 그 아이를 낳았다면 지금보다 더 엉망진창이 되었겠죠. 어느 봄 그 병에 걸린 채 태어난 아이들이 단체로 고궁에 소풍 가는 모습을 봤어요. 멀찍이 행렬의 맨 끝에 서서 아이들을 따라갔어요. 돗자리를 펴고 김밥을 먹고 선생님의 말씀에 큰 소리로 대답하는 모습, 재잘거리는 모습, 보기는 좋지만 내 아이라면 상상만 해도 끔찍하죠. 그런데 가끔 이상하게도 그 아이를 낳지 않았기 때문에 모든 게 꼬인 것 같다는 생각을 하기도 해요. 낳아서 고생고생하며 키웠다면 누가 내게 큰 행복을 주었을까요? 웃기는 얘기죠. 얼마 전에는 딱 그 얼굴을 한 여자아이가 지하철에서 이어폰을 끼고 음악을 들으며 서 있는 모습을 봤어요. 저는 열 정거장이나 그 아이를 따라갔어요. 그 아이는 행복해 보였어요. 음악에 취해서요. 아, 당신한테 이런 얘기를 했군요. 저는 지하에서 엘리베이터를 탄 순간부터 울기 시작했어요. 펑펑 울었죠. 어차피 우린 다시 안 볼 사이니까 괜찮아요. 그녀는 담배에 불을 붙였다. 바비가 들어와 유진의 귀에다 대고 뭐라고 속삭였다. 안녕히. 그녀는 바비의 인사말을 알아들었다. 졸리대요. 또 혼자 놀고 싶어진 거죠. 혼자서 역할놀이 하는 걸 제일 좋아해요. 잘 가라 바비. 그녀도 바비를 향해 손을 흔들었다. 바비가 말했다. 매니저들이 날 기다려서 가야 해요. 순간 바비가 다가와 그녀의 한쪽 볼에 키스했다. 그녀는 값싼 화장품 냄새에 찌든 바비의 몸을 안아주었다. 살점이라고는 잡히지 않는 가냘픈 몸이었다. 불판 위의 고기가 플라스틱처럼 말라비

들어질 때까지 두 사람은 그 자리에 가만히 앉아 있었다. 그녀
는 또 유진을 향해 무슨 말인가를 했던 것 같다. 괜히 가방에서
휴대폰을 꺼내 전원 버튼을 눌러보기도 하고 수첩을 꺼내 연필
로 뭔가를 써 보여주기도 했다. 여행 올 때 누군가 고마운 사람
을 만나면 주게 될지도 모른다고 생각하고 가지고 온 작은 수
첩을 유진에게 주었다. 심지어 중국어의 사성을 발음하는 법을
알려주기도 했다. 중국 사람도 아니면서 무슨 짓들인가! 무슨
얘기를 했는지 또렷이 기억나지는 않았다. 높은 천장 한가운데
매달린 시계의 분침, 시침이 서로 엇갈린 듯 잘 보이지 않았다.
옆자리에 앉은 남자들이 친해지고 싶다며 조금씩 말을 건네왔
다. 그녀는 낯선 도시의 한구석에서 동그랗고 까만 불판만 내
려다보며 앉아 있는 자신이 무척 낯설었다. 유진은 눈 주위에
검은 화장이 퍼져 위아래 눈꺼풀이 다 먹물처럼 번진 채 가만
히 앉아 있었다. 그녀는 유진을 보며 깔깔대고 웃기 시작했다.
당신 진짜 새 같아. 지금 거울 한번 보라고. 검은 눈물을 흘리
며 울고 있는 것 같아.

자다가 눈을 떴다. 방바닥의 촉감이 지나치게 미끄러워 자
꾸만 가운뎃손가락으로 방바닥을 밀어보았다. 브래지어를 그
대로 하고 잤는데도 몸이 가벼웠다. 꽃잎이 잔뜩 든 통 속에 빠
졌다가 나온 것처럼 몸이 붕 떠 있는 것 같았다. 몸이 아프지는
않은데 조금 어지러운 것도 같았다. 최근 계속해서 어깨를 짓

누르던 통증이 신기하게도 느껴지지 않았다. 창밖에서 소리가 들렸다. 무거운 물건을 땅바닥에 부리는 소리, 그릇이 달그락거리는 소리, 비닐봉지가 구겨지는 소리, 보드 바퀴가 땅바닥에 닿는 소리, 길게 슬리퍼를 끄는 소리, 변기 물 내리는 소리 같은 것들이 들렸다. 그녀는 천천히 일어나 앉았다. 창은 닫혀 있었고 창 아래 벽 쪽으로 누워 자고 있는 바비가 보였다. 음, 바비와 동침을 했군. 그녀는 이리저리 위치를 바꿔가며 앉아보았다. 이 나라의 이불은 우리보다 훨씬 얇군. 바비는 화장도 지우지 않은 채 휴대폰과 핸드백을 머리맡에 두고 자고 있었다. 타이즈가 엉덩이에 겨우 걸려 있어 볼록한 배가 다 보였다. 잠옷이 없는 모양이군. 그녀는 바비의 타이즈를 올려주고 이불을 덮어주었다.

창을 열었다. 창이 커서 아래 창틀 높이가 앉았을 때의 허리 높이와 같았다. 한옥마을의 지붕들이 켜켜이 눈앞을 가로막은 채 산처럼 떠 있었다. 지붕 위를 지나가는 전깃줄 사이로 작은 새들이 날았다. 그녀는 눈을 비볐다. 집에 있었더라면 아침 까마귀 소리가 들릴 시간이군. 그녀는 신고 있는 양말 바닥을 내려다봤다. 하루 종일 신발을 신고 있었던 탓에 흰색 그대로 깨끗했다. 브래지어를 풀어 벗어버렸다. 그리고 지갑에서 돈을 꺼내 이불 모서리 위에 두었다. 그리고 수첩에 뭔가를 적은 뒤 찢어 이불 위에 놓았다. 책상 위에 세워둔 사진액자 하나가 보였다. 아이들 둘과 엄마인 듯한 여자. 인형을 꿰매던 할머니일 수도 있고 유진의 엄마일 수도, 아무도 아닐 수 있는 젊은 여자들의 사진이었다. 그녀는 작은 서랍이 여러 개 달린 수납장을 하나하나 열어봤다. 바느질 도구, 가위, 돋보기, 알 수 없는 약들, 머리핀, 목걸이, 동전지갑, 스티커, 담배와 라이터, 작은 알약들, 압정들, 스테이플러 심 같은 것들이 꽉 들어차 있었다. 한구석에 놓인 테이블 위에 올려둔, 분홍색 플라스틱으로 제작된 바비의 화장대도 보였다. 메이드 인 차이나였지만 마텔사 제품이었고 보기에도 앙증맞은 핑크빛이었다. 바비 월드는 굳건했다. 그녀는 화장대 앞에 있는 작은 의자에 올라앉아 거울을 봤다. 눈곱이 낀 얼굴은 부어 있고, 양치질도 하지 않은 입에서는 악취가 났다. 거지가 따로 없군. 그녀는 바비의 화장솜 하나를 꺼내 바비의 핑크색 로션을 묻혀 얼굴을 지웠다. 화장을 하지 않은 얼굴이라 회색 먼지가 조금 묻어났다. 머리를 빗고 옷을 입고는 다시 또 흰 이불 위에 주저앉아 창밖을 봤다. 목이 마르기도 했다. 혼자서 게스트하우스까지 찾아갈 수 있을까 걱정스러웠다. 그러나 그녀는 이내 그런 생각들을 잊고 창밖에 시선을 둔 채 가만히 앉아 있었다. 텔레비전 소리가 들리고 탁탁탁탁 불꽃이 일며 가스레인지가 켜지는 듯한 소리가 들렸다. 누군가가 골목길로 지나가는 소리는 계속 들렸다. 그녀는 굼뜨게 몸을 일으켜 창 앞으로 가 섰다. 아침이었다. 소음이 높아져가는 한옥 지붕들을 가만히 쳐다보며 그녀는 뭉근하게 쑤시는 어금니를 꽉 물었다.

144

방을 나가기 전, 문득 바비를 돌아봤다. 바비는 아이가 아니었다. 겨우 하룻밤이 지났을 뿐인데 바비는 긴 머리칼에 단단한 몸집을 한 어른이 되어 있었다.

　타박타박 골목길을 걸어가 게스트하우스에 들러 짐을 찾아 공항버스를 탔다. 아이패드를 꺼내 창틀에 세우고 동영상 플레이 버튼을 눌렀다. 공항 관리국 직원이 묻는다. 이 나라엔 왜 오셨나요? 그녀는 대답한다. 자고 싶어서요. 공항 관리국 직원이 다시 묻는다. 그래서 잠 좀 푹 잤나요? 푹 자는 데 꼭 필요한 건 뭔가요? 그녀는 대답한다. 필요한 거, 아뇨 별로, 아, 있어요. 어둠이요. 어둠이 필요해요. 그녀는 검색대를 통과한 후 재킷을 입었다. 재킷 주머니에서 바느질 할머니가 준 사탕이 나왔다. 사탕 껍질을 벗겨 입안에 넣었다. 인삼 맛인지 무슨 맛인지 모를 찝찌름한 사탕 맛이 입안에 고였다. 그녀는 갑자기 한쪽 볼을 손바닥으로 감싼 채 허리를 숙이고 그 자리에 주저앉았다. 썩은 어금니에 사탕의 당분이 닿는 순간 참을 수 없는 고통이 치밀어올랐다. 입을 다물 수도 없고 벌릴 수도 없었다. 그녀는 그냥 통증이 잦아들기만 바라며 무릎 위에 얼굴을 묻었다. 그녀는 한참 후에 얼굴을 들었다. 눈물이 조금 고였다. 봄부터 치료를 미뤄온 충치 부위가 다시 욱신거렸다. 돌아가면 치과부터 가야겠군. 그녀는 탑승구 쪽으로 몸을 돌렸다.

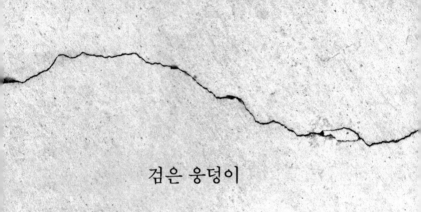

검은 웅덩이

대학을 졸업하던 해에 들어간 직장에서 정연은 25년 동안 근무했다. 감사패 수여식을 하고 직원들과 저녁을 먹고 들어와 죽은 듯이 잤다. 적어도 48시간쯤은 잔 것 같았다.

사흘째 되는 날, 눈이 일찍 뜨여서 일어나자마자 커피를 한 잔 마셨다. 집에서 회사까지는 걸어서 20분 거리였다. 정연은 가방을 들지는 않았고 평소처럼 정장을 하지도 않았지만 회사까지 걸어갔다. 똑같이 생긴 건물 두 개가 있었다. 직장인들이 건물 입구로 끊임없이 밀려들어갔다. 두 건물의 상주인구는 모두 6천 명이었다. 정연은 출입문 너머 엘리베이터 앞에 몰려서 있던 사람들을 보고는 곧장 집으로 돌아왔다.

쌓인 고지서를 정리하고 종이 신문을 읽고 세탁기를 돌렸다.

오전 10시쯤 러닝화를 신고 아파트 상가 지하로 내려갔다. 엘리베이터에서 내리자마자 걸음을 멈춰야 했다. 사우나 입구 컨테이너 안에서 구두 고치는 일을 하는 남자와 눈이 딱 마주쳤다. 정연은 목례를 했다. 비를 맞아 구두 밑창이 떨어진다거나 뒤축이 닳아 경사가 졌거나 할 때 가끔 수선을 맡기곤 했던 가게였다. 정연은 개나 소나 다 입는 흔한 트레이닝복을 입고 있었다. 늘 군청색이나 검은색 정장 차림에, 수리비를 후하게 주던 나이 든 손님을 남자는 단번에 알아보지 못했다. 정연은 약간 기분이 상했다.

사우나는 조용했다. 눈을 감은 채 몸을 담그고 있는 할머니 둘과 호피 무늬 속옷을 입고 평상에 엎드린 손님의 등을 밀고 있는 사우나 직원이 전부였다. 어쩌다 평일 월차를 쓸 수 있었던 날, 정연은 사우나에 간 적이 있었다. 동그란 자쿠지탕에서 움직이는 기포를 보고 황홀한 감상에 빠졌었다. 직장을 그만두면 매일매일 사우나에 와서 놀겠다고 다짐한 것도 그때였다.

거품이 이는 욕탕 물 한가운데 앉아 있는 할머니들은 거의 땀이 나지 않는 백지장 같은 얼굴이었다. 따뜻한 물, 차가운 물, 다시 따뜻한 물과 차가운 물에 반복해서 들어갔다 나왔다. 습식 사우나에도 들어가고 건식 사우나에도 들어갔다. 마치 놀이동산에 온 애처럼, 사우나에서 거의 한 시간 동안 놀았다. 물속으로 들어갔다 나왔다 같은 동선을 몇 번 반복한 것뿐인데 한 시간이 금세 지나가버렸다는 게 신기했다. 사우나놀이는 정연에게 노동으로 규정할 수 없는 시간이었고 그런 시간을 보내는 걸 죄를 짓는 것처럼 인식하는 게 정연의 가치관이었다.

갑자기 입구 쪽이 소란스러워졌다. 키가 큰 여자들이 어기적거리며 걸어들어왔다. 농구선수나 배구선수 들 같았다. 사우나에서 나가려던 정연은 갑자기 들어오는 키 큰 사람들 때문에 나갈 타이밍을 놓쳐버렸다. 여럿이 한꺼번에 샤워를 하느라 폭포수가 떨어지는 것 같은 소리가 들리고 중성적인 톤의 웃음소리가 물소리와 섞였다. 175센티미터, 아니 190센티미터인지도 모를 방주처럼 커다란 장신(長身)의 운동선수들 때문에 정연은 정신이 몽롱해졌다. 선수들이 정연이 앉아 있는 자쿠지탕 안으로 들어오는 순간 녹색의 욕탕 물이 밖으로 끝없이 넘쳐흘렀다. 선수들은 발끝을 흔들고 어깨를 때리며 자기들끼리 신나게 물장난을 했다. 사우나 안이 활기로 가득 찼다. 잠깐 눈을 감았다가 떴을 때 정연은 커다란 시멘트 기둥 같은 것이 눈앞으로 지나가고 있는 것을 봤다. 그건 방금 지나간 사람의 양쪽 허벅지였다. 욕탕 턱에 걸터앉아 한 선수가 다른 선수의 어깨를 주무르기도 했다. 커다란 몸이 아름다울 수 있다는 걸 정연은 처음 느꼈다. 그래서 욕탕 밖으로 나가지 못하고 조금 주눅이 든 채 상체를 굽히고 가만히 앉아 있었다. 갑자기 땀이 나기 시작했고 눈을 둘 곳이 없어졌다. 말총머리를 한 선수는 머리를 풀어 좀더 높이 치솟게 묶었고, 커트 머리인 선수는 자꾸만

맹물을 발라 앞머리를 뒤로 넘겼다. 아까 빨리 나갈걸. 정연은
자신을 나무라는 투로 중얼거리며 서둘러 몸을 닦고 로비로 나
갔다. 잠시 뒤 말 같은 다리를 가진 선수들이 우르르 몰려나와
서는 한꺼번에 헤어드라이어로 머리를 말리기 시작했다. 그러
고 나서 선수들은 모두 같은 유니폼을 입고는 나무 평상 위에
동그랗게 모여 앉아 일제히 휴대폰을 들여다봤다. 정연은 웃으
며 옷을 입었다.

*

생협에서 산 마른반찬 몇 가지를 식탁 위에 내놓고 밥을 먹
고 나서 정연은 사무실에서 하던 대로 흰 크림이 표면으로 올
라오는 인스턴트 커피를 마셨다. 뭘 할지 생각해둔 일은 없었
다. 자연스레 몸이 소파로 향했다. 아파트 뒤쪽의 빌라 신축 공
사장에서 들려오는 굴착 소음이 차곡차곡 귓가에 쌓였다. 최
근 들어 공사 소음이 더욱 심해졌지만 집을 옮기거나 할 생각
은 전혀 없었다. 25년 동안 일하고 남은 건 아파트 하나였고 양
로원이나 요양원에 가지 않고 이 집에서 끝까지 사는 게 유일
한 바람이었다. 스웨터를 어깨에 감고 낮잠을 자볼 생각이었
다. 낮잠 또한 퇴직 후 해보고 싶던 몇 가지 일 중 하나였다. 하
지만 정연은 자다가 어느 순간 눈을 뜨고 일어났다. 흰개미들
이 기어가는 꿈을 꾸었는데 기분이 별로였다.

잡생각을 피할 수가 없었다. 아주 어릴 때의 일이 떠올랐고 낮잠 모드는 바로 깨졌다. 숲을 걷고 있었는데, 정연의 부모가 앞서 걸었고 뒤로는 아이들 셋이 부모를 따라 걸었다. 날씨가 춥지도 덥지도 않았다. 정연은 열한 살이었고 동생은 두 살 아래, 막냇동생은 둘째와 한 살 차이였다. 배다른 동생도 없었고 모두 한배에서 나온 한 부모의 아이들이었다. 무슨 용건에서였는지 부모들은 둘 다 한복을 차려입었고, 친척 집에 가고 있었다는 것밖에는 기억나지 않는다. 움직일 때마다 부모들의 몸에서 계속해서 부스럭거리는 소리가 났다. 방문 지역도, 어떤 교통수단을 이용해 목적지에 도착했는지도 기억나지 않았다. 자리에 앉으면 바로 얼굴에 앞 의자의 뒷면이 닿고 노면의 상태에 따라 좌우로 심하게 흔들리는 버스였을 거라고 정연은 기억을 밀어붙였다. 번들거리는 한복을 입은 부모들은 버스에서 내려 황토색 길로 접어들었고 얼마 가지 않아 숲으로 들어갔다. 그렇게 앞서 걷다가 커다란 학 같은 새 두 마리를 만났다. 정연은 부모가 버스에서 흰 종이컵에 소주를 나눠 마시는 모습을 봤다. 정연의 눈에도 새는 꽤 컸으며 자태가 느리고 우아했다. 사실은 새인지 학인지도 확실치 않았다. 두 사람은 새 앞에서 걸음을 멈춘 채 킥킥거리며 웃기 시작했다. 부모는 화투를 치다가도 웃음이 터지면 정신 못 차리고 웃는 사람들이었다. 그럴 때마다 정연은 묘한 배신감을 느끼곤 했었다. 나무들은 높이 뻗어 올라가 있었고 땅은 울퉁불퉁했고 솔잎 냄새, 흙

냄새가 진했다. 배가 고팠는지는 잘 알 수 없었다. 부모들은 학처럼, 양팔을 벌리고 팔 높이를 달리해가며 다리를 한 짝씩 들고 춤을 추었다. 아주 느리고 골 때리는 춤이었다. 정연이 그 장면을 떠올린 건 정말 오랜만이었다. 그들은 커다란 새 두 마리가 화들짝 놀라 나뭇가지 위로 올라갈 때까지 계속해서 춤을 추었고 정연은 부모들의 춤이 끝날 때까지 멀찍이 서서 동생들의 어깨에 손을 얹고 있었다. 그때 동생들의 발아래에는 얕지만 검은 물웅덩이가 있었다. 죽은 들쥐의 반쯤 남은 몸체가 물속에서 삐져나와 보였다. 온갖 벌레들이 아우성을 치며 웅덩이 위를 날다가 낙하하는 중이었다. 막내가 비칠거리며 울기 시작했지만 정연은 막내의 입을 막았다. 저들의 춤이 어디까지 갈까. 정연은 끝까지 지켜보고 싶은 심정이었다.

*

컴퓨터를 켜고 이메일을 열었다. 비교적 가깝게 지내던 거래처에서 보낸 위로 메시지 몇 통이 전부였다. 정연은 책상 위 진열대로 시선을 돌렸다.

그간의 노고와 성실함에 경의를 표하며 귀하의 앞날에 어쩌고저쩌고저쩌고……

직장에서 준 퇴직 감사패에 적힌 문구였다.

달아오르는 여름 한낮의 열기가 창으로 밀려들어왔다. 건너편에 보이는 옛 궁궐의 마당 한쪽에서는 흰 연기가 났다. 불은 궁궐 마당에서 저 혼자 활활 타올랐다. 유니폼을 입은 관리 직원이 불 가까이 다가서는 것 같았다. 언뜻 보기에 불 속으로 뛰어드는 것처럼 보였지만 소화기를 든 채 멀찍이 서서 불을 보고 있는 것인지도 몰랐다. 정연은 소파로 돌아가 집 현관 쪽으로 고개를 돌린 채 어디랄 곳도 없는 한 지점을 물끄러미 응시했다. 그러자 어깨에서 저절로 힘이 빠졌다.

전동 휠체어를 탄 장애인 남자가 선캡을 눌러쓴 채 횡단보도를 건넜다. 궁궐 옆 공원 마당에는 레이스가 달린 머릿수건을 쓰고 두 팔을 가슴께까지 힘차게 교차해 올리며 걷고 있는 여자들이 보였다. 몸의 한쪽이 마비된 청년, 하굣길에 모여 머리를 맞댄 채 게임을 하는 어린 학생들이 보였다. 정연은 목적도 없이 공원 마당을 걸었다. 처음엔 다른 사람들처럼 두 팔을 힘차게 흔들며 걷다가 이내 팔을 떨어뜨리고 말았다. 아무도 없는 마당 한가운데에서 혼자서 힘차게 걷는다는 건 힘든 일이었다. 공원 중심의 북쪽 끝에 서 있는 동상 주변으로 비둘기들이 모여들었다. 자동차 소리가 점점 커졌다. ㅅ 자로 조성된 다양한 종류의 운동기구에 하나씩 올라가 운동을 하고 내려오는 게 목표였다. 사지를 찢듯이 두 다리를 교차해 올리는 하체 운동기구부터 시작해 두 팔을 나비날개처럼 펴 벌리는 상체 운동기구까지 번갈아 하는 게 끝이었다. 노인들이 모여 게이트볼을 하던 곳에는 땅에 그은 희미한 라인만 남아 있고 노인들은 한 명도 없었다.

정연은 몇 바퀴를 돌았는지 잊어버렸다. 중학생 여자애와 셔츠 단추가 터질 것처럼 배가 부풀어 오른 백인 외국인 남자가 벤치에 앉아 얘기를 나누고 있었다. 흰 운동화 위쪽에 누런 흙먼지가 묻도록 정연은 운동장을 돌았다. 계속 돌며 조금씩 대화를 엿들었다. 백인 남자는, 자기를 따라 집으로 가서 시원한 음료를 마신 뒤 함께 재미있는 책을 읽으면 좋겠다고 했고, 중학생 여자애는 나는 지금 학원에 가야 하는데 시간은 없지만 시원한 아이스라테 같은 걸 같이 마실 시간은 있는 것 같다고 말했다. 나중에는 돌고 돌다가 그들이 무슨 말을 나누는지 알아듣지 못했고, 그들이 공원에서 걸어 나가는 것을 본 순간 모든 의욕이 사라져 운동을 멈춰버렸다.

저런 개잡년을 봤나. 그때 노인 하나가 허공에 대고 외쳤고, 분명 각도로 봐선 자신을 향한 욕이었는데 자기가 그렇게 욕을 먹을 만한 행동을 했는지조차 알 수 없었다.

집 문 앞에 택배 상자가 와 있었다. 정연은 박스 세 개를 발로 툭툭 차며 배달원이 근처에 있는지 둘러봤다. 집 전화의 자동응답기도, 두고 나간 휴대폰도 모두 고요했다. 박스는 부피가 큰 데 비해 가벼워서 옮기는 데 힘은 들지 않았다. 위험한 물건이 들어 있을 것 같지도 않았다. 커터 칼을 꺼내와 상자를 열었다. 박스 바닥에 스티로폼 포장지에 싸인 물건이 하나 붙어 있었다. 플라스틱 국자 하나를 이토록 커다란 상자에 넣다니, 정연은 혀를 찼다. 자신이 이 물건을 언제 주문했는지, 확신도 없이 국자를 꺼내 수납장에 넣었다. 다른 상자에서는 손잡이가 달린 피클용 유리병이 나왔다. 불투명한 유리병은 왜 주문했는지 기억이 났다. 나머지 상자는 부피가 제일 컸는데 안에 든 물건이 제멋대로 돌아다녔다. 정연은 풀다 만 박스를 한쪽에 두고 초인종 소리가 나는 쪽을 쳐다봤다. 박스를 잘못 놓고 간 택배 회사 직원일지도 모른다는 생각이 들어 순순히 문을 열었다. 문 앞에 세 사람이 서 있었다. 울산 아줌마는 알파벳 Y로 시작하는 한 단체의 가사도우미 서비스를 통해 알게 된 사람이었다. 한 사람은 미국에서 온 모르몬교 선교사였고, 나머지 한 사람은 누군지 알 수 없는 나이 든 남자였다. 세 사람 모두 허락도 받지 않고 자연스럽게 정연의 집 문턱을 넘어 집 안으로 들어섰다.

아이고, 그동안 잘 지내셨나요? 아이 참, 잘 지내셔야 하는데, 저 기억나시죠? 미국 유타에서 온 선교사 놈이요. 하하.

유타에서 왔다는 모르몬교 선교사는 첫 선교 파송지가 한국의 저 남쪽 지방 어디여서, 시골 할머니를 대하는 것 같은 말투로 정연을 대했다. 희고 깔끔한 와이셔츠에 단색 넥타이, 어깨에 사선으로 멘 가방 위치가 늘 같았고 웃는 모습도 똑같았다. 주말에 집에 찾아오는 사람들을 그냥 보내지 않고 말을 섞어 이런 상황을 만든 것이었다. 울산 아줌마는 사람들이 다 보는 앞에서, 입고 있던 바지를 벗은 뒤 살색 압박 스타킹을 벗고 다시 입었던 바지를 꿰입느라 먼지를 피웠다. 같이 온, 나이 든 남자는 이 방 저 방 기웃거리며 다용도실 문과 화장실 문까지 다 열어봤다. 그는 주홍색 등산복 조끼를 입고 있었는데 조끼에는 족히 열 개쯤은 되는 주머니가 붙어 있었다. 그는 어젯밤, 자기가 대리운전을 해서 이 집에 사는 여자와 함께 왔다고 말했다. 술이 떡이 된 차 주인이 자신에게 집 열쇠까지 주었다고 했다. 급히 나가느라 휴대폰을 놓고 나갔다는 것이었다. 정연은 황당해하면서도 휴대폰을 찾아주기 위해 남자의 번호로 전화를 걸고는 집 안 구석구석을 다 들추고 돌아다녔다. 어디에서도 전화는 울리지 않았다.

저기 기사님, 혹시 그 집이 이 집 맞아요? 다른 데 아닌가요. 그리고 그 여자 분은 어떻게 떡이 되었나요? 정말 알고 싶습니다.

모르몬교 선교사가 나이 든 남자의 어깨에 친근하게 손을 얹고 말했다. 유타에 가면 모르몬교 교도들이 많이 산다면서 유타에 한번 놀러 오라는 말도 잊지 않았다. 한국 식당에서 파는 순두부가 맛있다는 말을 덧붙이기까지 했다.

아이고 우리 국장님 그동안 회사 다니느라 고생 많았네. 진짜루다가, 고생 많았어. 내가 축하하는 의미로 마사지해줄게. 울산 아줌마가 해주는 타이 마사지. 엎드려, 엎드려! 내 마사지 끝내줘. 국장님은 이제 죽었어!

울산 아줌마는 정연의 허리에 올라앉아 팔꿈치 끝으로 어깨를 누르기 시작했다. 정연은 한쪽 뺨을 거실 바닥에 댄 채 죽은 듯이 엎드려 있었다. 이상하게도 뺨의 안쪽에서부터 찰찰찰 물 흐르는 소리가 들려오는 것 같았다. 대리기사는 정연이 혼자 마시다 남겨둔 소주를 찾아내 식탁 위에 놓여 있던 구운 김 통을 연 뒤 김을 안주로 술을 마시기 시작했다. 정연은 저절로 신음을 내며 점점 더 울산식 마사지에 빠져들었다. 그러는 사이 대리기사는 자신이 사실은 대리기사가 아니고 남이 운전하지 않은 택시를 하루 빌려 장사를 하는 도급 택시 기사이며 도급 택시 기사들은 대부분 운행 기록을 전혀 남기지 않는다는 말을 했다. 마사지를 받으며 정연은 많은 상상을 했는데 그 상상은 주로 「그것이 알고 싶다」 같은 시사 프로그램에 영향을 받은 것들이었다. 몇 시간 뒤, 네 사람은 아파트에서 얼마 떨어지지 않은 전통시장 골목의 술집으로 몰려갔다.

좁은 골목에는 알록달록한 색깔의 의자들이 놓여 있고 술냄새, 생선 굽는 냄새가 강렬했다. 정연은 꼭 한 번 가보고 싶었던 싱싱 해산물이란 이름을 단 술집 앞에 서서 가게 안에다 대고 물었다. 우리 네 명인데 자리 있나요. 정연은 꼭 자리가 있기를 희망한다고 덧붙였다. 지금까지 술을 마셔본 적이 없다는 모르몬교 선교사는 흥분에 사로잡힌 얼굴이었다. 주인은 어울리지 않는 손님들의 조합에 눈을 휘둥그레 떴다.

콜라요 저는.

나는 막걸리로 하지.

나는 청하 줘.

저는 맥주요.

너 이름이 뭐라고 했지? 왜 콜라를 시켜 인마. 너도 마셔. 우리나라에서는 선교사들도 집에선 다 술 마셔.

모르몬교 청년은 대리기사가 따라주는 막걸리를 우유처럼 벌컥벌컥 마셨다. 아무도 일부러 웃지는 않았다. 정연은 사람들에게 자꾸 어떤 얘기를 하려고 노력했는데, 가게 안은 금세 손님들로 가득 찼고 손님들 웃음소리 때문에 좁은 가게 안은 아무 말을 하지 않아도 저절로 공기가 빵빵해졌다.

제가요 시간이 완전 많아요. 이제 놀거든요.

정연의 술잔에 울산 아줌마의 술잔이 와 부딪쳤다.

그런데 저기, 영어로 나 이제 백수예요,라고 어떻게 말하나?

정연이 물었지만 모르몬교 선교사는 한 손가락으로 목을 자르는 시늉만 했다.

홀가분허니, 이제 시집가면 되겠네, 우리 국장님.

울산 아줌마의 말에 정연은 완강히 고개를 저었다.

저기 선교사 씨, 혹시 휘트니 휴스턴 본 적 있어요? 미국은 너무 크니까 본 적 없겠지.

누구요? 이름을 다시 말해보세요.

선교사는 잔뜩 인상을 찌푸렸다. 정연의 말꼬리는 여러 차례 술집 소음에 붙잡혀버렸다. 1990년대 초반, 정연은 누군가와 케빈 코스트너와 휘트니 휴스턴이 나온 영화를 봤다. 지금은 예술영화 전문 상영관이 된 서울극장에서였다. 그 후 OST가 수록된 시디를 샀고 클라이맥스 부분에서 휘트니 휴스턴이 눈을 동그랗게 뜨며, '아이 윌 올웨이즈 러브 유'라고 외치는 부분을 무수히 따라 불렀다. 휘트니 휴스턴은 올해 2월 11일에 미국 나이 48세로 죽었다. 정연은 그날 유방암 조직 검사 결과를 보고 나와 벽 한가득 책으로 둘러싸인 정동의 커피숍에 앉아 있었다. 다행히 조직 검사 결과는 양성이었는데 휘트니 휴스턴이 죽었다는 기사는 슬펐다. 뉴저지의 작은 교회에서 성가대 활동부터 시작한 휘트니 휴스턴은 열창을 할 때마다 코끝에 땀이 맺혔고 정연은 코주름이 잡히는 흑인 소녀를 보는 게 좋았다. 21세기가 되면서 그녀는 주로 마약에 찌든 모습으로 대중 앞에 나타났고 마리화나는 물론 주사와 약물 남용으로 거의 폐인이 되었다. 언젠가 우연히 정연은 abc방송국의 앵커 다이앤 소여가 진행한 휘트니 휴스턴의 인터뷰를 보았다. 다이앤 소여는 뱀같이 지혜롭게, 목이 쉬다 못해 거의 목소리가 나오지 않는 휘트니를 조금씩 옥죄어갔다. 왜 약물에 중독되었느냐? 당신 남편은 정말 당신을 때렸나? 그 사진에 찍힌 당신 팔의 뼈는 왜 그렇게 되었느냐? 마약이 얼마나 위험한지 모르냐? 마약은 악마다. 그때 휘트니 휴스턴의 대답을 정연은 아직도 기억하고 있었다. 내 삶의 가장 큰 악마는 나 자신이다. 나는 나 자신에게 가장 좋은 친구인 동시에 최악의 적이다. 휘트니에게도 검은 웅덩이가 있었던 거야. 정연은 동영상을 보고 나면 늘 그렇게 생각하곤 했다.

정연은 그때 갑자기 어떤 남자가 네 사람 옆에 와 버티고 서 있는 모습을 보고 깜짝 놀라 물러섰다.

찹쌀떡 사세요.

정연은 갈고리 손이 달린 남자의 한쪽 팔 끝을 보았다. 어릴 때나 만났던 것 같은 갈고리 손 달린 사람들이 지금도 있다는 게 신기했다. 모르몬교 선교사가 바지 주머니에서 천 원짜리 몇 장을 꺼내 남자에게 내밀었다. 정연은 자리에서 일어나 두 손을 모은 채 갈고리 남자에게 인사했다.

잘 먹겠습니다. 안녕히 가세요.

이미 남자는 옆 테이블로 옮겨 간 뒤였다.

대리기사는 어젯밤에 태워다줬다는 그 손님의 전화를 받았다.

이봐 사랑이 엄마, 어제도 떡이 되게 마셨는데 오늘도 또 마셔? 애 엄마가 진짜 징그럽게 마시는구만. 애들 생각도 좀 해야지.

대리기사는 전화를 끊고는 한쪽 어깨를 과하게 밀어 올렸다.

이 아무개 엄마가 말이야, 5천 평이라고 해도 될 정도야, 얼마나 뚱뚱한지, 나처럼 강단 있는 체구가 아니면 어림없어. 이 여자를 내가 어깨에 떠메고 들어가서 침대에 눕히면 침대가 바닷물처럼 출렁거린다니까.

미친 여편네네. 대리기사한테 집 열쇠를 주다니. 요즘엔 정신이 제대로 박힌 사람이 드물어.

울산 아줌마가 바닥이 드러난 청하 병을 뒤집으며 말했다.

테이블 위에 조개와 홍합 껍데기가 잔뜩 쌓여갔다. 벽면은 낙서로 빈틈이 없고 네 사람은 각각 두 병씩, 모두 여덟 개의 술병을 앞에 놓고 있었다. 정연은 그때 부르르 떨리는 휴대폰 액정 화면을 내려다봤다.

안녕하세요. 시민건강센터입니다. 중동호흡기증후군 때문에 그간 염려가 많으셨죠. 아직 사태가 완벽히 진정된 상황은 아니니 사람 혹은 낙타와의 접촉을 피해주시길 바랍니다.

정연은 문자메시지를 열어 사람들에게 보여줬다. 물론 기린도 접촉하시면 안 됩니다. 정연은 농담이랍시고 큰 소리로 말했지만 다들 웃지도, 안 웃지도 않는 애매한 표정을 지었다. 울산 아줌마는 낙타 고기를 먹어봤다고 말하고는 이내 뻥이라고 털어놓고, 이내 또 말고기를 먹어봤다고 말했다. 말 사시미는 진짜 맛있어. 말고기 얘기는 누가 한 것인지 아무도 몰랐다. 그때 술집 종업원이 정연에게 다가와 산지 직송된 싱싱한 해산물을 넣은 해물라면을 먹으면 중동호흡기증후군에 감염되지 않는다고 뻥을 쳤다. 모르몬교 선교사의 얼굴은 완전히 핑크빛으로 변했고 동공은 엄청나게 커져서 눈동자가 까뒤집어질 것만 같았다.

야, 인마 너 전도하러 안 가? 미국 놈 오늘 전도를 땡땡이 치네.

줄을 선 사람들이 고개를 밀고 가게 안쪽을 쳐다보는 모습이 보였다. 사장이란 사람이 커다란 시계를 들고 다니며 제한 시간 두 시간이 넘은 자리는 비워달라고 소리를 질러댔다.

근데 오늘 보니까 얼굴이 참 곱네. 이제 시집가면 딱 좋겠어. 집도 있고 돈도 있고 얼마나 좋아. 건강하겠다 시간도 많고.

울산 아줌마가 입이 찢어져라 말했고 정연은 손을 흔들며 웃었다.

아휴 아녜요. 저 못생겼어요. 너무 못생겨서 아무것도 못해요. 친구들이 나한테 몸이 무기라고 했다니깐요. 정연은 동료들과 사이좋게 일할 수 있었던 게 아무런 감정을 불러일으키지 않는 외모 때문이었다는 생각을 하곤 했었다. 그때 모르몬교 선교사가 휴대폰에 저장한 자신의 여자 친구 사진을 보여줬다.

무기는 이 미국 애가 무기네. 아줌만 아주 이뻐요. 야, 너 이쁜 한국애들이랑 연애해, 바보 같은 놈아. 미국 애들은 셀룰라이트가 많아서 좀 징그럽지 않냐? 이 여자애는 진짜 못생겼네.

대리기사가 조끼 주머니에 손을 찔러 넣으며 선교사에게 말했다.

아휴, 아저씨 그런 말씀 하시면 안 됩니다.

정연이 말렸다.

셀룰라이트가 뭐야?

울산 아줌마가 물었다.

왜 그거 있잖아. 여자들 허리랑 허벅지에 실지렁이처럼 살터진 거.

대리기사의 설명에 다들 또 웃었다.

우리 여친은요, 한국에 왔을 때 먹은 눈꽃 모양 빙수가 너무 맛있고 예쁘대요. 왜 미국엔 눈꽃 모양 빙수를 팔지 않느냐며. 하하. 보고 싶다.

선교사의 눈자위가 붉어지며 금세 눈물이 그렁그렁해졌다.

저런 머저리 같은 놈, 느희 나라는 빙수 없냐? 미국에도 없는 게 있다니 참, 별일일세.

골목은 에너지가 넘쳤다. 화장실 앞에는 벌써 몇 사람이 줄을 서 있었다. 정연은 맞은편 골목 안으로 걸어 들어갔다. 너무 급했다. 국밥집이 있고 조금 더 안쪽에 연탄재로 현관 장식을 해놓은 정종집이 보였다. 죽은 나무에서 꽃이 핀다나 어쩐다나, 깃발에 적어 연탄재에 꽂아놓은 글이 보였다. 정연은 골목 안으로 더 걸어 들어갔다. 걸어 들어갈수록 골목의 폭이 좁

아졌다. 시멘트벽 사이에, 잘못 낀 듯 보이는 기와집 대문 앞에
선 여자애가 벽 쪽을 보며 노래를 부르고 있었다. 정연은 아이
에게 물었다.

아줌마 너네 집 화장실 좀 가도 될까?

아이는 대문을 밀어 열었고 머리를 숙여야만 들어갈 수 있
었다. 습한 곰팡내가 코를 찔렀다. 좁은 집 마당 한가운데 있는
화장실에 들어갔다. 전구가 나가 불이 들어오지 않았다. 문을
밀고 나오려는 순간이었다. 여자의 울음소리가 들렸다. 마당에
일자형 냉장고가 놓여 있고 주홍 불빛 안쪽의 대나무 발 뒤로
어깨를 구부리고 앉은 사람들이 보였다. 같은 방향을 향해 앉
은 사람들이 모두들 어깨를 흔들며 울기 시작했다.

아버지, 아버지!

집 안에서는 좋지 않은 냄새가 났다. 문 앞에 앉은 아이가 강
아지를 붙들고 실랑이 중이었다. 정연은 다시 대문 안쪽을 깨
금 발로 넘겨다봤다. 시신을 붙들고 다들 울고 있었다.

너 아줌마 좀 따라올래?

여자애는 채 말이 끝나기도 전에 정연을 따라 걸었다. 타닥
거리는 발소리, 정연이 여자애의 손을 잡았는데 마른 몸에 뼈
마디의 감촉이 거의 없었다. 정연은 술집으로 들어가 지갑을
가지고 나왔고 만 원짜리 다섯 장을 꺼내 여자애에게 줬다. 화
장실 사용료였다.

고마워. 빨리 집으로 가라.

여자애는 순간 눈을 한번 치뜨고 가게 바깥으로 뛰어나갔다. 모르몬교 선교사는 전화 통화를 하는 중이었다. 정연과 울산 아줌마는 불어터진 해물라면 면발을 젓가락에 말아 올렸다.

저 새끼 저거 영어 진짜 잘하네, 근데 아줌만 고향이 어디야?

울산 아줌마가 입술을 실룩거렸다.

내 고향이 어디냐고 묻지 마세요.

정연은 또 시계를 봤다. 출근을 할 때라면 깨끗이 씻고 잠자리에 들 시간이었다.

야, 너 왜 그렇게 영어 잘해 인마.

모르몬교 선교사는 입을 크게 벌리고 웃었다.

아저씨, 나 미국 사람이에요.

이번에 다들 조금씩 웃었다.

아 그렇지 너 미국 사람이지. 카, 내가 그걸 까먹었네. 근데 너 누구냐?

정연은 대리기사가 보는 방향으로 고개를 돌렸다. 아까 그 여자애였다. 한 손에 사과가 들려 있었다. 여자애는 정연의 손에 사과를 올려주었다. 선교사는 여자애한테 손을 내밀어 악수를 청했고 여자애는 그러거나 말거나 가게 밖으로 뛰어나갔다. 브리지한 머리칼 몇 가닥이 앞이마로 흘러내린 모습이 기억에 남았다.

*

　정연은 지하철 의자 위에서 눈을 떴다. 열차는 깜깜한 바다 위에 떠 있는 것 같았다. 전기가 가동되지 않는 열차는 밀폐된 컨테이너 박스나 열차 모양을 한 감옥과 다름없었다. 문틈은 종이 한 장 들어갈 수 없이 빡빡해 양손으로 열어보려고 해도 어림없었다. 정연은 휴대폰을 꺼내 불빛을 만들었다. 주머니에서 선교사가 준 작은 열쇠고리가 나왔다. 유타 주의 특산물이라는 거친 소금 입자를 붙여 만든 기념품이었다. 몸을 가누지 못할 만큼 취한 울산 아줌마를 환승역까지만이라도 데려다주겠다고 호기를 부린 게 잘못이었다. 정작 집으로 돌아가지 못한 건 울산 아줌마가 아니라 정연이었다.

　열차들이 모여 새벽까지 대기하는 기지였다. 정연은 유리창에 손을 대보고 의자 위에 가부좌를 하고 앉아도 보고 별별 짓을 다했다. 옆 칸 열차 객실에서 잠깐 불빛이 비치는 게 보였다. 옆 칸에 누군가 있는 모양이었다. 머리끝이 쭈뼛이 서고 가슴이 떨리는 것 같은데 이상하게도 마음이 편했다. 정연은 더 참지 못하고 119에 전화를 걸었다. 전화를 받는 쪽에서는 별로 놀라지도 않은 말투로 말했다. 새벽까지 집에 돌아가지 못하고 119를 괴롭히는 취객이 많은 모양이었다.

　새벽까지 거기 계셔야 해요. 기지에 지하철 공사 직원들이 있지만 절대 열차 문을 열어주지 않습니다. 위험하거든요.

화장실에 가고 싶어서요.

그건 저희도 뭐라고 말씀드릴 수가 없네요. 성인들은, 화장실 같은 그런 문제는 각자 알아서 해야 하는 거 아닙니까.

119 대원은 차분하게 정연을 가르쳤다. 그가 말한 첫차 출발은 새벽 5시 16분이었다. 세 시간 정도를 더 버텨야 했다. 왠지 그 전화를 하고 나자 두려움이 덜했다. 나이가 몇 살인데 이런 일로 두려워하나 창피했다. 저만치서 랜턴 불빛 같은 것이 보였지만 다른 기차들 뒤로 숨어버려 금세 잘 보이지 않았다. 이쯤 되자 포기하는 마음이 들었다. 겨우 세 시간 정도를 갇혀 있는 건데, 비행기를 타는 것과 다름없다고 생각하기로 했다. 정연은 의자 위에 모로 누워 건너편 창으로 밖을 내다봤다. 아무것도 보이지 않는 깜깜함이, 자기 자신조차 볼 수 없는 깜깜함이 나쁘지 않았다. 그때까지만 해도 정연은 아직 그 웅덩이를 다시 본 것은 아니었다.

잠깐 다시 잠이 들었다가 깨었다. 정연은 꿈속에서 한쪽 뺨을 검은 물웅덩이에 대고 엎드려 있었다. 눈과 코로 검은 웅덩이 물이 들어올 것만 같아 온몸에 힘을 주고 있었다. 정연은 오랜 시간 검은 웅덩이를 잊고 있었다. 웅덩이에서 얼굴을 들지 못하면 죽는다는 생각, 그러나 결국 웅덩이에 빠져 죽게 될 것 같은 두려움에 어릴 때부터 시달렸다. 지금 그 검은 웅덩이가 다시 보였다. 물려받은 것이라고는 검은 웅덩이밖에 없었다. 검은 웅덩이의 표면에 뺨이 처박히는 기분이 들 때마다, 눈과

입과 코로 검은 물이 들어찰 것 같은 느낌이 들 때마다 끔찍하고 또 끔찍했다.

정연은 벌떡 일어났다. 무슨 소리가 들렸다. 전화통화를 했던 그 119대원이 문을 열어주러 올지도 모른다는 기대감에 열차 안을 서성거렸다. 통로 쪽으로 가 바로 옆 칸을 넘겨다봤다. 거기는 정물화 속처럼 고요했다. 열차에 불이 켜졌다. 손목시계가 5시를 가리켰다. 순식간의 일이어서 정연은 오히려 그대로 누워 있었다. 안내방송이 나왔다.

안녕하십니까. 좋은 아침입니다. 열차에 머물고 계신 분들 중 내리실 분들은 저희 열차가 출발해 다음 첫번째 역에 도착한 후 내려주시기 바랍니다. 여기는 열차 기지라 주변에 아무것도 없습니다. 여기서 내리고 싶은 분들은 문 옆, 벽에 붙어 있는 비상벨을 눌러주십시오.

정연은 벨을 길게 눌렀다. 방광이 곧 터질 지경이었다.

모든 열차가 불을 켜고 엔진을 움직이기 시작했다. 조금씩 시차를 두고 출발할 모양이었다. 덜컹, 하고 열차 문이 열리는 순간 정연은 가슴이 터지는 줄 알았다. 차가운 새벽 공기가 차 안으로 밀려들었다. 어항이 깨진 것처럼 공기가 온통 뒤섞였다. 열차 바닥에서 선로 아래까지 높이가 꽤 있어 단번에 뛰어내리기는 쉽지 않아 보였다. 그때 푸르스름한 색깔을 등에 업고 누군가 가까이 다가왔다. 다른 칸에서 내린 사람 같았다.

　잡아드려요?

　청바지와 티셔츠 차림의 대학생처럼 보이는 사람이 다가왔다. 같이 울퉁불퉁 자갈이 깔린 길을 걸었다. 열차들이 천천히, 하나씩 기지를 빠져나가고 있었다. 정연이 철길을 건너려고 하자 여자애가 팔을 가로막았다.

　그쪽으로 가면 안 돼요.

　정연은 소변이 급해 철길을 가로질러 건너편으로 가려고 했고 여자애가 경중경중 뛰며 따라왔다.

　화장실이 너무 급해서요.

　정연은 그러거나 말거나 계속 철길을 가로질러 건넜다. 여자애가 계속 따라왔다. 철길 몇 개를 건너자 막사 같은 긴 건물이 보였다. 정연은 열차에서 조금이나마 멀어진 것을 확인하고 바지 호크를 풀었다. 배와 방광 쪽에 이제 거의 아무런 감각이 느껴지지 않았다. 소변은 아주 조금씩 찔찔거리며, 끊이지 않고 계속해서 나왔다. 겨우 엉덩이를 들고 일어났을 때 여자애가 건물 정중앙에 붙은 문을 잡고 흔들고 있었다. 막사 같은 긴 건물이었다. 건물이라기보다는 펜스에 가까웠다. 여자애가 펜스 정중앙에 붙은 문을 잡고 힘껏 흔들었다.

　이쪽으로 나가면 바로 기지 바깥일 것 같아요.

　여자애가 확신에 차서 말했다.

　나도 도울게요.

정연은 여자애가 잡고 있는 거대한 벽 같은 것을 향해 온몸에 힘을 주어 밀었다. 조금은 가벼워진 엉덩이를 벽에 대고 힘을 주는 순간, 위쪽 귀퉁이 한쪽이 밀리며 작은 문이 툭 열렸다. 여자애와 정연은 뭔가 신이 난 기분으로 바깥을 쳐다봤다. 그러고는 문밖으로 나갔다.

기지는 논 한가운데 있었다.

저기 보세요. 사람들이 있어요.

여자애의 손가락이 가리키는 지점에 장식물처럼 박힌 커다란 미루나무 한 그루가 보였다. 시야가 흐려 도통 잘 보이지 않았지만 나무 아래 사람들이 모여 있는 것 같았다. 나무 쪽으로 걸어갔다. 논바닥에 발이 빠져 발목에 잔뜩 힘을 주어야 했다. 사람들이 동그랗게 모여 서서 중얼거리고 있었다. 촛불을 켜고 앉아 가만히 촛불의 일렁거림을 내려다보고 있었다. 음악 같은 건 없었다. 애완동물도 없었다. 선전 책자도 마이크도 확성기도 없었다. 깃발도 플래카드도 없었다. 어떤 화려한 컬러도 냄새도 없었다. 사람들이 동그랗게 모여선 채로 그냥 중얼거렸다. 그때 갑자기 한 사람이 큰 소리로 울기 시작했다. 정연은 사람들의 어깨를 만져줘야 하나, 119에 전화를 걸어 이 사람들을 도와달라고 부탁해야 하나 망설였다.

여기 더 계시겠어요? 저는 저쪽으로 가야 해서요.

잠깐만……

정연은 여자애를 불렀다. 여자애가 손을 내젓는 것과 동시에

172

뒤로 발걸음을 옮기기 시작했다. 줄 게 없었다. 그래서 가방 안에 든 사과를 꺼내 여자애에게 주려고 했지만 무리였다. 여자애가 길 쪽으로, 방향을 알 수 없는 쪽으로, 빠른 걸음으로 걸어가기 시작했다. 여자애 걸음걸이 속도를 정연이 따라갈 수는 없었다. 작은 규모의 식당 간판, 장식이 거의 없는 미용실 간판이 보였다. 그 집들 옆에 3층짜리 건물이 하나 서 있는데 그 옥상에 붙은 간판이 압도적으로 컸다. 정연이 보기에 그것은 중국어 간판이었다. 좋은 대학 교육, 뭐 그런 말이 적힌 대학 홍보 간판 같았다.

이봐요. 잠깐만.

아뇨아뇨, 괜찮아요. 조심히 가세요.

정연은 다시 손을 흔들어 여자애를 불렀지만 여자애는 점점 더 멀어져갔다. 여자애는 너무 빨리 걸었다. 도저히 정연이 따라잡을 수 없는 속도로, 아주 빨리 걸었다.

가도 가도 논바닥이었다. 발목이 논바닥에 여러 번 처박히고 바닥을 잘못 디뎌 걸음이 꼬였다. 한참을 가다가 논바닥에서 또 사람들을 만났다. 노인 두 사람이 머리를 맞대고 앉아 있었다. 머리칼이 하얀 남자 노인이 머리와 꽁지, 다리는 까맣고 몸통은 파란 새를 꼭 잡고 있었고 앞에 앉은 여자 노인이 새의 다리를 꽁꽁 묶고 있는 실을 풀어주고 있었다. 새는 버둥거리지도 않았다. 남자 노인은 무리하게 다리에 엉켜 있는 줄을 끊으려고 하지 않았다. 여자 노인이 흰 치실 같은 줄을 살살 풀고

있었는데 얼핏 봐도 줄에 빨간 피가 배어 있었다. 살살, 마지막
남은 줄까지 풀고 남자 노인이 새를 놓아주자, 새는 조금 절뚝
거리며 논바닥 위를 경중경중 뛰다가 이내 멀리 날아갔다. 남
자 노인과 여자 노인은 정연에게 곁눈질도 하지 않고 어딘가로
걸어갔다.

　문득 돌아본 기지에는 열차가 한 대도 남아 있지 않았다. 정
연은 장난감처럼 작아 보이는 기지를 쳐다봤다. 돌아서서 발을
한 짝 옮기는 순간, 정연은 발목이 꺾여 그 자리에 엎어지고 말
았다. 정연의 얼굴은 논바닥에 붙었다. 들고 있던 가방은 저 혼
자 날아가 논바닥에 처박히고 사과는 저만치 앞 논바닥 위에
떨어졌다. 정연은 뺨을 논바닥에 대고, 그 상태로, 눈을 감고
웃었다. 자꾸 웃음이 났다.

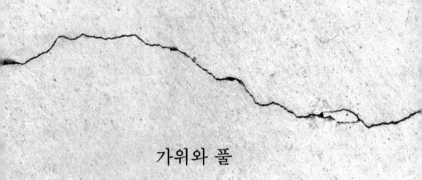

가위와 풀

모든 이상한 일들은 동시에 일어난다.

C는 도시 생활의 폭력성과 잘난 척하는 주변 사람들이 역겨워 더는 못 참겠다,고 선언한 뒤 귀농했다. 선언서라고 해봐야 종이에 쓴 손글씨 편지가 다였지만 그래도 신선하기는 했다. 그리고 일주일에 한 번씩 귀농 일기를 적어 이메일로 보내왔다. 나로서는 도시나 농촌이나 삭막하긴 마찬가지였다. 그렇지만 C의 등 뒤로 펼쳐진 야산의 모습이나, C가 코를 대고 있는 푸성귀들의 색깔이 무척 신선하고 깨끗해 보이기는 했다. 떠났으면 그만이지 C는 왜 자꾸 도시에다 대고 편지를 보내는 걸까. 혼자서 그런 생각도 했지만 떠나온 곳에다 편지를 보내든 말든 그건 다 C의 일이어서 내가 관여할 바가 아니었다.

그때까지 나를 따라다니며 만나주지 않으면 집을 폭파하겠다고 협박하던 E — 괜찮은 남자였다 — 는, 어느 날 아침 문득 정신을 차리고 보니 이렇게 살아서는 안 되겠다는 생각이 들었다며, 서서히도 아니고 그 즉시 연락을 끊어버렸다. '아직 머릿속이 복잡해서 당신의 심경변화를 잘 이해하지 못하겠다'고 문자 메시지를 보냈다. 그건 사실 괜히 해본 말이 아니고 진심이었다. E의 머릿속에서 무슨 일이 있었는지 궁금했다. 그러나 며칠이 지나도 그쪽은 묵묵부답이었다. 지난 10년 동안 그런 일들은 늘 있었다.

바닷가에 있었다. 우리가 실제로 바닷가에 있었다는 건 아니다. 그러나 우리는 바닷가에 있었다. 파도가 몰아치는 해안가에 흰 테이블을 놓고 P와 함께 체스를 두었다. P는 평소 좋아하던 진한 감색 마린 재킷을 입었다. 파도 때문에 떠내려가려는 체스 말을 붙잡느라 상체에 잔뜩 힘을 주고 체스판을 누르고 있었다. 물론 우리는 의자에 앉아 있었고, 파도가 계속되듯이 체스도 계속되었다. 그러다 나는 서핑 하는 남자를 쳐다보느라 그만 체스판을 놓치고 말았다. 그 벌로 P의 목에 키스했다. 그것은 이상한 장면이었지만 굳이 그곳이 목이었던 이유는 P가 갑상선암에 걸렸다는 사실을 고백했기 때문이었다. 그날 낮에 만났을 때 P가 말했다. 사람들이 뭐라는 줄 아니. 갑상선암은 암도 아니래. 그럼 내가 걸린 건 암이 아니고 뭘까.

왜 그때가 생각난 걸까. 정말 기억하고 싶지 않은 어린 시절의 한순간이었다. 그때 나는 가슴 아래로 서서히 넓어지며 퍼지는 노란색 원피스에 머리를 뒤로 죄다 올려붙인 『초원의 집』의 주인공 로라 잉걸스 와일더 같은 모습이었다. 두 손을 앞으로 공손히 모으고 속없는 사람처럼 계속 웃고 있었다. 길게 발목까지 늘어뜨린 치마는 한순간에 상의와 분리될 듯 이상한 소리를 내며 나를 따라다녔다. 사람들은 모두 다 넋이 나간 채로 무대를 올려다보고 있었다. 막 무대로 올라가기 전에 엄마는 집게손가락을 들어, 내 얼굴을 찌를 듯이 가리키며 눈을 똑바로 뜨고 말했다.

명심해. 넌 꼭 상을 받아야 해. 메밀 아가씨로 뽑히지 않으면 우리는 쫓겨날지도 몰라.

누가? 어디로 누구를 쫓아낸다는 말이었는지. 생각해보면 그게 메밀 아가씨를 뽑는 것이었는지, 고등어 아가씨를 뽑는 것이었는지도 정확하지 않다. 그 흔한 상패나 종이 상장 하나 남아 있지 않으니까 그게 어떤 대회였는지는 알 수가 없다. 아마 합창대회나 장기자랑 대회였으면 출전할 생각도 하지 못했을 것이다. 그런데 그 대회는 그해 처음 열려서, 전년과 비교해 누가 잘하는지 가릴 수 없는, 그냥 예쁘게 차려입고 서 있기만 하면 되는 대회라는 게 엄마의 말이었다.

우리 엄마는 한 번도 나를 안아준 적이 없는 이상한 사람이었다. 따로따로 산 것도 아니고, 옆에 늘 있었지만 다른 엄마들이 아이들을 품에 끼고 물고 빨고 하는 것처럼 내 머리통을 쓰다듬는다거나 엉덩이를 두드려주거나 하지 않았다. 엄마는 눈만 뜨면 박스 공장으로 출근했고 해가 지면 집으로 돌아왔다. 주말도 거의 없었고 설이나 추석 때만 겨우 쉬었다. 내 책가방을 싸준다거나 알림장 노트를 미리 꺼내 준비물을 챙겨주는 일은 절대로 없었다. 방 한쪽에는 공장 직원들에게 돌리다 남은, 혹은 새로 나눠줄 광고지 더미가 늘 놓여 있었다. 그것들은 모두 우리 엄마가 학교 선생님을 찾아가 부탁해 가리방으로 밀어 인쇄한 것들이었다. 어차피 휴일에는 쓰지도 않는데, 그럴 때 학부모가 좀 쓰는 게 뭐 이상하냐며 아주 당당했다. 아이의 담임 선생을 찾아가 공장에는 등사기가 없다며, 등사기를 사용하게 해달라고 부탁하는 엄마가 또 있을까. 아마 우리 엄마는 나를 잘 부탁한다든가 하는 얘기는 하지도 않았을 거다.

　그날 나는 대회에서 3등을 했다. 가슴이 콩닥콩닥 뛰었다. 대회에 나갔던 아이들이 모두 화장실에 모여 옷을 갈아입느라 아수라장이었다. 다들 짜장면집으로 몰려갈 판이었다. 수상을 못 한 한 아이의 엄마가 자기 아이를 벽에 세워놓고 따귀를 때리기 시작했다. 오른손과 왼손으로 번갈아가며 때릴 때마다 아이가 비명을 질렀다. 화장실이 순간 고요해졌다. 웃으랬잖아, 웃으라고 귀에 못이 박이도록 말했는데 왜 안 웃어? 아무리 어려도 그렇지. 밥값은 해야 할 거 아냐?

잠시 후, 뺨을 맞은 K와 내가 거울 앞에 서서 머리에 붙은 실핀을 함께 뽑아내고 있었다. 핀이 두피 전체에 다닥다닥 붙어 하나씩 뽑을 때마다 눈물이 흐를 지경이었다. 우리는 가만히 서서 어깨를 조금씩 들썩이며 각자의 머리핀을 뽑아냈다. 서로 눈이 마주칠 것 같은 순간에는 눈을 내리깔아버렸다. 비누 풀린 물이 흥건한 세면대 위에는 검은 실 핀이 오물처럼 떠다녔다.

그날 저녁, 처음으로 우리 엄마 김경애 씨가 나를 위해 간식이라는 걸 만들었다. 벽장 한쪽에 있던 카스텔라용 미니 오븐을 꺼내 먼지를 털어내고 카스텔라 빵을 굽기 시작했다. 그때까지도 나는 아깝다는 이유로, 식구들이 다 볼 때까지 참아야 한다며 입술에 바른 붉은 립스틱을 지우지 않고 있어서 인중 주변까지도 온통 붉은색이었다. 카스텔라를 한 입씩 베어 먹을 때마다 붉은색 립스틱은 줄기차게 빵에 흔적으로 남았다. 나는 벽에 붙은 거울 앞에 서서 얼굴 전체가 지저분해지는, 시간이 갈수록 점점 더 퍼지는 붉은색 립스틱 자국을 쳐다봤다. 내 삶에서 그런 큰 성과를 거둔 날은 그날이 처음이자 마지막이었다.

카스텔라 빵은 다 익기가 무섭게 사람들 입속으로 들어갔다. 처음엔 식구들만 먹었지만, 시간이 지나면서 사람들이 점점 미니 오븐 주변으로 모여들었다. 엄마의 공장 동료까지 와서 카스텔라를 안주로 쓰디쓴 소주를 마셨다. 그러고 보면 우리 식구들은 우리끼리만 밥을 먹은 적이 거의 없었다. 공장 직원들의 생일 파티를 한다고 색종이에 쓴 축하 메시지를 가위로 오리는 것도 우리 집에서 했다. 뭔지는 모르지만, 공장에서 일하는 사람들의 이름이 적힌 종이를 여러 장 만드는 것도 우리 집에서 했다. 찢어진 종이를 모아 휴지통에 버리고 뒷정리를 도맡아 하는 것은 물론 나였다. 공장에서 일하는 여자들은 늘 엄마를 찾아와 무슨 얘기인가를 하고 갔다. 심지어 공장에 다니지 않는 여자들도 엄마가 퇴근하기를 기다렸다가 엄마가 오면 만나고 갔다. 엄마는 여자들이 돌아간 등 뒤를 보며 '달아 달아 밝은 달아'로 시작하는 노래를 부르며 두 발로 빨래를 빨았다.

3등을 한 메밀 소녀는 무럭무럭 자라났다. 입상을 하지 못해 엄마에게 뺨을 맞았던 K도 무럭무럭 자라났다. 중년의 엄마는 여전히 공장에 다녔고 엄마는 평생 공장 사람들과 한 덩어리가 되어 살았다. 평생 잘 다닐 것 같던 공장에서 여러 사람이 쫓겨나는 일도 일어났다. 어느 날 학교에서 돌아오는 길에 엄마와 엄마 동료들 여러 명이 불룩한 배를 다 드러낸 채 철문이 굳게 닫힌 공장 입구에 누워, 공장 문 안으로 들어가기 위한 시위를 벌이고 있었다. 탄력이라고는 없는 엄마들의 배가 최대한 홀쭉해지면서 철문 아래를 통과하는 순간, 문밖에 서 있던 사람들이 손뼉을 쳤다. 공장이 있던 자리에 들어선 최신식 주유소는 공장 아들이 대를 이어 물려받았다고 들었다.

엄마는 아직 거기, 그 지역에 산다. 오늘 아침, 갑자기 엄마 생각이 났다. 그리고 내가 메밀 아가씨 대회 수상자였다는 사실도. 그날 카스텔라를 먹던 사람 중에 한 사람이 내게 했던 말도. 이다음에 커서 꼭 미스코리아가 되어라. 그러면서 풀냄새가 나는 지폐를 꺼내 용돈이라고 손바닥에 쥐여준 기억이 났다. 그러나 경험상 엄마가 생각난 것은 이래저래 그다지 좋은 징조가 아니었다.

Y는 일주일에 한두 번씩 문자메시지를 보냈다. Y를 생각하면 D컵은 충분히 되어 보이는 그년의 큰 가슴이 먼저 떠올랐다. Y만 생각하면 욕부터 나오는 건 왜 그런지 알 수 없다. 그 가슴 주위로, 가슴보다 더 출렁이는 갈색 살덩이가 뼈를 가리고 있는 걸 보면 마음이 느긋해졌다. 나는 그 갈색 살덩이들이 좋았다. 될 대로 되라는 듯한, 버려진 듯한, 운동이나 관리 같은 건 전혀 받지 않는 갈색 살덩이들의 출렁임이 마음에 들었다.

5천 원만 보내조. 아니 만 원만. 돈이 하나도 없어.

Y는 사실 그런 상황에 놓일 사람이 아니었다. 그년은 대대로 집안이 부자인 집의 외동딸이었다. 그년한테 얻어먹은 술값만 해도 그렇고 나는 당장 돈을 보내줘야 했다. 그러나 5천 원이라니. 그년이 왜 그런 문자메시지를 보냈는지, 처음엔 그냥 장

난인 줄 알았다.

우리는 술을 마셨다 하면 맥주를 30병도 넘게 마셨다. 특히 흑맥주를 좋아했다. 우리가 바의 중앙 자리에, 가는 끈이 달린 탑을 입은 채 맥주병을 쌓아놓고 앉아 있으면 다들 노골적으로 혐오하는 눈치를 보냈다. 누구도 감히 등짝 넓은 여자들 옆에 와 앉으려고 하지 않았다. 술들이나 처먹지 왜 쳐다보나. Y는 모든 사람이 자기를 혐오한다고 믿었기 때문에 아무에게나 그런 말을 했다. 맥줏집에서 나온다고 술을 그만 마시는 건 아니었다. 우리는 항상 분당 야탑역 근처의 포장마차로 가, 국수에 소주 한 병씩을 더 마시고 헤어졌다. 그래도 부족하면 내장탕이나 우거지 설렁탕도 먹었다. 그냥 계속 먹고 마시고, 또 먹었다. 위를 비우는 것처럼 우울한 일도 없었다. 하나 마나 한 인생의 경구 따위는 얘기한 적이 없다. 착한 척하고 여자다운 척하는 얘기 같은 건 아예 유전자에 기억되어 있지 않았다. 그냥 줄곧 먹기만 하는 족속들이었다.

한번은 Y가 너무 취했다. 단골 대리기사가 와서 웬만한 남자보다 큰 몸을 번쩍 안아 자동차 뒷좌석으로 밀어 넣었다. 걱정하지 마십쇼 누님, 제가 댁까지 잘 모셔다드리겠습니다. 대리기사가 깍듯하게 인사를 했다. Y가 너무 취한 것 같아 차에 같이 탔다. 뒷자리에 널브러진 Y는 코끼리 같았고 대리기사는 거의 날아가는 속도로 Y의 집까지 달렸다.

대리기사는 Y의 핸드백에서 집 열쇠를 꺼내 문을 열었다.

Y의 큰 몸을 자기 몸 위에 포개듯, 비스듬히 얹고는 게걸음으로 침대까지 가 스르륵 밀어 눕혔다. 왠지 그들의 호흡이 잘 맞는다는 생각이 들 정도였다. 엘리베이터 안에서도 Y의 몸은 냉장고 박스처럼 대리기사의 몸에 기대 있었다. 대리기사는 Y의 팔에서 손목시계를 풀어 콘솔 위에 놓았다. 그러는 사이 나는 집 안을 둘러보았다. 소문대로였다. 지금껏 내가 본 적이 없는 럭셔리한 실내 풍경이었다. 대리기사는 부엌으로 들어가 그 집 식구인 것처럼 찬장을 열고 유리처럼 투명한 냄비를 꺼냈다. 잠시 후, 라면 냄새가 집 안에 퍼졌다. 배 안 고프세요? 술 마시면 배고프던데. 대리기사가 라면을 먹으며 말했다. 티브이에 나오는 아이돌 가수들처럼 얼굴이 아주 작고 머리는 온통 노란색인, 어디서 많이 본 듯한 인상이었다. 나는 대리기사가 떠주는 라면 한 젓가락을 얻어먹었다.

집을 나오기 전, Y가 누워 있는 방으로 갔다. 열린 문 틈새로 어느새 엄마의 곁으로 가 몸을 웅크리고 자는 작은 아이가 보였다. 아이의 몸이 너무 작아 Y의 넓적다리에 깔릴 것 같았다. 대리기사는 신발장 위에 그 집 열쇠를 놓고 나와 엘리베이터 버튼을 눌렀다. 아주 큰일을 치른 사람들처럼 우리는 둘 다 앞만 본 채 말을 안 했다. 누가 뭐래도 Y는 아이들의 엄마라는 생각이 들자 존경심마저 솟아올랐다. 경비실이 있는 1층으로 내려왔을 때 대리기사가 말했다. 그의 손에는 Y의 집 냉장고에서 꺼낸 오렌지 몇 개가 비닐봉지에 넣어져 들려 있었다. 누님, 그럼 또 뵐게요. 나는 무슨 말이든 하고 싶었고 결국 말을 했다. 저기요, 나한테까지 누님이라고 할 필요는 없어요.

　　5천 원만 보내조. 아니 만 원만. 엄마가 생활비를 끊었어.

　어떤 날은 은행 계좌번호를 보내기도 했다. 그러면서도 전화를 걸면 휴대폰은 늘 꺼져 있었다. 수납장에서 오래된 전화번호 수첩을 찾아 Y의 집 유선번호로 전화를 걸었다. Y와 비슷한 목소리의 무뚝뚝한 청소년이 전화를 받았다. 티브이 소리가 들렸고 다른 아이들의 목소리도 뒤섞였다. 아이는 엄마 지금 없어요,라고 말하고 바로 전화를 끊었다. 나는 잠깐 고민을 했고 그러다 결심을 했다. 얼마가 필요한데 그러니? 내가 그런 문자를 보내자마자 아주 먼 곳에 가 있는 것처럼 연락이 안 되던 Y에게서 바로 연락이 왔다. 그래 봐야 Y와 내가 함께 먹은 몇 차례 정도의 술값이었다. 아니 사실 그것보다는 많았다. 온라인으로 송금하자마자 또 문자메시지가 왔다.

　　엄마가 생활비를 보내면 바로 송금하겠어. 술친구는 술 먹을 때뿐인 줄 알았는데 너는 다르구나. 역시 넌 인간적인 구석이 있어. 멋져.

　송금을 해주겠다! 그런 일은 없었다. Y는 더 이상 술을 마시

자고 나를 부르지도 않았고 나에게 문자메시지를 보내지도 않았다. 그년은 그걸로 끝이었다. 우리는 그냥 술친구였으니까 그렇게 해도 당연하다고 생각하기로 했다.

딱 한 번 Y가 꿈에 나오기는 했다. Y의 D컵 가슴에 깔려 죽는 꿈이었다. 몸이 너덜너덜해질 정도로 D컵 가슴의 공격을 받았다. 나는 꿈속에서 계속해서 Y의 귓불을 잡고 말하고 있었다. 내가 너를 얼마나 좋아하는지 알아? 넌 짐작도 못 할 거야. 난 널 정말 좋아한다고. Y에 대한 나의 마지막 기억은 참으로 애매했다. 그녀의 일상도, 재정 상태도 몰랐다. 내가 그녀에게 도움이 됐는지, 안 됐는지 그런 것조차 알 수 없었다. 그냥 시간이 흘렀고 다 잊어버렸다. 그러다 알고 싶어졌다. 혹시 그 돈을 돌려받을 수는 없는지, 비싼 술 몇 번 먹은 정도의 액수인 그 돈을 돌려받을 수는 없는지.

C에게도 이메일을 썼다. C는 몸살을 앓았다며 다소 가라앉은 톤의 답신을 보내왔다. 농사꾼이 무슨 돈이 있니. 연봉 3백만 원도 안 되는 수입에 먹는 걸 자급자족할 수 있으니 그냥 사는 거란다. 농촌이 좋다고 했던 귀농 초기 C의 감정은 좀 퇴색한 것 같았다. 얼마 전에 도시에서 살인을 한 사람이 이 동네로 숨어들었다가 잡혀갔어. 그 사람이 무서운 사고를 쳤대. 입에 담을 수도 없는. 그래서 여기 계속 살아야 하나 생각 중이야. 으앙, 떨려.

차마 그러고 싶지는 않았지만 E에게도 전화를 했다. E는 도와줄 수 있는지 알아보겠다고 친절하게 말했지만 아무런 연락도 해주지 않았다. 나는 E 같은 인간들이 제일 싫다. 어쩌면 사랑이란, 돈 앞에서는 아주 희미한 어떤 것이었다. 그리고 몇 개월 지나, 내가 거의 바닥을 기기 직전에 그 미친놈이 이상한 사진 한 장을 보내왔다. 드디어 사랑하는 사람을 찾았습니다. 제가 지금껏 찾던 사람이 바로 이 사람입니다. 그가 찾던 사람은 그와 함께 바에 앉아, 내가 있는 쪽을 쳐다보고 있는 양복쟁이 아저씨였다. 어쨌든 사랑을 찾았으니 다행이었다. 누가 뭐래도, 세상이 다 녹아내려도 사랑할 권리만큼은 보장되어야 하는 거니까. 그래도 그렇지, 이런 보수적인 유교 국가에서, 나를 버리고, 미친놈이 따로 없지 않은가.

P는 정말 제일 비참했다. 개량한복을 입고 검은 비닐봉지에 당근주스 두 개를 담아 들고 나를 찾아왔다. 아주 놀랍게도 P는 꿈속에서처럼, 정말 갑상선암 환자가 되어 있었다. 말을 할 때마다 눈가가 붉게 물들었고 결국은 내 머리통을 여러 번 쓰다듬으며 말했다.

저쪽에 나를 데리러 온 사람들이 보여. 하늘에는 먹구름 천지고, 일렬로 줄을 서서 춤을 추며 나한테 다가온다고. 거의 다 왔잖아. 난 이제 곧 끌려갈 거야.

사실 우리 엄마도 P처럼 암 환자였다. 내가 이 지경이 된 것도 엄마의 입원비며 수술비 때문이었다. 하지만 내 돈을 빨아먹은 엄마의 몸은 낫기는커녕 점점 더 암 덩어리 속으로 빨려 들어갔다. 엄마를 살리지도 못했는데 돈은 누가 다 가져간 걸까.

  고객님. 행복하십니까? 저는 ○○○ 캐피털 상담원 정유미 실장
  입니다.

  그 이상한 일은 숫자 070으로 시작하는 문자메시지에서 시
작됐다. 070은 외계 행성과의 교신 번호가 아니었다. 상호가
있고 홈페이지가 있어 인터넷에서 검색도 되고, 사무실과 팩
시밀리 번호도 있는 버젓한 대출금융회사의 전화번호였다. 어
떻게 알았는지, 아무개 캐피털에서는 내가 지금 얼마가 필요
한지, 내 얼굴이 지금 무슨 색깔로 변했는지 나보다 더 잘 아는
것 같았다. 정유미 실장은 내 어깨에 살짝 손을 얹어놓으며 자
분자분 말을 시키듯 부드럽고 조심스럽게 다가왔다. 정유미 실
장과 나는 연애에 빠진 사람들처럼 전화기를 붙들고 놓지 못했
다. 당장 내 삶의 중심으로 들어와 폭풍을 일으켰고 침대에서
조차 예외가 아니었다. 내가 지금에 이르게 된 상황을 듣지 않
으면 얼마를 빌려줄 수 있는지 말해줄 수 없다는데, 피할 수는
없었다. 나는 무슨 얘기든 해서 상대방을 설득시켜야 했다. 돈
이 필요해서였다.

  1만 명의 사람들의 이름이 모여 이룬 단 하나의 눈 결정체를 생
  각해보십시오. 희고 빛나는 결정체 하나를 이루기 위해 모인 수

많은 이름. 수많은 시간. 당신의 과거를 나한테 털어놔! 저는
정유미 실장이었습니다.

엄마의 암 수술비를 냈다. 엄마는 보험 따위를 가지고 있지
않았다. 병원비를 나눠 낼 다른 형제가 없어서 내가 다 내야 했
다. 나는 엄마가 다시 부활할 줄 알았다. 물론 다시 공장에 다
니고 카스텔라를 만들어주고 그러지는 못하겠지만, 그렇다고
죽을 날만 기다리며 누워 있을 줄은 몰랐다. 난 계속해서 일했
다. 주중에는 사무직이었고 주말 알바는 종류가 아주 다른 일
이었다. 그건 몸으로 때우는 일이었다. 누군가 나에게 말했다.
벌어 먹일 가족이 있는 것도 아닌데 왜 그렇게 일을 열심히 하
나. 생각해보면 그랬다. 난 비싼 핸드백을 사지도 않았고 식비
를 많이 쓰지도 않았고 자동차를 몰고 다니지도 않았다. 그것
도 죄라면 죄일까. 내가 한 유일한 사치가 있다면 원두커피를
자주 사 마셨다는 것 정도, 그리고 머리에 진한 갈색 염색을 하
는 정도였다. 그런데 사실 내가 포기할 수 없는 것들은 많았다.
만화책, 인도 향로, 좋아하는 배우가 출연한 영화의 블루레이
디브이디, 생각해보면 철없는 짓이었다. 중고로 내놓아도 아무
도 사가려 하지 않는 것들을 사기 위해 조금씩 조금씩 돈을 벌
었다.

주중에는 얌전하게 입고 나가 사무실 직원들의 잔심부름을
해주면 그만이었다. 주말에는 남자들의 술자리 잔심부름을 했

다. 솔직히 말하면 둘 다 뭐가 더 낫다고 할 수 없이 다 똑같은 일이었다. 어느 쪽이 돈을 많이 주느냐에 따라 평가할 뿐이었다. 주중에도 가끔 주말에만 하는 업종의 알바를 했다. 회사원들이 천장에 뿌린 맥주가 내 어깨에 떨어지기도 했다. 어쩔 수 없었다. 그런 일은, 돈을 많이 주기만 하면 다 용서할 수 있었다. 그러나 맥주가 뿌려지던 순간의 불쾌함은 참기 어려웠다. 빚이 늘어갈수록 왜 그런지 내 머리카락은 더 노랗게 변했다.

정유미 실장은 많은 서류를 요구했다. 인터넷으로 발급받거나 동사무소로 직접 찾아가면 한나절이면 끝나는 일들이었다. 서류를 보내도 괜찮을까 걱정스러웠지만, 돈을 빌리려면 어쩔 수 없었다. 팩스로 서류를 보내고 오후 1시가 좀 지나 정유미 실장이 전화를 했다. 가라앉은 목소리가 뭔가 좋지 않은 소식을 전할 것 같았다.

고객님은 8등급이 나왔어요. 8등급이면 뭐랄까. 정상적인 신용등급이라고 하기는 어렵고. 그러니까. 개나 물어갈 등급이지요.

웬만한 금융사에서는 대출이 안 되는 등급이라고 했다. 그 얘기를 전할 때의 정유미 실장의 목소리는 손에 망치를 든 사람처럼 힘이 넘쳤다. 알았다고 얘기하고 전화를 끊으려는데 또 뭔가 다른 얘기로 이어졌다. 이게 끝인 줄 아십니까? 끝은 없습니다. 우리는 언제나 고객님들을 도와드릴 준비가 되어 있습니다. 방법은 있습니다. 제가 고객님의 모든 서류를 다 가지고 있으니 ○○캐피털에 알아보겠습니다. 그쪽에서 전화가 오면 전화만 잘 받아주십시오. 생각해보면 다 개 같은 말들이었다.

마치 옆자리에 앉아 있는 것처럼 전화는 점심시간이 지나기도 전에 바로 걸려왔다. 이번엔 박 아무개 실장이었다. 또 폭풍이 불었다. 정유미 실장이 질문한 깃과 똑같은 깃들을 계속 묻고 확인하고 또 물었다. 나는 이제 비밀이 없는 사람이 되어버렸다. 제1금융권 대출 명세, 좋아하는 음식 종류, 신용카드 카드론 대출 내역, 즐겨 입는 옷의 브랜드, 최근 정리된 친구 관계, 머리 아플 때 자주 가는 곳이 월미도라는 것 등. 질문의 범위는 전방위로 안과 밖을 넘나들었다. 이쯤 돼서는 구역질이 났다.

박 아무개 실장은 시간이 필요하다며, 한두 시간 후 전화를 걸겠다고 말했다. 그리고 다시 전화를 해와 또 아주 이상한 걸 갖고 물고 늘어졌다. 지금 내가 주중에만 근무하는 직장이 종교단체여서, 종교단체 것들은 이상한 사상을 전파할 위험이 있기 때문에, 그런 사이코들에게 돈을 빌려줄 수는 없다는 것이었다. 이쯤 되자 사막 먼 곳에서부터 모래 폭풍이 불어왔다. 긴 칼을 든 자객이라도 도와주러 와준다면 모를까. 몸에 힘을 잃었고 의지를 잃었다. 또 바로 옆자리에 있는 것처럼, 조금 이따 다시 정유미 실장이 전화를 걸어왔다. 그는 여자였는데, 분명 여자였는데 어느새 남자 목소리로 변해 있었다.

우리는 전문가이기 때문에 못 하는 일이 없다오. 당신도 알잖아. 우리가 2천만 원 받게 해줄게. 그런데 그렇게 하려면 수수료가 필요해. 수수료. 수수료 알지? 그건 우리가 먹고 당신은 2천만 원 먹고. 난 항상 당신을 도와줄 준비가 되어 있는 사람이야. 그니까 내가 시키는 대로 하면 다 끝나. 바로 수수료를 준비해. 알겠지?

그날 하룻밤은 행복했다. 수수료를 먼저 보내주면 돈을 보내주겠다고 했던 그날 밤은 견딜 만했다. 세상에 나를 도와주는 사람도 있었다. 감사하고 행복했다. 그런데 그날 밤 꿈에 한 남자가 나타났다. 남자는 나를 도와주는 사람이 아니라 내가 죽기를 기다리는 사람이었다. 남자는 눈만 마주쳐도 전염병이 퍼지는 어떤 지역 사람들의 생로병사를 관리하는 죽음 관리사 같았다. 그 남자는 끝내 나를 훼방했다. 다음 날 나는 박 아무개 실장이 요구하는 수수료를 구하지 못했다. 그리고 온종일 도시를 늑대 새끼처럼 싸돌아다녔다.* 아무와도 말을 섞지 않았다. 텅 빈 여름 하늘에 수수료, 화폐 따위의 글자들이 내가 한때 꽂혔던 에드 루샤Ed Rushca라는 아티스트의 팝아트 사진처럼 허

---

* 시인 김민희(1964~2011)의 1994년 『중앙일보』 신춘문예 당선 소감(당선작: 「폴리그래프 · 27」)에서 가져왔다.

공에 떠다녔다.

캐피털 사무실은 홈페이지에 표시된 곳과는 달랐다. 나는 정
유미 실장에게, 만나서 얼굴을 보고 말하고 싶다고 했지만 거
절당했다. 직업 특성상 고객을 직접 만날 수는 없다나. 그러나
자신은 지하철역이나 시장에서 보는 다른 사람들과 똑같이 생
겼다며 웃었다.

내가 어떻게 그곳을 찾았는지, 신기하다면 조금은 신기한 일
이었다. 정유미 실장이 있는 사무실은 여러 명의 여자가 등을
대고 앉아 전화를 받고 있는 ○○○ 캐피털의 강서 지점이었다.
방은 길고 좁았다. 벽 한구석에 붙은 팩시밀리 한 대가 실시간
도착하는 서류들을 줄곧 받아냈다. 창틀은 검고 누렇게 변색되
어 있었고 바닥 장판은 한껏 들떠 있어서 군데군데 의자에 찢
긴 흔적이 보였다. 도시락을 먹었는지 사무실 밖 회의실 탁자
에서 김치, 무말랭이, 콩자반, 김조림 냄새가 진동했다. 유리
문 뒤에 멀찍이 서서 정유미 실장에게 전화를 걸었다. 통화가
연결된 순간 입에 걸린 마이크에 대고 말하기 시작하는 여자가
보였다. 한 손으로는 손거울을 들어 잇새에 낀 고춧가루를 빼
내고 한 손으로는 서류를 뒤적거리면서 전화를 하고 있었다.
두피가 검은 걸 보면 엊그제나 어젯밤 마트에서 파는 염색약으
로 직접 염색을 한 게 틀림없었다. 정유미 실장의 머리 앞쪽에
있는 벽에는 요즘 웬만해선 보기 힘든, 한 장씩 떼어내는 커다
란 일력이 붙어 있었다. 거기 있는 모든 사람들의 직함은 다 아

무개 실장이었다. 또 각자의 전화번호와 송수화기를 갖고 있었다. 나는 유리문을 밀고 들어가 정유미 실장의 등 뒤로 가 섰다. 그녀가 마이크에 대고 말하기 시작했다. 고객님 수수료를 못 구하셨군요. 아, 어쩌나. 그녀는 한 손으로 책상 위에 있는 흰 종이에 썼다. 신용불량자들, 마트 가기, 배춧국, 홍합, 그리고 그 밖에도 뭔가 잔뜩 적혀 있었지만 알아보기 어려웠다.

다음날 아침 9시 5분 전부터 박 아무개와 정유미 실장이 계속해서 나한테 전화를 걸어댔다. 내 서류는 또다시 제3의 ○○○ 캐피털로 갔고, 그 캐피털에서 일하는 아무개 실장이 또 전화를 걸었다. 우리는 당신과 동행할 준비가 되어 있는데, 당신은 그 정도의 노력도 하지 못하는군! 참 성의도 없고 대책도 없는 인간이네. 나중에는 다섯 개의 캐피털에서 번갈아가면서 전화가 왔고 그 사이사이 연체 중인 카드사에서 또 전화가 왔다. 이제는 전화기만 봐도 송충이처럼 몸이 구부러졌다. 생각해보니 내게 이 모든 나쁜 소식을 전해주는 휴대폰만 버리면 다 되는 일이었다. 휴대폰 버튼을 껐다. 그리고 싱크대 서랍 안에 넣어버린 뒤 거리로 나갔다. 커피전문점에서 커피를 한 잔 사 들고 테라스 의자에 앉았다. 더위에, 건물도 아스팔트도 모두 다 흐물흐물했다. 주변은 고요했다. 8월이 다 가고 있었다.

엄마는 여러 장소를 거쳐 요양병원에 누웠다. 요양병원은 공원묘지 바로 옆에 있다. 아무리 근린 시설이 좋다지만 참 너무

하다는 생각이 들었다. 내 돈을 다 빨아먹은 엄마의 몸은 아프리카 아이들처럼 배배 꼬여 있다. 흰 약봉지가 엄마의 주변에 꽃잎처럼 하나씩 떨어져 있다. 또 약을 먹지 않은 것이다. 나 같아도 약을 더 먹지는 않겠다. 선택의 여지가 없어 보인다. 방 안을 떠도는 약냄새가 익숙하다. 엄마가 내 손을 잡는 시늉을 한다. 엄마는 내 손을 잡을 힘도 없어 겨우 입만 벌린다. 그리고 말한다.

퍼큐!
나 좀 죽여주라.
가리방으로 죽여주라.
퍼큐!
너무 힘들어.

엄마의 옆 침대는 비어 있다. 엄마 옆에 누워 눈을 감는다. 이런 침대에 누워서 나도 쉬고 싶다. 가만히 누워 있어도 싱크대 서랍 안에 넣어둔 휴대폰은 계속 울린다. 귀가 아프다. 머리칼을 누군가 당기는 것처럼 아프다. 전화기를 물속에 처넣어버리고 싶다. 나는 흰색 약봉지들 위에 가만히 누워 있다. 창 너머로 엿 같은 8월이 지나가고 있다. 해가 겨우 지고 엄마의 들썩거림은 가라앉고 8월의 엄마는 좀 차분해진 것 같다. 갑자기 뭔가 문드러지는 냄새가 진동한다. 새의 것처럼 작고 검은 엄

마의 똥냄새, 똥 한 마디가 기저귀 위에 살짝 붙어 있다. 새 기
저귀를 채우고 엄마의 엉덩이에 칙칙, 페브리즈를 뿌린다.

그때 삐걱거리며 방문이 열렸고 누군가 들어왔다. 미스코리
아가 생의 최종 목표였던 어린 시절의 나였다. 검은 구두에 흰
원피스, 실 핀을 백 개쯤 꽂은 머리 그대로였다. 미스코리아는
내 손을 잡고 앞뒤로 흔들며 흰 약봉지 위를 뱅글뱅글 돌며 저
벅저벅 걸었다.

안녕하세요. 로라 잉걸스입니다. 저는 서부 개척 시대에 미 대
륙을 횡단한, 한마디로 당찬 여성이었습니다. 무슨 문제가 있
으십니까?

미친년.

나는 엄마를 업고 밖으로 나갔다. 욕을 해도 미스코리아는
계속 나를 따라왔다. 엄마는 바깥바람을 쐬자 더는 퍼큐 같은
욕설은 하지 않았다. 가리방 같은 한물간 물건 얘기도 하지 않
았다. 그 대신 엄마는 내 귀에다 대고 가르릉거리며 말했다.

바다로 가자!

내가 태어난 곳에는 바다가 없다. 그곳에는 박스 공장과 가

죽 가공 공장과 타이어 공장과 자전거 수리점과 숨이 막히는
분지와 고리타분한 관습과 인본주의와 악을 적당히 감춰주는
안개만 있었다. 그러나 우리는 모든 것을 뒤로하고 곧 바다에
다다랐다. 파란 바닷물이 발에 닿는 순간, 나는 전율했다. 바닷
물보다 많은 사람들이 해안가에 서 있었다. 정유미 실장은 실
크 정장을 입은 채 휴대폰을 귀에 붙이고 서서 바다를 상대로
호객 중이었다. 또 다른 정유미 실장과 박 아무개 실장과 양복
과 양장을 입은 수많은 실장들이 해안가의 소나무처럼 늘어서
서 우리를 따라왔다.

엄마의 발목이 바닷물에 닿을 때까지 바다로 나아갔다. 물에
젖은 아랫도리가 시원했다. 바다 한가운데서 여자들이 탁자를
놓고 앉아 체스를 두는 중이었다. 그 뒤로 더 용감한 여자들이
치마만 입고 서핑을 했다. 서핑 보드가 끊임없이 몰려오고 또
몰려왔다. 엄마의 몸도 흠뻑 젖었다. 엄마는 치를 떨며 내 어깨
를 꽉 안았다. 내가 엄마의 엄마가 된 기분이었다.

정유미 실장과 그 친구들이 긴 줄에 매달린 커다랗고 판판한
나무보트를 끼끼거리며 끌고 왔다.

신용이 불량한 자는 죽어도 싸다! 바다로 추방.

정유미 실장이 말했다. 나는 정유미 실장을 향해 고개를 숙
이며 말했다.

의자를 가져다주세요. 의자만 가져다주면, 수수료를 내겠어요.
실장님.

정유미 실장이 팔걸이의자를 가져오는 순간, 나는 나무보트
에 매달린 끈을 가위로 똑 끊었다. 스스로 끊는 것 외에는 방법
을 몰랐다. 우리는 비로소 조금씩 정유미 실장에게서 멀어질
틈을 갖게 되었다. 시원섭섭했다. 엄마는 의자 위에 앉아 바다
쪽을 바라보며 몸을 말렸다. 판판한 나무보트 위, 미스코리아
와 나는 엄마 뒤에 서서 바다로 나아갔다.

야, 태평양이다!

미스코리아가 얼굴을 돌리며 말했다. 어린것의 코에서 코피
가 흘러, 목을 타고 가슴까지 흘러 하나의 라인이 그려졌다.
바다를 향해 천천히 나아갔다. 체스를 두고 있던 여자들이
고개를 돌려 우리를 한번 쳐다봤다. 엄마의 얼굴 주름이 조금
씩 펴졌다. 바닷물이 보트 위로 넘실거렸지만, 우리가 엄마를
잡고 있어서 쓰러지지는 않았다. 돌아보니 저만치 정유미 실
장과 도열한 사람들이 행렬을 이루어 도시로 돌아가는 모습이
보였다. 그들이 들고 있는 전화기 라인은 모두 다 백사장 속
에 묻혀 있었다. 조만간 백사장이 뒤집히고 바다가 도시를 삼

킬지도 몰랐다. 비키니를 입은 누군가 우리를 카메라에 담으려고 백사장에서 일어났다. 그 순간, 뜨거운 오줌이 보트 위로 흘러내렸다.

크홀

—백신애풍으로

* 「광인수기狂人手記」는 백신애(1908~1939)가 1938년에 발표한 중편소설이다. 광인의 언어로 식민지 현실과 가부장제 현실을 동시에 비판하고 있으며, 정제 되지 않은 듯한 거친 언어 사용이 개성인 작품이다. 「크홀」은 『문예중앙』 2013년 봄호에 '다시 쓰기re load_소설' 기획으로 발표했다.

사실 당신에게 할 얘기는 아니죠.

그럼 누구한테 얘기해.

베이징 황사, 스페인 독감, 조류독감을 다 당신에게 얘기할
수는 없어요. 눈가의 주름, 시간이 갈수록 더 많이 생겨나는 몸
안의 혹들, 터질 듯이 솟구쳐 오르는 땅 밑의 더운 기운에 대
해서까지 당신한테 얘기할 순 없어요. 당신이 뭔데. 도대체 뭔
데? 하느님이지. 세상에서 제일 멋지고 재밌는 분이죠.

얼어죽을 하느님, 안녕하세요!

추위 때문에 러시아에서 많은 사람이 얼어 죽었대요. 많다고
해도 몇 명인지는 모르겠어요. 사람이 아무리 많이 죽었다고
해도 다들 잘 놀라지 않으니까요. 땅 위의 사람이 그랬다면, 땅

밑의 것들은 더 많이 죽었겠다! 아닌가. 땅 밑이 더 안전한가. 러시아 보드카는 점점 더 독해지겠군요. 싸구려 보드카를 잔뜩 마신 사람들이 비틀거리다가 발을 헛디뎌 강에 빠져 죽어버렸는지 몰라요. 나도 그랬으면 좋겠다. 지리멸렬해. 무섭고, 춥고. 이봐요. 이봐요? 하느님?

황사 때문에 베이징에서는 오후 4시만 되면 해가 져버리고 닭들이, 소들이 무서워서 미친 듯이 소리를 지른대요. 도시의 경계가 먼지 입자들에 의해 회색으로 뭉개져 사람과 차와 하늘이 한 몸이 된답니다. 동쪽에 있는 나라들은 황사가 대륙에서 넘어올까 봐 전전긍긍합니다. 그렇지만 이게 비극이라고 말하는 사람은 아무도 없어요. 심지어 이런 풍경은 그만 보여달라고, 이제 지겹다고들 말하죠. 차이나 투데이인가 하는 언론사는 매일 황사에 관한 기사만 써대기도 바쁩니다. 같은 황사 배경 사진인데 조금씩이라도 변화를 주려고 무진 애를 씁니다.

지구는 앓고 있어, 치유할 시기를 놓치면 안 된다. 신문에 많이 나오는 얘기죠. 바로 지금이 치유할 기회다. 헐. 위기가 기회라고요. 다들 이런 말은 좀 하지 말죠. 크홀! 솔직히 말하면, 위기는 그냥 위기 아닌가요. 그리고 이미 그분이 위기라고 말한 지 백 년도 더 지났잖아요. 시시하고도 시시한 날이 남아돌아서 힘든 애들은 호텔 프레스티지 룸을 빌려 하룻밤 파티를 벌이는 데 몇백만 원을 씁니다. 군대까지 갔다 왔는데도 결코 어른이 될 수 없고요. 어떤 남자애들은 아르바이트로 번 돈을 여자친구한테 선물할 핸드백을 사는 데 다 써버립니다.

그러고도 다 행복해요. 어쩌겠어요. 다 이해합니다. 사람들
은 이제 그런 거밖에 할 게 없는데 어쩌겠어요. 시시하고 시시하
게, 소비하고 또 소비하고. 위기는 무슨 위기. 지난여름엔 더했
어요. 태평양 서부에 있는 나라 하나가 태풍으로 쑥대밭이 되었
죠. 전쟁은 댈 것도 아닌 파국의 풍경이 인터넷에 떠돌았어요.

너희의 삶은 모두 쓰레기가 되었다.

위성 화면으로 보여준 그 화면 속의 당신은 미쳐서, 미쳐버려
서 머리꼭지가 돌아버렸더군요. 수염을 잡고는 너희의 삶은 모
두 쓰레기가 되었다고 외치던 당신의 모습이라니. 『유의어·반
의어 사전』에서 평화라는 말의 반대말은 억압이나 전쟁이 아
니라 자연재해, 쓰레기 더미, 접촉성 질병들, 역병과 황사가 되
어야 합니다. 제발, 사전 좀 고칩시다, 고쳐요. 이제. 크훌!

크훌은 제 웃음소리랍니다.

이런 이상한 웃음소리, 변명 같은 말들, 양해해주세요.

당신 보시기에 좋았나요? 이 모든 게.

말해봐요. 말해봐! 도무지 반응이 없는 당신.

난 지금 양말조차 제대로 신지 않았습니다. 왜 그런지 택시
가 잡히지 않았어요. 그래서 걷고 있어요. 이 좁은 터널은 사람
이 지나갈 수 있는 보도의 폭이 채 1미터도 되지 않아요. 간간
이 차가 지나가기는 하지만 뿌옇고 흐린 비닐포장 속처럼 탁하
고 어두워요. 숨도 쉴 수 없이 답답하고 추워요. 그나마 벽에 달

린 주홍색 전등 불빛에 의지해 조금씩 뛰거나 걷거나 해요. 4백 미터가 넘는 터널 길이, 왼쪽에 있는 철제 난간 손잡이만이 나를 보호해주고 있네. 벽에 붙은 조명 속으로 뛰어 들어가면 좋겠다. 그러면 춥지 않겠다. 그런 이상한 생각들을 하면서 가요.

지난해, 우리는 송년을 맞이해 가족영화를 봤어요. 영화를 같이 본다고 해서 가족애가 생기거나 하지는 않아요. 차라리 감정마저도 상태별로 분류해 전자 칩에 넣어 인터넷에서, 마트에서 편하게 팔았으면 좋겠어요. 그럼 그걸 애용할 것 같아요. 그때그때 적절한 감정을 꺼내, 사람들에게 보여줄 수 있잖아요.

우린 영화관 로비에서 다들 각자의 휴대폰을 내려다보며 영화가 시작되길 기다렸어요. 그냥 그런 침묵을 존중하죠. 누구도 침묵을 깨지는 않아요. 깨면 안 된다는 걸 다들 잘 알죠. 영화가 시작되고 앞부분부터 계속 졸았어요. 중반도 뚝 잘라먹고 영화가 끝날 즈음이 되어서야 잠이 깼죠. 아이들은 좌석에 들러붙어 굼뜨게 몸을 일으키는 저를 나무랐어요. 매번 그렇게 잘 거면서 뭐 하러 영화를 보러 오느냐며. 영화에 미안하지도 않으냐며, 같은 영화를 또 보러 가는 건 시간 낭비, 돈 낭비 아니냐며, 다그쳤어요. 나중에 또 보면 된다고 제가 말했거든요.

나는 그런 잔소리 따위는 듣고 싶지 않다. 얘들아, 걱정하지 말라는. 못 본 부분만 보고 본 부분에서 또 잘 거라는. 내가 다 알아서 한다는.

지금 무슨 영화 줄거리라도 얘기할 거라 생각하나요. 그게 아닙니다. 영화가 끝나고 우리는 영화표를 소지한 관객에게 메뉴당 25퍼센트를 할인해주는 스파게티집에 갔어요. 배가 너무 고파, 각자 내려다보고 있던 휴대폰을 뜯어 먹을 지경이었어요. 오징어먹물리소토와 해산물스파게티를 2인분씩 시켰어요. 세상은 늘 4인 가족 기준으로 돌아가니까. 음료 세팅에 테이블 세팅까지 모두 다 4인 기준으로 완벽했죠. 잠이 막 깬 탓에 배가 고팠어요. 포크를 막 들어 음식을 먹어보려는데 유(11세)가 제게 물었어요.

마미, 세계가 뭐야? 영어로 월드, 그거야?

세계 아시나요? 월드 말입니다. 당신은 아시겠죠! 물론. 당신이 만들었잖아요.

영화 속에서, 별거 중인 부모 탓에 각각 떨어져 사는 형제 가운데 한 아이가, 별거 중인 아빠로부터 휴대폰으로, 오래간만에 묵직한 잔소리를 듣습니다.

너는 좀 다른 생각을 하면서 살았으면 좋겠다. 예를 들면 이 세계를 위한 일을 하며 살겠다든가…… 아빠의 소망이다.

크크크. 크홀! 홀!

순간, 눈이 번쩍 뜨인 건 사실이었어요.

그 아버지의 입에서 나오기에는 좀 어려운 대사였거든요. 개차반으로 산 사람이어서요. 세계, 그런 단어는 많이 배운 사람들이나 쓰지 않나요?

욕심이 많은 유는 그 말을 그냥 지나치지 못합니다. 어쩌면 세계가, 먹는 과자이거나 장난감이거나 뭐 열어보고 만져볼 수 있는 어떤 걸로 생각했는지도 몰라요. 식탐이 많은 애라서. 그래도 나는 대답은 했습니다.

니가 아는 월드, 그거 맞아. 바로 그거야.

난 성의껏 대답했다. 그런데 또 질문이 날아왔다.

그니까 세계가 뭐냐고.

속이 허했다. 뭔가 계속 먹고 싶었는데 학습지도까지 하면서 먹기는 싫었다. 그 질문은 피하고 싶었다. 답도 없으니까. 가족들이란 참 집요하다.

나도 모른다 애야.

그때 준(15세)이 내 눈치를 보다가 못 참겠다는 듯 동생에게 말했다.

닥치고. 먹기나 해라!

황사가 더 심해지네요. 황사는 멀리서 보면 황색이지만 가까이서 보면 결국 회색과 흰색입니다. 세상이 회색 안에 파묻혀버리면 속이 시원합니까. 사람들이 황사에 감금되면 속이 시원합니까. 내가 거기 갇히면 당신은 엿을 바가지로 먹게 될 겁니다. 당신에게 엿 먹이려고 저는 기어이 도로 위에, 허공 아래에, 지상에서 한 발짝 떨어진 허공에 집을 짓는 겁니다. 이제야 알 것 같아요. 아등바등해봐야 가지게 되는 건 결국 허공에 지은 집 한 채라는 걸.

열나게 추워요. 손도 시리고 발도 시리고. 터널은 겨우 빠져 나왔지만 눈앞의 횡단보도 신호등은 고장이 났는지, 계속해서 노란불만 깜빡거려요. 나는 괜히 뒤로 돌아, 지나온 터널을 돌아봅니다. 그런데 그거 아세요. 지금 저 어두운 밤의 터널 안에 봄이 들어가 있는 거. 좋은 거 나쁜 거 예쁜 거 미운 거 모두 다 기어 나오는 봄. 분홍색 꽃봉오리가 마구 피어나는 봄. 얼나 뜨겁던 시간을 기억하는 봄. 어떤 사람들은, 어떤 인간들은 좋아 죽겠죠. 이 봄도 가질 테니까요. 그러나 그건 옛말입니다.

지금은 봄이 와도 아무도 봄인 줄 몰라요. 황사 때문에, 접촉성 질병 때문에 손도 안 잡죠. 지난해 10월경에 인플루엔자 예방접종을 하지 않은 쌍쌍들이 손을 잡고 병원에 가는 게 연례행사죠. 인플루엔자는 1년 내내 극성이니까요. 한강은 꽝꽝 얼었었어요. 겨울은 해가 갈수록 점점 추워지고 있거든요.

황사는 시간도, 이미지도 다 잡아먹고 말았다.

아무리 둘러봐도 책임질 사람이 없다.

아, 이제는 당신뿐. 날 버리지 마! 이제는 어쩔 수 없어요.

당신하고 나하고 둘이서 얘기나 해요. 제 애길 들어보세요.

난 지금 아이들에게 가고 있어요. 아이들이 아니라 악마 새끼들이랍니다. 아이들은 여관방에 모여 있대요. 아이들은 부모를 속이기 위해 태어난 존재들이죠. 엄마 아빠 중 누굴 존경하느냐 물으면 조부모를 존경한다고 대답해요. 밥값은 해야 하니까 열심히 공부하라고 하면, 얼마나 먹는다고 그러냐고 말대꾸를 해요.

준이가 나쁜 일에 가담했대요. 언젠가 이럴 줄 알았답니다. 발걸음이 떨어지질 않아요. 택시도 없고, 머릿속에 자꾸만 흰 오리털이 공중으로 흩날리는 장면만 떠올라요. 친구의 오리털 파카를 터뜨려, 교실을 오리털 천지로 만들어 담임 선생님을 돌아버리게 한 애를 낳은 엄마, 그게 납니다. 죄송합니다 선생님, 앞으로는 절대로 그런 일 없도록 하지요. 크훌! 그러나 이 얘기는 지금 할 수 없어요. 나중에, 나중에 하지요.

한 아이의 엄마가 제게 전화를 걸었습니다. 아이들 몇이 작당해서 자살놀이를 제안했고 자기 딸이 죽는 걸 서로 지켜보면서 죽는 장면을 촬영하고 있다는 겁니다. 지금 자기 딸은 죽어가고 있고, 자기한테 문자로 마지막 인사를 보냈다는 거예요. 경찰에도 신고했대요. 그 엄마의 마지막 메시지가 압권이었어요.

만약 우리 애가 죽으면 당신 애도 끝장이야.

정말이지, 그 말이 실감 나게 다가왔어요. 당연하죠. 준이가 그런 일을 했다면 정말 끝장이죠. 죽어야죠. 준이든 나든 죽어야죠 크훌. 이것은 저의 웃음소리입니다. 잊지 않으셨죠? 크훌!

크훌 크훌. 크훌.

흰 화선지 위에 경계도 없이 검은 먹이 퍼지는 것과 같은 일이었어요. 사실은 그렇게 될 줄 몰랐어요. 거의 1년 동안 그 프로젝트를 위해 열심히 일했으니까. 그냥 일한 게 아니라 모든 걸 쏟아부어, 죽어라 일했어요. 밤도 낮도 없었고 주말도 휴일도 없었지요. 내가 집에 오면 두 아이는 다크서클이 잔뜩 낀 얼굴로 부스스 몸을 일으켰어요. 피자를 먹으며 좀비처럼 24시간 내내 티브이만 본 거죠.

일을 열심히 했어요. 결국, 일이라는 게 갑이라는 인간들에게 잘 보이고 싶어서가 아닌, 나한테 잘 보이려는 몸부림이었던 거죠. 나는 늘 나에게 실망하고 싶지 않았으니까요. 나만큼은 실망시키고 싶지 않았어요.

CNN의 기자들이 잡혀갔다는 북한과 중국의 국경 경계까지 갔어요. 일하러 간 겁니다 놀러 간 게 아니고요. 그곳의 추위는 꼭 말해야 합니다. 극심한 추위! 절대로 잊을 수 없는 국경 부근의 차갑고 덥고 향방을 알 수 없는 이상한 바람. 앞뒤 좌우가 다 트인 화장실에서 오줌을 누다가 천 길 아래 낭떠러지 같은 땅속을 들여다봤어요. 제 그곳으로, 작은 구멍으로 큰바람이 들어왔어요. 그러나 그 추위 속에 엉덩이를 내놓고 있을 때가 차라리 나았어요. 돌아오자마자 다시 책상머리의 일감에 치여 허우적거렸어요. 하나부터 열까지 내가 다 했다니까요.

뭘 했느냐고요? 뭐 다 했어요. 다. 다. 전부 다.

2만 페이지가량의 책을 읽었어요. 난 속독을 했거든요. 크흘. 사실 그렇게 읽을 수는 없어요. 뻥이에요. 비유하면 그렇다는 거죠.

잘못 조리된 스크램블에그도 다 내가 먹었어요. 소금 간을 하지 않은 스크램블이요.

박스 수십 개도 다 내가 날랐어요.

형광등도 직접 다 달았어요.

그리고 다시 1만 페이지가 넘는 책을 읽었어요.

내가 다 잘해서는 아니었고 일할 사람이 나밖에 없어서였어요. 얼굴에 팔자 주름이 깊게 들고 배는 볼록 나왔죠. 정맥류는 더 심해졌고 근육을 단련시키지 못해 조금만 걸어도 힘이 들었어요.

그리고 행사 당일에도 나는 축배는커녕 단화를 신고 분주하게 뛰어다녔어요. 행사가 끝난 건 밤 11시경. 그날 내가 마지막으로 서 있던 장소는 행사장에서 빠져나가는 손님들의 차가 지나가는 주차 정산소 앞. VIP들에게는 주차비마저도 정산을 해줘야 했으니까. 나는 정산녀 역할을 충실히 했지요. 숨을 쉴 수도 없이 탈진한 상태로요.

갑이라는 인간들은 원래 을에게 불가능한 일을 시키길 좋아하죠. 불가능한 일이라고 할지라도 을에게 소리만 지르면 뚝딱, 다 만들어지거나 해결돼 있을 걸로 생각한답니다. 나는 을이니까 그 모든 걸 다 했다. 나는 영원히 을이다.

그들이 내게 시킨 일이란 이런 것이다. 어항 속에 있는 커다란 물고기가 서로 뽀뽀하게 만들 것. 물고기를 죽지 않게 보호할 것. 한 시간 안에 혼자 세미나 홀 의자 3백 개의 등받이에 일일이 이름표를 붙일 것. 인공 눈가루를 만들어 하늘에 뿌릴 것. 보름 가까운 무렵 천문대에 가서 달을 관찰하고 달에 파인 굴곡과 상처 모양인 크레이터를 종이 위에 그대로 재현할 것. 열기구를 타고 달을 향해 날아갈 것. 시시때때로 하늘의 상황을 보고할 것! 그리고 절대로 비관은 금물.

종아리만 혹사했죠.

행사가 끝난 다음 날과 그다음 날, 48시간 동안을 미친 듯이 잤다니까요. 자다가 깨기도 했는데 도무지 머리를 쳐들 수가 없어서 다시 쓰러져 잤어요. 몸속의 장기를 누군가 다 빼가 버린 것처럼 허했어요. 왜 그런지 알 수 없었지만, 몸과 머리에 끈적거리는 물 같은 것이 들어찼다가 한꺼번에 터져버리고 껍질만 남은 것처럼 온몸이 흐물거렸어요.

손가락을 입속에 넣고 빨다가 침을 흘리다가, 둥글고 커다란 시계가 동글동글 몸통을 굴려 24시간이라는 만다라를 꽉 채우는 걸 봤어요. 침은 왜 흘렸느냐고요. 모르겠어요. 언젠가부터 저는 침을 질질 흘리는 존재가 되었어요. 크흘, 흘. 땅콩향 크림이 첨가된 비스킷이 먹고 싶었어요. 당이 뚝뚝 떨어졌거든요. 제 몸에서 당이 뚝뚝 떨어지는 이 사태의 책임은 누구에게?

이틀 뒤, 1년간 진행했던 프로젝트를 평가하는 자리. 산후 몸조리도 제대로 못 한 것 같은 부기 있는 몸으로 출근한 내게 갑이 한 말은 더럽게 충격적이었답니다. 간식으로 내놓은 유자 비스킷 맛처럼 더럽게 시고 더럽게 단, 싸구려 맛! 멘털이 탈탈 털리는 것 같은 기분 나쁜 맛!

자, 이 프로젝트를 잘 이끈 우리 J 씨의 리더십에 감탄했고 Y 씨, O 씨, 그리고 잘 도와준 우리 R 씨도 수고했어요.

이런 개 같은 것들. 이토록 억울할 데가.

잘 도와준 우리 R 씨의 R이 바로 나였다. J 씨, 리더십 발휘한 적은 단 한 번도 없고, 말끔하게 정장 입고 와 매일 인터넷 웹서핑만 하다가 칼퇴근했다. Y 씨, O 씨, 야근 한 번 한 적 없는데, 오 마이 갓! 게다가 이 일의 성과로 인해 신설된 새 조직의 장을 J가 맡는다네, 이런 썩을 일이.

크흑! 크흑!

사십대 일일 권장 걸음 수 9천 보는커녕, 밥 먹는 시간도 아껴가며 일했는데, 이봐요, 잘난 양반들, 이번에도 예외는 없군요. 나는 결론을 내렸어요. 내가 시시콜콜 턱을 맞대고 오너에게, 갑들에게 돌아가는 상황을 놓고 이러쿵저러쿵하지 않은 게 문제였어요. 어차피 모든 일은 잘 돌아가거나 못 돌아가도 자기들끼리 좋았다고 평가하면 그만인데 말이죠. 그럴 시간 있으면 뭔가 좀 생산적인 일을 하시라고, 실무 책임은 내가 맡겠다고 했는데. 그들은 나만 빼고, 코를 맞대고 이번 일의 결과 후에 다가올 과실에 대해서 즐겁게 얘기를 했던 것이었어요. 노가리만 깐 거죠.

머리카락이 파릇파릇할 때부터 해온 직장 생활에 대한 제 각오는 단 한 가지였어요. 열심히 일하자! 하지만 그 일의 열매와 성과는 모두 다 연장자와 남자 들이 자연스럽게 가져간다. 죽 쑤어 개를 준 세월. 오랜 시간 죽만 쑤어온 나!

세계는 안 변한다.

난 죽 쑤기 싫었다. 다 내가 갖고 싶었다. 여기서부터 저기까지 다 내 거. 건드리지 마. 다 내 거야.

그리고 남으면 누군가에게 줄 수도 있겠지.

여보세요. 그렇다고, 제가 이 일로 미친 줄 아십니까. 천만에. 이런 일은 유전자에 박힌 수많은 경험 탓에 또 그냥 참아넘길 수 있습니다. 그러나 이 대목에서 또 묻지 않을 수가 없군요. 하하하. 당신은 시원하십니까. 아니, 이런 일이 일어난다는 사실을 알기나 하는지. 당신, 거기서 딴짓하고 있는 거 아니냐구요 크홀. 알아요 크홀. 다 알아요. 욕심이 많다고 얘기하는 거죠. 너보다 황당한 사람은 수백만 명이다. 다 알아요. 어쨌든 그래도 지금은 비난하지 마요.

소주 다섯 병 마시고 쓰러져 잤어요.

여관은 이상한 곳에 있어요. 시내 한복판 찻길을 한 블록 벗어나 있는, 설립한 지 백 년도 넘는 남자 고등학교의 공터 바로 앞에 있는 작은 여관. 준이 왜 이곳에 온 걸까. 주변을 한 바퀴 돌아봐요. 그리고 여관은 언제부터 여기 있었던 걸까. 여관은 칙칙하지도 않고 담벼락에 작은 꽃 화분까지 걸려 있답니다.

모르겠다. 난 모르겠다.

2층 방 두 개에 희미한 불이 켜져 있어요. 창문 한쪽은 검게 보이고 한쪽은 조금 환하고 나머지 세 개는 모두 검어요. 그러고 보면 난 준에 대해 아는 것이 없는 것 같아요. 피해자라는 학생 엄마의 말처럼 우리 준이는 주동자에, 위험한 애라고 해요. 크흙. 이건 뭔 소리인지. 자기 아이가 그런 쪽에 가 있을 때 부모는 어떻게 해야 하나요. 여관 옆에는 작은 식당들이 붙어 있어요. 나는 여관에 들어가지 못할 거 같아요. 도대체 준이가 저길 어떻게 들어갔다는 것인지. 물론 계단으로, 혹은 엘리베이터로 갔겠죠. 미안하다. 나는 짐작도 안 가요. 도대체 이게 다 무슨 일인가요.

살아야 한다는 생각만 했어요. 늘 그렇게 살았어요. 의심 없이 그렇게. 늘.

태풍이 지나가기도 했어요.

당신도 휴가 중이었겠죠 그때. 아마 그럴 거라 생각해요.

백화점 세일에서 오랜만에 산 실크 원피스를 만지작거리며 휴가가 다가오길 기다렸어요. 뭐 그렇게 죽어라 열심히 일할 거 있나, 아무도 관심 없는데. 남들처럼 연차 휴가 다 찾아먹고 휴가가 끝나고 나면 조금 그을린 얼굴로 나타나 하이, 하고 손을 흔들면 되는 거니까요.

그러나 여행 전날, 입지도 않은 실크 원피스의 단추가 실이 풀리며 떨어져버렸다. 그것 때문이었다는 얘기는 아니다. 그냥 그런 일이 있었다는 것뿐이다.

어떤 일의 앞과 뒤를 설명하는 과정일 뿐.

아무래도 그때 뭔가 잘못된 것 같다. 아무래도.

휴가를 갔죠. 휴가는 가기로 했던 것이고, 그나마 그 잘난 프로젝트의 성과로 모두 공평하게 나눠 받은 보너스를 다 써버리기로 작정했어요. 더러워서 다 써버리기로. 아까 말씀드렸잖아요. 소비 따위 말고는 저항할 방법이 없다고.

실크 원피스를 입고 선글라스를 쓰고 고무 슬리퍼를 신었어요. 몸에 닿는 바닷바람과 어깨에 찰랑거리는 머리칼의 느낌으로 추측할 때, 나는 아주 예쁜 여자였어요. 그러나 막상 공중 화장실 거울 앞에 선 내 모습은, 몸의 인테리어가 엉망진창이 된, 얼굴 윤곽도 흐릿한, 늙은 여자일 뿐이었죠. 그래도 난 그런 나를 미워할 수는 없었어요. 어떻게 사람을 겉만 보고……그래서는 안 되죠.

그날 저녁. 게 요리를 먹다가 실수로 손가락을 찔렸어요.

피가 났어요.

숙소로 돌아와 자려고 누웠어요. 침대에 누운 정수는 코를 골며 자고 있었어요. 뭐였더라. 연애할 때 불렀던 이름이 있는데 생각이 안 나네요. 본명 정수를 그대로 부른 건 아니고, 뭐였더라, 무슨 스페인어에서 따온 별칭이 있었는데. 손가락이 점점 더 쑤시고 아팠어요. 다른 손가락으로 누르면 잘라버리고 싶을 만큼 통증이 컸어요. 너무 아파 소리를 지르고 싶었죠. 정수는 내가 소리를 지를 때마다 몸을 옹송그리며 점점 더 깊은 잠 속으로 빠져드는 것 같았어요. 소심한 나는 정수에게 아프다고, 좀 봐달라고 말하지 못했어요. 나는 이상하게 그에게, 어떤 앙갚음을 하고 싶었어요. 그가 모르게, 아무도 모르게.

아, 하지만 당신은 알겠지. 두 눈 부릅뜨고 누가 나쁜 짓 하는지 늘 지켜보고 있을 테니.

나는 그 일이, 진짜 일어난 일이 아닌 내 마음의 반영일 뿐이라고 스스로 다독거려요.

손가락에 붕대를 친친 동여맨 채 해변을 걷고 있었다. 아름다운 해변이었다. 아침 시간이라 고요했고 햇볕이 지천인 해변 저쪽에서 흰 티셔츠에 반바지를 입은 청년이 걸어왔다. 얼굴 윤곽은 가까이 다가와서야 보였다. 평범하고 착해 보이는 청년이었다.

얼마 전에 여기서 어떤 동양인 여자가 살해당했어요. 물론 밤에요. 지금은 아침이지만 당신도 조심하세요.

청년이 말했다.

그래요? 친절하시네요. 집이 어디에요?

집은 왜 물어보나. 난 말하고 나서도 창피했어요.

청년은 눈동자를 굴리며 선 채로 나를 내려다봤어요.

그때 이미 내 시선은 청년의 가슴 부근에 가 닿아 있었고 청년도 그런 내 시선을 놓치지 않았어요.

청년이 나를 데리고 간 곳은 숲 속에 있는 빈 오두막이었어요. 비 때문인지, 오두막의 진입로가 유실된 채, 깎아지른 언덕 위에 서 있었어요. 대나무 침대가 놓여 있고 이상한 악기들이 매달려 있는 작은 방이었어요.

문을 닫자 방 안은 적당히 어두워졌어요. 청년은 내 손가락을 잡고 오래 만지작거렸어요. 그때까지도 손가락은 아팠죠.

얇은 천도 하나 없는 대나무 침대 위에 나를 눕힌 청년은 머리 아래 작은 장고 같은 악기를 받쳐주었어요. 그러고는 옷을 벗고 땀이 맺힌 갈색 피부를 한껏 드러냈어요. 안 아픈 다른 쪽 손을 뻗어 만진 청년의 몸은 금속처럼 빈틈이 없어 보였어요. 고개를 돌리면 오두막의 창으로, 고요한 바다와 맑은 아침 햇살이 딱 한 평 크기만큼만 보였죠. 미치도록 두려웠지만 나는 참았어요. 참아내야만 경험할 수 있는 일이라는 게 있잖아요. 색다른 추억 하나 만드는 게 얼마나 어려운데.

살집 있는 한국 여자가 두렵기는 그쪽도 마찬가지였을 테죠. 그건 쾌락 때문이 아니었어요. 쾌락이라니, 다 아시잖아요. 그런 건 없어요. 크홀. 홀. 두려웠어요. 시간 때문인지, 부딪침 때문인지 마침내 서로 조금 웃을 수 있게 되었을 때 청년도 나도 안도했어요. 최소한 살해당하고 살해하지는 않을 거라는 안도감이 굳은 얼굴의 힘을 풀게 했죠.

청년과 나는 안 되는 영어로 얘기를 좀더 나눴고 12시에 펜션 안내소로 와달라고 하고 헤어졌어요. 점심을 먹으러 나가기 전에 지급할 걸 지급하려고요. 지갑이 없었거든요.

해변으로 다시 나오는 동안 그토록 아프던 손가락은 다 나았죠. 대신 대나무 침대 탓에 온몸이 실금 같은 상처투성이였어요. 여기저기 긁히고 까지고. 빨갛게 속살을 드러낸 무릎에 실크 원피스 자락이 자꾸만 달라붙었어요.

12시에 펜션 안내소로 나갔을 때 나를 보는 사람들의 이상한 눈길이 금세 느껴졌답니다. 그때야 나는 청년이 그 해변을 우연히 걸어왔던 것이 아니라는 사실을 눈치챘어요. 더럽게 둔한, 나는 그냥 낚인 거였어요. 세상에 공짜는 없다는 사실을 숙지하며, 예의상 달러를 조금 내밀었어요. 지갑에 든 그 나라 지폐를 내밀기보다 그렇게 해서라도 창피함을 면해보고 싶었던 거죠. 그는 황금빛 눈자위를 굴리며 오른손 엄지손가락을 치켜들어 인사했고, 가족들이 기다리고 있는 펜션으로 걸어 올라가는 동안 나는 뭐가 억울해서인지 입술을 잘근잘근 씹었어요.

억울했어요. 무릎이 아려 샤워도 하기 어려웠죠.

도시로 돌아왔어요.

혼자서 빌딩 사이를 돌아다녔죠. 그러고 보면 난 늘 한밤중에 문 닫힌 건물들뿐인 도시에 대고 뭔가를 하소연했던 것 같아요.

그 일을 누군가에게 말하지는 않았어요. 연락처를 주고받은 것도 아니고, 달이 뜨는 밤에 다시 만나자는 약속을 한 것도 아니고 그건 그냥 청년의 생계를 위한, 그리고 나의 일탈을 위한 가벼운 접촉이었어요. 그러나 가끔 식탁에 앉아 있으면 그 얘기가 하고 싶어져요.

P섬으로 갈래. 청년을 찾아서.

크홀! 진짜 웃기죠.

그건 그냥 다 망치고 싶어서 그러는 거예요. 아시죠? 난 그냥 뼛속부터 다 망치고 싶다고요. 왜 그런지, 왜 다 망치고 싶은지, 나도 모르겠어요.

정수는 소시민이에요. 결혼한 후로 놀지도 않았고 포커를 한다든가 폭력을 행사거나 하지도 않았어요. 그는 이 세계에 해를 끼치지 않는 선량한 사람이에요. 그런데 가끔 난 그의 마음에 약간의 악이 가미되면 얼마나 좋을까 바라곤 했어요. 난 짐승을 기대했는지도 몰라요. 겉으로는 부드러운 가장이면서 일과 돈을 보면 환장하는 이중적인 사람들. 영화에 많이 나오죠! 왜, 가족이고 뭐고 배신하면 다 죽여버리는, 잔인한 일을 지시할 때마다 목소리가 가라앉는 「대부」의 주인공들 같은. 물론 그에게 이상한 점이 없지는 않았어요. 언젠가 한번은 동료들과 엠티를 간다고 나가서는 연락도 없이 며칠을 돌아오지 않은 적이 있었어요. 굳이 물어보지는 않았지만, 그때 정수에게 어떤 재미있는 일이 있지 않았을까 상상하긴 하죠. 혹시 아시나요? 당신은? 남해 무슨 섬에 갔었다며, 그것도 단지 수영을 하기 위해서. 남해는 해안에서 바다가 가깝나요?

그거 말고도 이상한 일은 많아요. 그럼에도 그나마 내가 정수와 찢어지지 않는 이유는 그나마 정치적인 성향이 비슷하기 때문이죠. 우린 늘 같은 사람을 지지해요. 결국, 그건 살아가는 데 필요한 공기, 호흡과 같은 것이므로 애정보다도 중요한 것인지 몰라요. 그러니까 우리는 애정 공동체가 아니라 이념 공동체랍니다! 크홀. 크홀.

왜 이렇게 말이 많은가. 왜 이렇게 말이 많으냐 너는.

하늘 위의 공기는 괜찮으니까. 참아라! 못 참을 지경도 아니구만.

참아라, 너는!

잘난 당신의, 당신의 일갈이 내 귀를 쩅쩅 울리네요. 알았어요. 알았다구요. 참는다구요. 배도 부르고 굶지도 않는 나. 어, 배불러라. 내 배 속에 오염된 강물이 들어 있을 거다. 기형 물고기도 잔뜩 있고 버린 운동화도, 유리 조각도 잔뜩 들어 있어. 어, 배불러.

어느 날, 준이 말했다. 그 말을 하는 그 애의 표정은 지금까지 내가 본 어떤 표정보다 진지했다.

제가 그날을 기억하는 이유는 그날부터 제게 어떤 사인이 찾아왔기 때문이죠.

홈룸 티처가 엄마 좀 보자는데.

홈룸 티처가 뭐니?

나는 잠깐 생각하다가 준에게 물었어요. 아, 크흘!

준이는 난감하다는 듯, 시간을 끌고 싶다는 듯 입술 바람을 불더군요.

아 뇨, 엄마!

홈룸 티처는 담임 선생님이었어요. 나는 파리크루아상에 들러 과자 한 상자를 사 들고 학교로 갔어요. 학교 정문에 서 있던 모자 쓴 남자 한 분이 나를 잡았어요.

교실로는, 아무것도 못 가지고 들어가십니다.

222

과자는 경비실에 맡겼고, 나는 교무실로 가면서 그의 복장이 어디서 많이 본 복장이라는 생각을 했어요. 그건 사파리풍의 모자가 달린, 내가 어릴 때 본 약간 비린내가 나는 애들이 입었던 보이스카우트 복장이었어요.

나는 조국의 명예를 걸고 다음의 조목을 굳게 지키겠습니다.

선서는 늘 그렇게 재수 없게 시작되었죠.

교무실에는 나보다 나이가 훨씬 어려 보이는 여자들 천지였답니다. 준의 홈룸 티처는 10분 뒤쯤 교무실로 들어왔어요. 어디서 자다 왔는지 뒤쪽이 약간 눌린 듯한 파마머리에, 안경을 착용한, 평범해 보이는 인상의 여자였어요.

준의 엄마입니다.

티처는 두꺼운 다이어리를 펼치고는 다짜고짜 성적 얘기부터 하기 시작했어요. 인사도 없이. 그 선생님 얼굴, 지금은 생각나지 않아요. 말끝마다 따라붙는 말. 애가 학급회장인데. 학급회장인데 성적이 좋지 않은 것은 물론 일전에 성인용품을 소지하고 있다가 걸렸고, 급기야 어제 두세 명의 아이들과 함께 오리털 파카 하나를 작살내서, 오리털이 온 교실에 날아다녔다는 얘기. 벌점은 물론 반성문도 써야 하고. 반성문에 부모 반성도, 확인도 필요한 상황이라고. 그러면서 덧붙이길, 좋은 성적이 아니어서, 고등학교에 가면 더 떨어질 테니, 말하자면 옛날에 돈 없고 공부 못한 아이들이 다녔지만, 지금은 이름이 바뀐 상업학교나 공업학교 같은 곳에 보내시는 게 어떠신지! 옛날에 그런 학교를 나온 사람들 가운데 머리가 좋은 분들이 많았다는 부연 설명도 빼놓지 않고. 그럼요. 뭐가 나쁜가요. 다 보낼 수 있어요.

가만히 얘기를 들어보면, 홈룸 티처가 준이를 걱정해준 건 틀림없었고, 그 상황에서 내가 화를 내거나 할 일은 전혀 아니었어요. 그러나 나는 거기서 화를 내버렸어요. 그것도 아주 많이. 결국, 나는 이런 말까지 했어요.

당신이 선생이면 선생이지, 당신이 준이가 어떤 앤지 알기나 해? 지금 당신이 하는 얘기가 준이 얘기가 맞기나 해? 다른 학생 얘기 아냐?

앞 테이블에 놓인 종이컵을 꼭 붙든 채 입술에 힘을 준 나는 신발 끝으로 홈룸 티처를 한 대 치기라도 할 판이었어요.

이봐요. 어머니 씨. 당신 아들이 학급회장이라며. 학급회장이 교실 안을 오리털 천지로 해놓고 겅중겅중 뛰면서 지랄하는 꼴을 상상해봐. 내가 가만히 있게 생겼느냐고. 씨발.

오리털이 좆나 가벼우니까 그런 거지, 애들이 오리털을 일부러 날렸겠니? 실밥이 터진 걸 어쩌겠어.

우린 어차피 둘 다 화를 많이 내는 나이대의 사람들이었어요. 그러나 아무리 그래도, 그렇게까지 하는 건 아니었는데. 난 담임 선생님의 어깨를 한 손으로 밀쳐버렸어요. 나를 무시하는 수많은 갑과 정수와 동남아 해변의 그 청년과 또 모든 것의 화풀이를 홈룸 티처 씨에게.

크홀! 책상들의 구획을 정해놓은 파티션 옆으로 나가떨어진 선생님의 치마가 묘한 소리를 내며 찢어지고 넓적다리가 드러났어요.

오리털 파카 값은 물어주면 그만이지!

나한테 까불지들 마! 다 죽여버릴 테니까.

내가 정말 그녀를, 교무실 바닥으로 밀었을까. 내가 소리를 지르며, 다 죽여버리겠다고 말했을까. 정말 내가 그렇게 했을까. 난 왜, 어쩌다 이런 인간이 되었을까요.

아주머니, 이봐요 여기 가방 가져가요.

나는 문득 뒤를 돌아봤고 늙은 보이스카우트는 커다란 종이 봉지를 든 채, 아무것도 모르겠다는 순진무구한 얼굴로 서 있었다는.

됐어요. 아저씨 다 잡수세요.

보이스카우트에게 손을 흔든 나는 네모반듯한 교실 안에 흰 오리털이 빠져 날아다니고, 아이들이 미친 듯이 소리를 지르는 장면을 상상하며 학교에서 나왔어요. 처음엔 화가 나서 미칠 것 같았지만 걸으면 걸을수록 기분이 좋아졌답니다. 왜 그랬을까. 나는 왜 그랬을까. 그날 밤부터였나, 그다음 날부터였나. 바닥에 눕는 순간이 되면 뒷머리가 땅, 하고 땅으로 붙어버리며 머리가 하얗게 되는 통증에 시달렸어요. 그냥 과체중이라면 늘 있는, 빈혈 정도로만 알았고 그런 부류의 통증이 내게 어떤 영향을 미치리라고는 생각하지 않았죠. 그러나 이젠 알아요.

내가 망가지고 있다는 걸. 물이 없는 유리 어항 안을 떠도는 흰 오리털!

두 발의 감촉이 없어요. 아무 느낌도. 여관방의 불은 아직 켜져 있고 손 앞의 공기가 파란 색깔로 밝아지고 있어요. 애들은 왜, 저기 불을 켜고 모여 있는 걸까요. 문자가 왔어요. 여자애가 친구한테 보낸 문자예요. 크홀. 계속해서 문자들을 돌리는 거죠. 애들에게, 엄마들에게.

나 쫌, 거의 죽은 거 같애. 아 씨발, 드러워.

문자가 연속해서 도착합니다.

나 똥 쌌어.

여자애는 저 방에서 도대체 어떻게 하고 있었던 걸까요. 도대체 촬영은 누가 했고, 아, 돌아버리게 하시는 하느님, 제발 시계를 돌려요. 경찰은 도착했겠죠. 저 여자애를 살려요. 준이를 살려요. 내 다리를 대신 자르고.

하하하. 하하하.

내가 잘못했다고요. 다 가지려고 해서.

꿈.

난 정말 꿈을 꾸기 싫어하는데, 얼마 전에 꿈을 꾸었다. 그 청년이, 바닷가의 청년이 날 어딘가로 끌고 갔다. 바닷가의 커다란 바위 위였다. 크고 단단한 바위 위의 평평한 바닥. 그 앞에 검은 어둠이 있었다. 청년이 내 상체를 바다를 향해 처박으며 머리롤 숙이라고 했다. 머리를 숙여. 머리를 들면 다시 머리를 처박고. 머리를 숙이라고 큰 소리로 말했다. 너무 어둡고 너무 아팠다. 바위가 온몸을 내리누르는 느낌이었다. 아무런 감촉이 없는 마른 모래 같은 손. 도무지 옴짝달싹도 할 수 없는 큰 힘이었다. 목 부근에는 도저히 힘을 줄 수 없었다. 나는 살려달라고 소리를 지르고 싶었지만, 머리카락 끝은 이미 바닷물에 닿았다. 거머리 같은 것들이 눈 안으로 파고들어왔다.

살려줘요.

난 아무것도 잘못한 게 없어요. 나한테 왜 이래요.

눈을 감아버렸다.

그래, 마음대로 해라. 마음대로 하세요.

청년이 내 어깨를 발로 눌렀어요. 허리에 잔뜩 힘을 주고 버둥거렸어요. 살아보려고. 크홀!

그러나 알 것 같아요. 세계는 무너진 적이 없다는 거. 무너지는 건 크홀, 젠장 나의 내부라는 것.

저 여관방에 있는 아이들이 보고 싶어요.

준이가 보고 싶어요.

아이들을 데리고 나와야죠.

내가 여기 이렇게 미쳐서 밤새 서 있으면 병원으로 실려 간 애가 살아날지도 몰라요.

발이 얼고 있어요.

비가 오네요.

똑똑!

상처, 그 신비한 열림에 대하여

이소연
(문학평론가)

'세계-내-존재'와 작가의 크기

　강영숙은 '큰 몸'을 지닌 작가다. 그가 쓴 소설들은 단순히 등장인물 몇 사람의 기억이나 경험 혹은 단면에 머무르지 않고 이들이 거주하는 세계에 대한 상념을 한데 끌어들인다. 이때 발생하는 세계는 등장인물들이 살아가는 장소이기도 하고 작가와 독자가 함께 살아가는 우리의 우주이기도 하다. "사람과 세계는 마치 달팽이와 달팽이 껍질의 관계처럼 결속되어 있어요. 세계는 인간의 일부를 구성합니다. 그것은 인간의 크기입니다."[1] 밀란 쿤데라의 말에 따르면, 작가 자신과 그가 만들어

---

1) 밀란 쿤데라, 『소설의 기술』, 민음사, 2008, p. 56.

낸 작중인물들의 크기는 그들이 거느리고 있는 세계의 편폭에 맞먹어야 할 것이다. 강영숙의 소설에서, 독자는 독특한 개성을 지닌 인물들과 더불어 이들의 몸과 생애에 휘감겨 있는 세계 자체에 눈길을 돌리게 된다. 인물들이 지닌 비애, 불안, 공포는 그들이 거주하는 세계 전체를 물들이고 있다. 세계를 퇴락으로 몰아넣는 원인, 그것은 다름 아닌 그 안에서 고통받는 인간 자신인 것이다.

마치 카프카의 소설이나 표현주의 회화에서처럼, 강영숙의 소설에서 인간과 세계는 서로 쌍방향적인 관계를 맺고 있다. 이들은 단단하게 연결되어 있을 뿐만 아니라 서로가 상대를 생성하고 오염시키는 주요 작동 원인이라는 점에서 닮았다. 마치 인간은 자신도 모르게 세계에 던져진 것처럼 보이지만 이들은 자신이 겪는 불안의 직접적인 동인이 자기 자신이라는 사실을 채 깨닫지 못한다. 인간을 세계에 던져 넣은 이, 그리고 세계라는 끔찍한 악몽의 극본을 쓰고 이와 겨루는 사람이 바로 자신임을 알게 되는 순간, 이들은 자신이 사는 현실과 한 몸이 된다. 나아가 그의 소설은 독자 역시 소설이 거느린 세계의 운명에 오염되어 있다는 두려운 사실에 다가서게 한다. 그의 소설에 연루된 사람 가운데 자신이 속한 세계의 실존을 거느리지 않은 이는 없으며 여기에는 당연히 독자도 포함되어 있다. 그리고 이런 방식으로 종내는 "내가 경험하는 세계는 내가 잘 알지 못하는 나 자신의 모습이다. 타자는 곧 나다"라는 결론에 이르도록 밀어붙인다. 달팽이는 자신이 짊어지고 다니는 세계의 크기에 대해 고민하지 않지만, 인간은 끊임없이 자신의 크기와 영향력에 대해 알려주지 않으면 결국 그 무게에 짓눌려 짜부라지는 존재다. 이것도 인간이 생각하는 능력을 갖고 있기 때문에 일어나는 일이리라.

최근에야 나는 강영숙의 소설들이, 몇 년간 지속적으로 내게 미친 영향에 대해 깊이 생각해볼 시간을 갖게 되었다. 세 권의 장편과 단편들을 묶은 작품집이 이제 다섯 권째. 꾸준히 그의 책을 소개하는 글들을 써왔던 나에게는(그 가운데는 발표할 기회를 얻지 못한 것도 있다), 모두 각별한 의미를 지닌 작품들이지만 최근에 읽은 몇 편에 대해 꼭 짚고 넘어가고 싶다. 이 소설들에서 작가는 '단편소설'의 일반적인 정의와 양식의 지평을 넘어 새로운 '형식'을 성취하기에 이른다. 어떠한 점에서 그러한가? 이를 자세히 해명하기 위해, 서둘러 그의 텍스트에 대한 구체적인 감상으로 넘어가려고 한다. 그의 작품에 대한 감상, 그리고 (이쯤에서 고백하련다) '매혹'에 대해 얘기하려면 앞으로도 갈 길이 멀다.

세계, 그리고 삶이라는 판타지

강영숙의 소설은 변화무쌍하다. 꼭 살아 있는 생물을 복중에 배고 있는 느낌이랄까. 처음 읽었을 때 그것은 욕동하는 삶의 강력한 에너지를 품고 있는 듯이 느껴지지만 이러한 감상이 차갑고 단단한 죽음의 이미지에 잠식당하는 데는 그리 오랜 시간이 걸리지 않는다. 동시에 그의 작품은 독자에게 이러한 느낌들을 형상화시켜 소설이라는 그릇에 담아내는 작업, 즉 '글쓰기'라는 행위의 본질에 대해 캐묻도록 요청한다.

「크홀」에는 세계의 주인인 신을 향해 거칠게 항의하는 여성의 목소리가 등장한다. 역설적인 것은 자신이 살고 있는 세계를 신랄하게 비난하고 있는 화자가, 이 세계를 산산이 와해시키는 장본인이 다름 아닌 자기 자신임을 깨닫지 못하고 있다는 점이다. 그가 신을 향해 하소연하지 않았다면, 그가 오로지 자신의 신을 향해 봉헌하려 '크홀!'이라는 기이한 웃음소리를 내지 않았더라면, 독자는 어쩌면 '전지전능하지만 무능한 하느님'이라는 몹쓸 존재와 그가 망쳐놓은 '세계'라는 관념조차 갖지 못했을 것이다. "세계 아시나요? 월드 말입니다. 당신은 아시겠죠! 물론. 당신이 만들었잖아요"(p. 207). 그러나 그도 소설의 후반부에서 망가져가는 '세계'라는 관념을 만들어온 사람이 본인이라는 사실을 부인하지 않는다. "그러나 알 것 같아요. 세계는 무너진 적이 없다는 거. 무너지는 건 크홀, 젠장 나의 내부라는 것"(p. 227).

또 다른 단편 「폴록」은 환경단체에서 인턴으로 일하는 J라는 이름의 화자가 나이 든 환경운동가를 찾아가는 장면으로 시작된다. 그는 자신의 인터뷰이인 K 이사와의 만남을 두고 "무슨 일이 일어났는가를 말하는 차원의 진술과는 다른, 말로 하기 어려운 층위의 일을 경험하게 했다"고 고백한다. 이는 한 사람의 인생을 제한된 언어로 기술하는 일이 얼마나 어려운 것인지 토로하는 것이기도 하다. 궁여지책으로 그가 생각해낸 것이 바로 '회색문헌'이라는 제3의 도구다. "그래서 J는 아무런 소용도 없는 글을 쓰기 시작했다. 그리고 장르를 정할 수 없어 고민하다가 전공인 도서관학에서 들은 한 가지 개념을 빌려왔다. 최종 단행본이 되기 이전의 자료, 공식 자료 이전의 자료, 과정을 보여주는 회의 자료, 최종 결과물이 나오면 결국 폐기[……] 하게 될 자료를 통칭하는, 회색문헌grey literature을 작성하게 된 것이다"(p. 38). 한편 J의 시선 속에서 끔찍한 무질서에 잠식되어가는 K 이사의 삶은 환경 재해와 재난으로 파국에 이르는 세계의 모습과 병치되고 있다. J는 어떻게든 한 편의 기록물을 완성하기 위해 그를 돕기로 결정한다. 그러려면 K 이사가 추구했던 세계와 관련된 판타지에 직접 뛰어드는 수밖에 없다. "낙타가 되어야 한다면 몸에 새길 무늬는 직접 고르게 해주면 좋겠다고 J는 상상했다"(p. 56). 그는 K 이사가 잭슨 폴록의 그림을 보며 "그런 에너지, 그런 충동, 그런 구도가 아니면 해결이 안 되는 지경이었던 나"(p. 53)라고 했던 것을 떠올리고 폴록이 그림을 그리는 장면을 담은 동영상을 구하려고 애쓴다. K 이사의 삶을 '재현'하기 위해 기울인 J의 노력은, 폴록의 동영상을 구해 죽어가는 K 이사에게 틀어주는 장면에서 절정에 달한다.

원인을 알 수 없는 상처가 구체적인 상실의 경험으로, 경험된 삶이 소설이라는 형식으로, 그러니까 말로 표현할 수 없는 모든 대상들이 언어의 몸을 입기 위해 거쳐야 하는 단계가 바로 판타지다. 스스로를 제시하면서 동시에 해체하는, 이중의 역설 구조를 지닌 판타지를 포착하는 일은 불가능에 가깝다. 강영숙의 소설에서 중요한 테마로 사용되는 이 판타지 공간은, 삶과 죽음의 경계에 모호하게 걸쳐 있는 동시에 이 둘을 모두 포함하고 있기에 삶–죽음 상태에 있는 유령들에 의해 곧잘 점유 당하곤 한다. 판타지에 관한 인식이 없다면 '회색문헌' 역시 존재할 수 없을 것이다. 명심해야 할 점은 소설 속에서 이 '회색문헌'이야말로 글쓰기와 예술의 본질에 관해 작가가 지닌 생각을 직접적으로 반영하는 용어라는 사실이다.

자신이 살아온 삶의 의미가 와해되어가는 경험, 그로 인해 무정형의 상태에 던져져 혼돈을 겪는 사람들의 모습은 강영숙의 소설에 자주 등장하는 모티프이다. 「해명(海鳴)」에서 그것은 대지진을 경험한 일본 여성 리리의 사연으로 변주된다. 세계가 산산조각이 나는 것을 목도한 이후, 리리는 불면증에 시달린다. 그는 서울에서 유진이라는 이름의 여성을 우연히 만나 그와 함께 북촌을 여행하고, 유진의 일행과 하룻밤을 보내게 된다. 그는 이 과정에서 대재난 이후에도 오랫동안 남아 있는 것들에 대해 생각하게 되고 마침내 그가 떠나온 곳으로 돌아갈 용기를 얻는다. "바비 월드는 굳건했다"(p. 144).

마찬가지로 「귀향」은 연인에게 갑작스럽게 버림받은 여자가 자신이 살고 있는 도시를 무작정 떠난 뒤의 과정을 쫓고 있다. 절망 상태에서 그녀는 무작정 자신의 출생지로 기재되어 있는 장소를 찾아간다. 여정 도중에 그녀를 스쳐간 온갖 사건과 사람들이 묘사된 대목은 마치 단테의 연옥 여행을 방불케 한다. 엄마와 이모의 몸냄새를 풍기는 여자, 헤어진 연인을 연상케 하는 낯선 남자, 점쟁이, 미친 여자, 가이드를 자처하는 거구의 남자를 거쳐, 그녀는 마침내 실신한 자신을 업고 온 한 소녀와 조우하게 된다. 이 '검은 군화 소녀'는 그녀의 자살 시도를 막고 고아들이 있는 시설로 데려가 봉사활동을 하도록 시킨다. 타로 점에 의해 "발목까지 오는 긴 옷을 입은, 지팡이를 든 중성적인 느낌의 여자"(p. 20)로 예고되어 있던 소녀는 그녀에게 다음 미션을 제시하는 인도자 역할을 하기도 한다. 독자들은 이제까지 만난 많은 사람들이 모두 거짓 전조들이며 이 소녀를 만나기 위해 거쳐야 했던 악몽 같은 관문이었음을 깨닫게 된다. 그러나 한편 말로 표현할 수 없는 트라우마를 분명한 상실의 사건으로, 자신이 겪은 고난을 회복을 위한 서사의 조짐으로, 그 길에서 만난 풍경을 본격적인 회복으로 들어서는 관문으로 해석해온 사람은 다름 아닌 소설의 주인공이자 초점자 focalizer인 그녀 자신이 아니었던가. "하늘도 땅도 주홍색으로 가득 찼다. 그녀는 그것이 오랜만에 태생지를 찾아온 자신을 위한 유일한 세리머니라고 믿었다"(p. 34). 강영숙의 주인공들은 자신에게 부과된 운명을 수동적으로 받아들이는 데 머물지 않는다. 이들은 적극적으로 자신의 삶을 해석하고, 자신의 고유한 세계관을 끊임없이 생성·보수하기 위해 판타지가 필요하다는 사실을 반성적으로 의식하고 있다. 이들이 자신의 운명을 받아들이고 혼돈 속에서도 적절한 결말을 지닌 삶을 만들어가는 과정은 한편으로 작가 자신의 글쓰기 행위를 반영하는 알레고리로서 해석될 여지를 열어준다. 이런 점에서 강영숙의 소설들은 얼마간 소설 쓰기에 관한 소설, 즉 메타픽션의 성격을 갖고 있다고 말해도 좋을 것이다.

타나토스와 더불어 에로스의 춤을

강영숙의 소설에는 남미의 마술적 리얼리즘을 연상시키는 장면들이 많이 등장한다. 중요한 것은 여기에 사용된 판타지는 단순한 꿈이나 무의식에 대한 관심을 넘어, 리얼리티에 철저한 기반을 두고 구사된다는 점이다. 이 대목에서 작중인물들과 더불어 독자들은 자신의 삶을 지배하고 있다고 믿었던 질서가 기실 카오스의 다른 이면임을 깨닫게 된다. 또한 강영숙 소설에서 마술적 리얼리즘은 남근 중심적 세계관을 와해시키고 여성적 몸의 향유로 이루어진 질서를 일깨우는 자궁이자, 일종의 극적 '무대' 장치로 해석할 수 있는 여지를 열어둔다. 「해명」에서 리리가 인형극단 무리 속에서 겪는 일, 「가위와 풀」의 라스트신 등은 판타지를 전경에 내세운 대표적인 사례라고 할 수 있다. 엄마의 병원비를 혼자 부담해온 주인공이 결국 감당할 수 없는 빚에 몰리자 엄마의 몸을 이끌고 바닷가에 닿는 장면을 기억하는가? 불법 사채업자들과 정체를 알 수 없는 여자들이 몰려와 있는 바닷가에서 작가는 꿈과 현실, 삶 충동과 죽음 충동이 한데 얽혀 있는 극적 무대를 연출하고 있다.

또 하나, 강영숙의 소설에서 빼놓을 수 없는 모티프 가운데 하나가 국적, 성별, 나이가 제각각인 사람들의 집단이다. 「검은 웅덩이」에 등장하는 울산 아줌마, 모르몬교 선교사, 그리고 대리기사 아저씨 등으로 이루어진 조합은 소설에 환상성을 더해준다. 이 소설은 25년에 걸친 직장 생활을 끝내고 혼자 남은 정연의 일상을 따라가면서 전개된다. 우울함에 젖어 있던 그녀는 불청객 집단과 어울려 먹고 마시면서 다소 생기를 되찾게 된다. 삶의 에너지가 넘치는 뒷골목에서 그녀는 막 할아버지의 죽음을 겪은 소녀와 조우한다. 한 사람은 상징적 아버지에게, 다른 한 사람은 육체적 (할)아버지에게 절연되었다는 점에서 둘은 기묘하게 닮았다. 같은 날 밤, 그녀는 지하철 기지에서 밤을 새우는 신세가 된다. 정연의 머릿속에는 어린 시절 난데없이 길에서 춤을 추던 부모님을 지켜보던 동생들의 모습이 떠오른다. 그녀에게 특히 깊은 인상을 남긴 것은 그날 동생들의 발아래에 검은 물웅덩이가 있었다는 사실이다. 이 기억은 프로이트가 말한 '원초적 장면primal scene'에 해당하는 것으로서 죽음과 재생에 대한 의식, 그리고 대상에 대한 개념이 최초로 발생하는 순간을 의미한다. 기지의 문이 열리는 새벽에 요의를 참지 못해 밖으로 나온 정연은 한 여자애의 도움을 받게 된다. 기지에서 나오는 데 성공한 그녀는 마지막 장면에서 그만 발을 헛디뎌 논바닥에 얼굴을 처박는 사고를 겪는다. "정연은 [……] 그 상태로, 눈을 감고 웃었다"(p. 174).

앞에서 열거한 사건들만으로도 강영숙의 소설이 죽음과 재생, 자아망실과 자아분열에 관련된 수많은 신화적 모티프들로 얼마나 촘촘하게 짜여 있는지, 짐작하고도 남는다. 이 소설은 특정한 모티프나 상징으로도 해독할 수 없는, 몇 가지 수수께끼를 독자의 몫으로 남겨두고 있다. 정연이 여러 차례 조우하는 여자애는 누구인가, 이는 모습을 바꾸어 등장하는 초자연적 존재인가, 아니면 정연과 우연히 스쳐간 각각 다른 사람들인가? 마지막 장면에서 정연이 그토록 위화감을 느끼던 검은 웅덩이에 처박히면서 도리어 웃음을 지은 이유는 무엇인가, 정연은 과연 그 궁지를 빠져나온 것일까, 아니면 임박한 죽음 자체를 받아들이기로 한 것일까? 강영숙의 소설들은 이러한 중층적인 질문과 이미저리를 사용해 죽음 충동과 삶 충동이 얽혀 있는, 큰 그림을 그려내는 일에 골몰한다. 프로이트는 유명한 에세이 「쾌락원칙을 넘어서」에서 에로스와 타나토스를 두 개의 서로 다른 충동이라고 주장한 바 있다. 그러나 프로이트의 체계를 이어받은 라캉은 이러한 상반된 충동이 기실 '충동drive' 자체가 지닌 두 가지 측면이라는 사실을 밝혀냈다. 생에 대한 긍정을 바탕으로 일체를 형성하려는 충동인 에로스와 하나one가 불가능하다는 것을 드러냄으로써 생명체가 와해되도록 밀어붙이는 힘인 타나토스는 선명하게 구분되지 않으며, 강영숙의 소설은 이들이 서로 중첩되어 있는 같은 충동의 두 얼굴이란 사실을 독자로 하여금 깨닫게 만든다.

이를테면, 「폴록」의 또 다른 주인공이라 할 수 있는 잭슨 폴록의 퍼포먼스와 그의 그림을 상기해보자. 지독한 타나토스가 뿜어져 나오는 와해된 몸동작은 달리 보면 한없는 에로스를 불러일으키기도 한다. 우주의 혼돈을 재현하는 듯한 그의 그림은 한편으로 그 혼돈마저 예술의 힘으로 장악하려 하는 인간 정신의 위력을 보여준다는 점에서 매혹적이다. 마찬가지로 강영숙 소설에 전시되어 있는 병든 몸과 와해되어가는 인물들의 모습은 이 돌이킬 수 없는 절망스러운 광경마저도 혼돈 속에 숨어 있는 질서를 보여주기 위해 계산된 포석이 아닐까, 짐작하게 만든다. 따라서 우리는 파국의 조짐이 만연한 세계에 살면서도 예술을 통해 이 모든 내용들을 재현의 질서 안에 소화시키려고 애쓰는 인간의 무시무시한 에로스에 초점을 맞추지 않을 수 없다. 어쩌면 글쓰기를 비롯해 인간이 이룩한 '예술' 자체가 이러한 역설을 생성하기 위해 만들어진 정교한 에로스-장치가 아닐까?

그러나 우리는 여기서 한 걸음 더 나아가 강영숙의 소설 이면에 내장되어 있는 일종의 초과excess에 눈을 돌려야만 한다. 강영숙의 소설은 이 모든 노력에도 불구하고 작중인물들과 자신이 이제까지 해온 작업이 실패로 돌아갈 운명에 처해 있다고 거듭 언명하고 있다. 이에 대한 설명은 다음 장에서 좀더 구체적으로 이루어질 것이다.

어머니의 몸으로 돌아오다

비록 판타지를 사용해 삶을 견딜 만한 것으로 바꾼다 해도, 역시 피조물에 불과한 인간의 힘에는 한계가 존재하는 법. 어떤 기표 또는 상징으로도 포착할 수 없는 나머지는 항상 체계 속에 빈틈으로 남는다. '검은 웅덩이' '맹지' 같은 상징계 속의 빈 공간, 어머니의 병든 몸이나 배설물 같은 부분대상들이 그것이다. 과연 끝끝내 이들의 의미를 파악하여 재현의 영역 안에 끌어들이는 일에 실패하고 말 것인가? 강영숙의 소설은 결국 우리가 잉여의 살들과 함께, 불완전한 우주 속에서 더불어 살아야 한다고 이야기한다. 여기서 또 하나의 역설이 탄생한다. 바로 이런 불모하기 짝이 없는 '희망 없음'을 드러내는 일이야말로 또 다른 희망의 통로라고 말하고 있기 때문이다.

「불치(不治)」에는 각자의 정신적 여정을 걷는 두 남녀가 나온다. 그리고 두 사람 모두, 막다른 골목에서 병든 '노모'의 몸을 만난다. 강영숙의 소설에서 몸, 특히 늙은 여성의 신체는 자아가 형성되는 과정에서 생긴 부산물(비체abject)의 특징들을 고르게 나눠 갖고 있다. 신체의 고통으로 신음하는 어머니는 젊은 시절 질리도록 먹었던 국수를 먹고 싶다고 수연에게 호소한다. 수연 모녀의 삶에서 국수는 어린 자식들을 먹여 살린 고마운 음식이면서도 가난의 공포를 상기시켰던 대상이다. 강영숙의 소설에서 비천한 몸은 상징화를 통한 승화를 거부하고 삶의 한가운데 그대로 남아 있는 실제 '몸', 비천함과 숭고함 사이에서 흔들리는 '상징적 몸', 이 두 영역이 겹치는 제3의 대상인 '살flesh'의 성격을 모두 갖고 있다. 이 비천한 살은 우리가 거주하는 불완전한 세계에 난 틈을 틀어막는 반죽 또는 젤리 덩어리로 비유된다.[2] 소설에서 이 살은 마치 코르크 마개처럼 세계에 난 구멍들을 틀어막는 기능을 하며, 한 편의 서사 안

---

2) 에릭 샌트너는 좀더 일반적인 용법으로 사용된 '몸body'과 달리 상징계에 포착되지 않는 실재계적 잉여로서의 '살flesh'을 특수한 영역에 한해 제한적으로 사용하고 있다. Eric L. Santner, "Toward a Science of the Flesh", *The Royal Remains: The People's Two Bodies and the Endgames of Sovereignty*, Chicago: The University of Chicago Press, 2011, pp. 63~88. 이는 프로이트가 말한, 결코 잡을 수 없는 충동 기관인 리비도를 뜻한다. 라캉은 이를 '라멜라lamella'라고 부르기도 했다. 이 어머니의 몸은 내부적으로 분열되고 와해되어서 내부인지 외부인지 분간할 수 없게 만든다. Jacques Lacan, *The Four Fundamental Concepts of Psychoanalysis*, trans. Alan Sheridan New York: Norton, 1981, pp.197~98.

에서는 더 이상 다른 불행한 사건들이 이어지지 않도록 서사의 뒷부분에서 줄거리를 중단시키는 역할을 담당한다.

강영숙의 소설은 어머니의 몸을 통해 세계에 존재하는 결핍과 이에 대한 치유 가능성을 동시에 보여준다. 이들은 우리가 사는 세계의 틈을 드러냄으로써 이 세계가 온전치 않다는 걸 보여주는 부분대상들이다. 따라서 그의 소설은 비극보다는, 오히려 희비극에 가까워보일지 모른다. 고정시킬 수 있고 의미화할 수 있는 죽음이나 초월의 방도를 제시하지 않고, 그저 우리가 사는 세계가 불완전하다는 것을 드러내는 조짐만 잔뜩 보여주는 데 그치는 것이다. 이쯤 해서 소설은 역설의 미궁에 빠진 독자에게 은밀하게 마지막 통로 혹은 열림의 가능성을 제시한다. 그것이 바로 말로 표현할 수 없는 향유jouissance의 감각이다. 우리는 이미 강영숙의 소설을 읽어오면서, 자신이 지닌 가장 끔찍한 상처와 대면하는 장면이 기묘한 쾌락과 해방감을 동반한다는 사실을 예감하지 않았던가.

어쩌면 「검은 웅덩이」의 주인공은 마침내 검은 웅덩이에 얼굴을 들이박고 나서 '죽어버리니까 살 것 같다'는 후련한 감정을 느꼈던 것이 아닐까. 이러한 감각은 구원이나 승화와는 무관한, 순수한 '삶'이 주는 느낌에 가깝다. 캔버스 위로 되는대로 물감을 쏟아버리기, 혼돈에 몸을 내맡기기, 나를 괴롭혀온 것들을 창고에 가두고 문을 콱 잠가버리거나 가위로 싹둑 잘라버리기…… 소설 속에서 이 모든 파행은 독자에게 죽음의 공포와 에로틱한 전율을 동시에 전해주고 있다. 작중인물들은 삶과 죽음으로 향하는 충동을 동시에 작동시키면서 황폐하기 짝이 없는 세계 한가운데를 맹렬하게 가로지르고 있다. 이 단계에 가면, 어쩌면 삶과 죽음을 분간하는 일조차 무의미해질지도 모른다.

이때 최후에 요청되는 것이 다름 아닌 '용기'다. '이것이 명명할 수 없는 것이다'라는 것을 드러내는 일은 결코 간단치 않는 결단의 순간 이후에야 얻어질 수 있는 것이다.[3] 어쩌면 가장 용기가 필요한 사람은 작가 자신일지 모른다. 소설 속의 작중인물들이 자신의 트라우마를 상실의 사건으로 바꾸는 과정을 겪듯이, 작가는 현실이 명명할 수 없는 상처가 여전히 남아 있다는 것을 드러냄으로써 자신의 무능을 고백하는 과정을 거쳐야 한다. 그 찢김을 인정하는 것 자체가 용기이며 이를 통해 소설은 의미론의 영역을 초과해 존재론적인 단계로 나아가기 시작한다. 이것이 재현과 상징의 그림자에 가려진 신비의 요체다. 장-뤽 낭시는 어떤 대상의 재현도 아닌 순수한 제시, 나타나고 사라짐의 섬광으로 존재하는 그 숭고[4]야말로 실제를 대면하도록 이끄는 예술작품의 힘이라고 말한 바 있다. 이것이 바로 일찍이 카프카와 보르헤스가 문학에서 시도했고 잭슨 폴

3) Jonathan Lear, *Happiness, Death, and the Remainder of Life*, Cambridge, MA: Harvard University Press, 2000, p. 95.
4) 장-뤽 낭시, 「서문」, 장-뤽 낭시 외, 『숭고에 대하여』, 문학과지성사, 2005, p. 8.

록이 회화를 통해 이루려고 했던 경지가 아닐까. 여기에 또 한 사람, 강영숙의 이름을 덧붙여본다. 자신의 불가능성을 드러내기로 결단한 작가의 용기는 세계의 한가운데서 남아 있는 나날을 여전히 견디고 있는 우리의 실존과 닮았다.

다시 강영숙의 소설 내부로 들어가보자. 그의 소설에는, 여전히 말귀를 못 알아듣는 신, 연인, 어머니의 몸이 흔적으로나마 잔존하고 있다. 작중인물들은 부재와 상실이라는 현실 앞에서 고통스러워하지만 언젠가 회복할 수 있다는 꿈을 버리지 않는 것처럼 보인다. 그들이 신을 더 거칠게 부르짖을수록, 귀향의 여정에서 더 고통스러운 사건에 맞닥뜨릴수록 그 가장자리에서 느끼는 매혹도 커져간다. 이런 느낌은 삶과 죽음, 트라우마, 살과 피를 더해 빚은 반죽으로 세계에 난 구멍을 때우는 방법을 아는 이들의 것이다. 요체는 우리가 경험한 상실과 결핍에 대해 이야기하고, 이를 글로 쓰는 일을 멈추지 않는 데 있다. 비천함과 숭고 사이에 놓인, 회색 지대의 글쓰기야말로 가장 경제적인 방식으로 향유할 수 있는 최선의 판타지가 아니겠는가. 그리하여 강영숙의 소설은 우리에게 각자의 삶에 형태와 서사를 부여하는 '회색문헌'들이 앞으로도 무한하게 생산될 것이라는 심증을 갖게 만든다. 그리고 나는 속엣말처럼 기도를 읊조리곤 하는 것이다. 그 축복을, 제게도 나누소서.

　「폴록」의 K 이사의 모델이 된 환경운동가를 만났던 날, 서울 도심의 하늘은 가루약 같은 미세먼지로 뒤덮여 있었다. 인터뷰를 끝낸 후 K 이사와 나 그리고 사진작가는 일제히 황사 방지용 마스크를 착용하고 밖으로 나왔다. 순화동의 식당 골목을 돌아다니다가 건너편의 북창동으로 갔고 손님이 꽤 많이 든 황태해장국 집에서 늦은 점심을 먹었다. 그러고 나서 서울광장을 가로질러 걸었는데 동성애를 반대하는 종교단체의 피켓 문구가 너무 웃겨서 마스크를 벗고 모두 깔깔대며 웃고 말았다.

　그 전날 밤에는 잭슨 폴록의 다큐멘터리를 틀어둔 채로 K 이사와 인터뷰할 내용을 정리하느라 늦도록 앉아 있었다.

하루 유동인구가 3천 명이라는 서촌은 한때 매우 조용하고 아늑한 동네였다(특히 눈이 내리고 나면 동네 전체를 입속에 넣고 싶을 정도로 예뻤다). 서촌 한 바퀴를 돌던 어느 날 밤 여행용 트렁크를 끌며 한 여자가 다가와 길을 물었다. 일본 사람 요네자와 씨였다. 어찌어찌 말이 통한 우리는 숭늉 맛이 나는 커피를 사 들고 서촌 골목에 앉아 있었다. 요네자와 씨는 서울에서 깊은 잠을 잘 계획이라고 말했다. 쇼핑도 관광도 아닌 오로지 잠. 불안하지 않은 잠!

지하철 막차를 탔을 땐 잠들지 않게 조심해야 한다. 아니 잠들어도 괜찮다. 지하철이 기지로 들어간 후에는 생각보다 흥미진진한 일들이 많이 일어난다. 첫째는 수족관에 든 물고기처럼 지하철에 갇힌다. 둘째는 곧 익사할 것 같은 기분이 되어 숨을 몰아쉬다가 매미처럼 창문에 달라붙는다. 이 외에도 단계별로 많은 일이 일어난다. 직접 경험해보는 것도 나쁘지 않다.

*

소설도 문서도 아닌 것을 지칭하려는 듯 '회색문헌'이라는 제목을 붙였다. 섬세하게 많은 조언을 해주신 이민희 에디터와 문학과지성사에 감사의 인사를 전한다.

누군가의 도움 없이 나는 아무것도 할 수 없다. 나는 스스로를 돌볼 능력이 없다. 늘 나로 인해 누군가가 희생하고 있다는 생각을 떨쳐버리기가 어렵다.

K 이사는 인터뷰 내내 여러 번 말했다. 좋은 세상을 만들어야 해요. 안 그래요? K 이사의 음성은 2013년 녹취 폴더 D 006번 파일에 담겨 있다.

2016년 8월
연희문학창작촌에서
강영숙

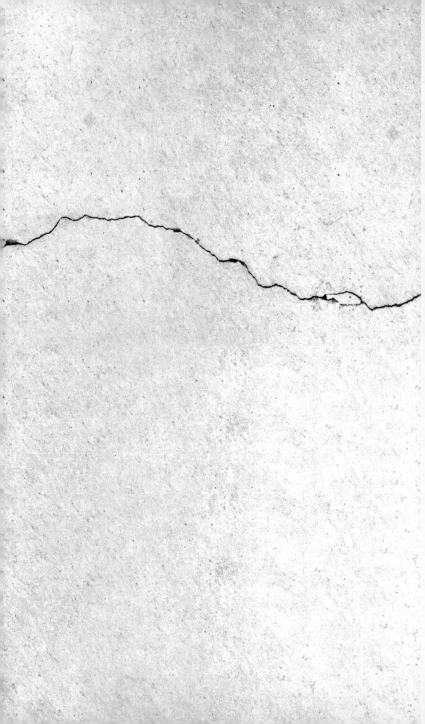

수록 작품 발표 지면

「귀향」『문학과사회』 2013년 가을호

「폴록」〈문학웹진 한판〉 2013년 6월호(테마소설집 『키스와 바나나』로 묶임)

「불치不治」『대산문화』 2014년 봄호

「맹지盲地」『한국문학』 2015년 여름호

「해명海鳴」『문학동네』 2011년 겨울호

「검은 웅덩이」『본질과현상』 2015년 가을호

「가위와 풀」『황해문화』 2012년 가을호

「크홀 — 백신애풍으로」『문예중앙』 2013년 봄호